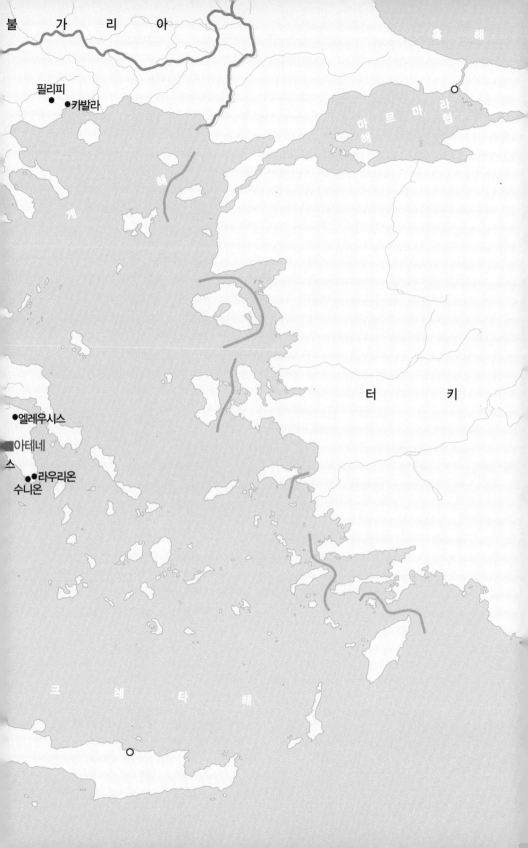

불　가　리　아

흑　해

마르마라
해

필리피
●
●카발라

게

해

터　　　키

●엘레우시스

아테네
스

●●라우리온
수니온

크　레　타　해

그리스

고대로의 초대, 신화와 역사를 따라가는 길

그리스 고대로의 초대, 신화와 역사를 따라가는 길

1판 1쇄 발행 2004년 8월 5일
2판 1쇄 발행 2007년 3월 28일
2판 2쇄 발행 2011년 7월 9일
3판 1쇄 발행 2015년 1월 19일

지은이 유재원
펴낸이 김현정
펴낸곳 도서출판리수

기획·홍보 김현주

등록 제4-389호(2000년 1월 13일)
주소 서울시 성동구 행당로 6길 97 한진노변상가 110호
전화 2299-3703
팩스 2282-3152
홈페이지 www.risu.co.kr
이메일 risubook@hanmail.net

ISBN 978-89-90449-08-5 04810
※책값은 뒤표지에 있습니다.
※잘못 제본된 책은 바꾸어 드립니다.

※이 도서의 국립중앙도서관 출판시도서목록(CIP)은 서지정보유통지원시스템 홈페이지(http://seoji.nl.go.kr)와
  국가자료공동목록시스템(http://www.nl.go.kr/kolisnet)에서 이용하실 수 있습니다.
  (CIP제어번호 : CIP2014038364)

그리스

그대로의 초대, 신화와 역사를 따라가는 길

유재원 지음

유럽은 그리스에서 시작되었다

유럽을 여행할 때 우선 염두에 두어야 할 것은 영국이나 프랑스, 독일에서 시작하여 찬찬히 역사를 거슬러 올라가면서 살펴가야지 그리스부터 시작하면 최악의 선택이라는 말이 있다. 실제로 그리스를 먼저 보고 나면 나머지 유럽 문명이 싱겁게 느껴지는 면이 있다. 그리스가 유럽문명의 원형인 까닭이다.

모두가 알고 있듯이 유럽은 그리스에서 시작되었다. 그래서 유럽의 모든 나라는 물론 그들의 이민 후예인 미국이나 캐나다, 오스트레일리아까지 고대 그리스 역사를 자신들의 고대사로 가르친다. 이런 현상은 고조선이나 부여, 삼국 시대를 고대사로 갖는 우리 나라나 상商나라와 주周나라를 자신들의 고대사의 시작으로 보는 중국, 나라奈良 시대 이전을 자신들의 고대사로 보는 일본과 같은 동아시아 나라들과 사뭇 다른 역사 인식이다.

그리스는 유럽의 선생이었다. 서양 문학은 호메로스의 서사시 '일리아스'와 '오디세이아'에서 시작해서 고대 그리스 비극 작가들과 희극 작가로 이어져 지금까지도 서양 문학의 밑바탕에 도도히 흐르고 있고,

또 무엇보다도 그리스 신화 자체가 서양 문학의 끊임없는 원천을 이루고 있다. 그뿐만 아니라 서양의 역사학 역시 헤로도토스와 투키디데스, 플루타르코스에서 시작되었고, 서양이 인류에게 남긴 가장 큰 공헌이라고 자랑하는 자연 과학의 뿌리도 탈레스나 아낙사메네스, 아낙시만드로스와 같은 밀레토스의 자연 철학자들에 두고 있다. 수학과 기하학도 피타고라스와 에우클레이토스에서, 의학은 히포크라테스에서 시작해서 갈레노스로 이어진다. 또 아르키메데스와 같은 뛰어난 공학자도 빼놓을 수 없다.

철학에 있어서는 더 이상 말이 필요 없다. 소크라테스와 플라톤, 아리스토텔레스로 이어지는 인식학, 윤리학, 미학의 바탕은 물론이고 스토아 학파와 에피쿠로스의 쾌락주의 철학으로 이어지는 그리스 철학은 아직도 서양 철학의 핵심에 자리잡고 있다.

그러나 전문가나 학자가 아닌 오늘날의 일반 여행객들에게 유럽에 끼친 그리스의 영향이 가장 잘 드러나는 부분은 조각과 건축과 같은 시각 예술이다. 실제로 런던의 대영 박물관이나 파리의 루브르 박물관, 로마의 바티칸 박물관, 베를린의 고고학 박물관에서 관람객을 가장 많이 매료시키는 유물들은 대부분 그리스 조각품들이다. 뿐만 아니라 고풍스러운 전통과 아름다움을 자랑하는 유럽 도시들의 건물들에도 아크로폴리스의 파르테논 신전과 같은 고대 그리스 신전의 건축 양식을 모방한 것들이 주류를 이룬다.

유럽 관광의 또 다른 주류인 대성당에 들어가 봐도 사정은 그리 다르지 않다. 베네치아의 성 마르코 성당에서 보듯 중세 중기까지 성당 건축과 내부 장식은 비잔틴 제국의 선진 문명과 기술이 끼친 영향이 절대적이었다. 따라서 그리스 문명에 대한 이해는 고대 그리스 문명이 퍼졌던 그리스 본토나 터키, 남부 이탈리아와 같은 지중해 지역뿐 아니라 유럽 전체의 문화를 이해하는 데에 필수적이다. 그러나 우리 나라에 나와 있는 그리스에 대한 서적들은 너무 전문적이어서 일반인들이 쉽게 읽어 나가기가 힘들거나 깊이가 없는 여행 스케치 정도의 겉모습에 대한 인상을 이야기하는 수준에 머무르고 있어 큰 도움이 되지 못한다.

그런 까닭에 나는 그리스 전문가로서 늘 그리스 전반에 대한 쉬우면서도 전문성이 겸비되어 있는 소개서가 필요하다고 생각했다. 이 책은 바로 그런 빈틈을 메워 보려는 의도로 쓰여졌다. 7년 반이라는 짧지 않았던 유학과 그 후 기회가 있을 때마다 그리스 구석구석을 여행하며 틈틈이 찾아 다녔던 신화와 역사의 현장에 대한 유용한 정보를 우리나라 사람들에게 전해 보려고 나름대로 노력했다. 30년이 넘는 세월 동안 내가 그리스에 쏟았던 애정과 열정이 독자들에게도 전해질 수 있다면 좋겠다.

유재원

2부

역사와 신화를 따라가는 길

수니온에서 카발라까지

3부
그리스, 그리스인

1부
고대로의 초대, 아테네

민주주의의 요람, 아테네의 어제와 오늘

그리스로 가는 길

그리스로 가는 길은 멀다. 유럽의 서남쪽 구석에 자리한 그리스와 유라시아 대륙 동쪽 끝에 위치한 우리나라, 두 나라 사이의 공간적 거리는 멀기만 하다. 시간적으로도 두 나라는 멀다. 직항直航이 없기 때문이다. 그리스를 가려면 이스탄불이나 프랑크푸르트와 같은 다른 도시의 공항을 거쳐서 가야 한다. 그래도 지금은 나은 편이다. 중국과 러시아의 하늘길이 열렸기 때문이다. 1980년대까지는 그리스를 가려면 동남아를 경유하거나 알래스카의 앵커리지를 들러야 했다. 나는 북극의 을씨년스러운 추위가 싫어서 따뜻한 땅 동남아로 돌아가기를 즐겼었다. 열대의 이국적인 분위기를 즐기며 하룻밤을 지내는 것이 내게는 즐거움이었다. 그러나 지금은 그런 조그만 행복을 가질 여유가 없다. 바쁘기도 하지만 이스탄불로 직항이 생겨 12시간 정도만 날아가면 바로 그리스 코앞에 도착하기 때문에 중간에서 하루를 지내는 사치는 허락되지 않는다. 이렇게 좋아지기는 했어도 그리스로 가는 길은 아직도 멀다.

비행기 창 아래 끊임없이 펼쳐지는 텐진 산맥의 산들과 러시아의 대평원, 바짝 말라버린 아랄 해와 아르메니아의 웅장한 황금빛 산들, 옛날

대상들이 다니던 실크로드를 그대로 따라가면 그 대상길의 종착역인 이스탄불에 닿는다. 그곳에서 다시 45분 정도를 날아가면 아테네에 도착한다.

콘크리트로 뒤덮인 메갈로폴리스 아테네의 흥망성쇠

민주주의의 요람, 아테네. 고대 그리스 문명의 중심지이자 꽃이었던 이 도시를 처음 방문하는 나그네들의 기대는 크기만 하다. 그러나 아크로폴리스와 파르테논 신전이 고즈넉이 자리 잡고 있는 황량한 폐허를 상상한다면 실망이 크리라. 우리 눈앞에 펼쳐지는 아테네는 인구 400만 명의 콘크리트 건물로 뒤범벅이 된 특징 없는 현대 도시이다. 물론 시내 중심에 신비롭게 자리 잡고 있는 아크로폴리스와 고대 아고라의 아름다움은 우리를 감동하게 한다. 그러나 그뿐이다. 도시의 다른 부분에서 우리는 옛 정취를 느낄 수 없다. 대부분의 건물은 제2차 세계 대전 이후에 지어진 것들이기 때문이다.

고대 그리스 세계에서 아테네는 가장 독특하고도 영광스러운 위치를 차지한다. 기원전 490년에서 480년에 걸쳐 있었던 페르시아 전쟁을 치르면서 신흥 도시 아테네는 그리스의 맹주 자리를 굳힌다. 마라톤 대첩과 살라미스 해전의 승리에서 아테네는 그 당시 그리스 최대 강국이던 스파르타를 제치고 가장 혁혁한 공을 세웠기 때문이다. 전쟁이 끝난 뒤, 델로스 동맹을 통해 제국을 형성한 아테네는 독선적인 군사·외교 정책과 강압적 태도로 동맹국을 억누른다. 이에 군소 동맹 도시 국가들이 강력하게 반발하게 되고 제국 안에서는 분쟁이 그칠 날이 없었다. 이런 아테네의 독주는 그리스의 전통적인 군사 강국이자 맹주였던 스파르타와의 갈등과 분쟁의 씨앗이 되어 기원전 431년에 이르러 두 나라 사이의 전쟁으로 발전한다. 이 전쟁이 바로 기원전 404년에 아테네의 대패배로 끝나는 펠로폰네소스 전쟁이다. 그 이후 아테네의 영광은 사라지

▶
아테네가 한눈에
내려다보이는 야외
식당.

20

고 다시는 예전의 모습을 되찾지 못했다.

정치적 패권은 잃었지만 철학과 학문의 중심으로서의 명맥은 그런 대로 지켜 나가던 아테네에 결정타를 먹인 것은 제국의 그리스도교화와 이교도 근절을 위해 끊임없이 노력한 비잔틴 제국의 유스티니아누스 황제527~565년였다. 그는 기원후 529년 이교적 신플라톤주의의 온상인 아테네의 아카데미아를 강제 폐쇄했다. 이로써 아테네의 명성을 지켜 주던 이교도 철학 전통도 더 이상 유지될 수 없었다. 이제 아테네는 잊혀진 채 역사의 뒤안길로 사라졌다.

근대 아테네의 도시 문제

아테네가 다시 역사에 등장한 것은 그로부터 1500년이 지난 1830년 대였다. 1821년 3월 25일 그리스는 오스만 터키로부터 독립을 선언했다. 자체만의 힘으로는 어림없는 싸움이었지만 계관 시인 바이런을 비롯한 친그리스적 유럽 지식인들의 참전과 영향력 행사로 1829년 독립을 쟁취한다. 그리고 1834년 아테네를 새로운 그리스 왕국의 수도로 결정한다.

이 당시 아테네는 인구가 채 1만 명이 안 되던 조그만 시골 마을이었다. 새로운 수도를 건설하기 위한 도시 계획이 시작되었다. 처음 계획은 파리를 설계한 프랑스인이 맡았다. 넓은 도로와 공원, 산책로 등 파리를 그대로 옮겨 놓은 듯한 훌륭한 설계였다. 그러나 당시의 그리스 지도층은 이 안案이 공간의 낭비이고 너무 사치스럽다며 받아들이지 않았다. 그 뒤에 지금의 아테네 모습을 만든 새로운 안이 수용되었다. 좁은 도로와 녹지 공간의 부족, 영원한 골칫거리인 교통 체증 등은 그 당시 지도층의 단견이 낳은 인재人災이다.

수도 건설 이후, 아테네는 세 번의 인구 폭발을 겪는다. 1923년 케말 파샤의 터키 공화국과의 전쟁에서 참패한 그리스는 소아시아에 살던

▶
좁은 도로와 녹지
공간의 부족, 영원한
골칫거리인 교통 체증은
근대 아테네 지도층의
단견이 낳은 인재다.

자국 주민들을 아테네로 이주시킨다. 이 이주로 말미암아 17만이 채 안
되던 아테네 인구는 단번에 42만으로 늘어났다. 주택 문제가 심각했다.
날림으로 지어진 집들이 난립하게 된 것은 당연한 일이었다. 제2차 세
계 대전이 끝난 뒤 내전이 뒤따랐다. 이 때 전쟁으로 피폐화된 농촌을
떠나 아테네로 대규모 집단 이주가 시작되어 1950년대에는 인구 200만
의 대도시로 변했다. 인구 증가에 따른 도시 문제는 심각했지만 이에 대
한 그리스 정부의 대응은 신통치 않았다. 60년대 경제 성장기를 거치면
서 아테네의 인구는 다시 400만으로 늘었다. 그리스 인구 전체가 1000

만 남짓한 것을 감안하면 지나친 도시 집중 현상을 보이고 있는 셈이다. 이런 사정이니 아테네에서 편안함을 찾기란 쉽지 않다. 자동차 매연에 의한 공해로 아크로폴리스의 대리석들은 심각한 손상을 입고 있다. 1980년 아테네의 대지진 이후 시작된 아크로폴리스를 비롯한 모든 유적에 보수, 보존 공사가 지금까지 이어지고 있다. 오늘날 아테네가 온통 콘크리트 건물로 멋없고 산만하고 복잡한 공룡 같은 도시가 된 데에는 이런 사연이 숨어 있다.

아테네의 매력

아테네는 이처럼 모든 대도시의 문제점을 안고 있지만 아직도 뭇사람들에게 매력적인 도시임에 틀림없다. 도시 중앙에 자리하고 있는 아크로폴리스는 도심 어느 곳에서도 잘 보인다. 아크로폴리스의 시야를 가리는 건물은 허가가 나지 않기 때문이다. 또 도시 중심가에 있는 건물들의 지상층은 사람들이 비나 강렬한 지중해 햇빛을 피해 다닐 수 있는 회랑을 만들도록 의무화되어 있다. 그 회랑 안에 위치한 카페에 앉아 오가는 사람들을 바라보며 마시는 차 한잔의 정취는 다른 도시에서는 쉽게 맛볼 수 없는 독특함이 있다. 그리고 멀리에는 아크로폴리스가 2500년의 모든 영욕을 간직한 채 우리를 굽어 보고 있다. 길거리 카페에서 이렇게 한가하게 앉아 있다 보면 20세기 초에 이곳에서 일 년간 머물던 아널드 토인비가 아크로폴리스를 바라보며 던진 "이 위대한 문명을 이룬 그리스인들은 어디로 가고 초라하고 역사의 무게에 찌든 저 농부들만 남았는가?"라는 질문이 저절로 떠오른다. 그는 이 생각에서 출발하여 결국 역사란 '도전과 응전'에 의해 움직인다는 위대한 생각에 이르렀다. 오늘날 아테네가 당신 눈에 초라하고 무질서하게 보인다 하더라도 역사가 당신을 속인 것이지 아테네가 당신을 속인 것은 아니다. 인간은 덧없고 무력한 존재이기 때문이다.

▶
도시 중심가에 있는 건물들의 지상층은 사람들이 비나 강렬한 지중해 햇빛을 피해 다닐 수 있는 회랑을 만들도록 의무화되어 있다. 그 회랑 안에 위치한 카페에 앉아 오가는 사람들을 바라보며 마시는 차 한 잔의 정취는 다른 도시에서는 쉽게 맛볼 수 없는 독특함이 있다.

아테네의 언덕들

신성한 땅, 아크로폴리스

'교육, 과학, 문화, 커뮤니케이션, 청소년을 비롯한 광범위한 분야에서 국제 이해와 협력을 통해 항구적인 세계 평화를 건설하는 것을 목적으로 삼는' 유엔 산하 기구 유네스코의 상징은 그리스 아테네에 있는 파르테논 신전을 본떠 만든 것이다. '파르테논'이란 말은 '처녀'를 뜻하는 그리스말 '파르테노스'에서 온 것으로 지혜의 여신 아테나를 가리키는 명칭 가운데 하나이다.

파르테논 신전은 아테네의 중심부에 우뚝 서 있는 아크로폴리스 언덕 위에 있다. 아크로폴리스는 도시의 가장 높은 지역이란 뜻으로 원래 외적의 침입이 있을 때 시민들이 피신하여 농성을 벌인 곳이었다. 동시에 아크로폴리스는 도시의 가장 성스러운 지역으로 종교의 중심지이기도 했다. 고대 아테네에서는 해마다 커다란 종교 축제가 아크로폴리스에서 열렸었다. 후대에 들어서 아크로폴리스는 방어를 위한 군사적 의미보다는 신들을 모시는 종교적 의미가 훨씬 강조되어 그곳에 살던 주민들을 다른 곳으로 이주시키고 여러 신전을 세우게 되었다. 고대 그리스인들은 깨끗한 마음으로 신을 모시기 위해 아크로폴리스로 올라가는

▶
아크로폴리스 언덕.
아크로폴리스는
도시의 가장 높은
지역이라는 뜻이다.

언덕길에서 속세의 시름과 분노, 증오를 모두 비웠다. 신들이 거주하는 신성한 아크로폴리스에서 세속적인 일을 논의하거나 처리해서는 안 되었기 때문이다.

고대 그리스인들에게 신전이란 신들에게 경배와 기도를 드리는 곳으로서 지금의 교회나 절과 같은 기능을 하던 공간이다. 그리스말로 신전을 '나오스'라고 하는데, 이 말은 현대 그리스어에서도 여전히 교회당이나 절간과 같은 종교 행위가 벌어지는 곳을 가리키는 말로 쓰인다. 우리가 같은 낱말을 신전과 교회, 절간 등으로 구분하여 각기 다른 낱말로 쓰기 때문에 신전이라 하면 마치 교회나 절간과는 다른 기능을 한 것처럼 생각하게 된 것이다. 인간은 실로 언어의 굴레에 얽매여 사는 존재이다.

민주주의 산실, 프닉스 언덕

아크로폴리스가 이처럼 신성한 땅이었기에 이곳에서 민주주의가 싹텄다는 말은 성립될 수 없다. 그러나 한국 사람들은 이 사실을 잘 알지 못하고 민주주의의 상징으로 아크로폴리스를 들먹인다. 실제로 고대 아테네에서 민주주의의 산실인 민회가 열렸던 곳은 아크로폴리스 건너편에 있는 야트막한 언덕 프닉스이다. 고대 아테네 사람들은 이 언덕에서 민회를 열어 법률 제정이나 선전 포고나 평화 협정 체결 등과 같은 중요한 국사를 논의하고 결정하였다. 프닉스라는 말은 '숨막히는'이라는 뜻인데 이는 이 언덕에서 민회가 열릴 때 발 디딜 틈도 없이 모여든 군중 때문에, 그리고 또 열띤 토론의 분위기 때문에 숨쉬기조차 힘들었다는 데에서 유래한 말이다.

프닉스 언덕은 별로 볼 것이 없어 관광객의 발길이 드문 곳이다. 하지만 해 질 무렵, 이 언덕에서 황혼 빛에 물들어 가는 아크로폴리스를 바라보는 사람은 행복하다. 어둠이 깔리고 아크로폴리스 언덕 전체를 비추는 조명등이 하나 둘 켜지기 시작할 때, 등 뒤로는 피레우스 항구의 바다를 배경으로 가로등이 하나 둘 밝아 온다. 멀리 들려오는 도심의 소음과 함께 프닉스 언덕의 고요는 마음 깊숙이 숨어 있던 까닭 모를 슬픔을 느끼게 한다. 이 언덕에서 토해 내던 고대 정치인들의 열정 어린 연설과 그에 환호하는 민중의 모습이 떠오른다. 그토록 위대하고 고상한 정신의 소유자들이었던 아테네인들도 운명은 피할 수 없어 지금은 이렇게 폐허만 남은 언덕에서 나 홀로 우수에 잠겨 있다는 생각에 마음은 한없이 쓸쓸해진다. 삶이란 무엇인가? 나는 누구인가? 이런 철학적 사색이 아무런 준비도 없이 저절로 떠오르는 곳이다.

여론의 광장, 아고라

프닉스 언덕에서 민회를 열기 시작한 것은 아테네에서 민주주의가 시작되던 기원전 6세기 말의 클레이스테네스 치하에서였다. 그 이전에는 민회가 저잣거리인 아고라에서 열렸었다. 아크로폴리스 언덕의 남서쪽으로 펼쳐져 있는 폐허가 바로 고대 아고라 자리이다.

고대 그리스인에게 아고라는 특별한 의미를 가지고 있었다. 신성한 종교 중심지가 아크로폴리스라면 아고라는 세속적 삶의 중심지였다. 아고라의 원래 기능은 시장이다. 사람들은 여기에서 물건을 사고 팔았다. 그러나 많은 사람이 모이는 장소에는 많은 정보와 의견 교환이 있게 마련이다. 그리스인들은 아침에 노예 한두 명을 데리고 아고라로 나가서 장을 보아 집으로 보내고는 자신들은 아고라에 남아 친지들과 어울려 사업과 정치를 비롯한 여러 관심사를 논했다. 아고라에는 시장만 있었던 것이 아니다. 세속적인 일을 처리하는 행정 기관도 이곳에 있었다. 따라서 아고라는 고대 그리스 민주주의 정치에 있어 가장 중요한 장소였다. 특히 정치가들은 이곳에 와서 사람들을 만나고 여론의 방향을 가늠했다. 미래의 정치가를 꿈꾸는 젊은이들과 현명한 사람에게서 무엇인가 배우려는 젊은이들도 자연스레 이곳에 모여들었다. 소크라테스와 소피스트들이 제자들과 함께 만나 담소하던 곳도 바로 이곳이었고, 사도 바울이 아테네인들과 어울려 예수 그리스도에 대해 논쟁한 곳도 바로 이 아고라였다. 훗날 비록 민회는 프닉스 언덕으로 옮겨져 열렸어도 민주주의 현장은 계속 아고라에 남아 있었다. 이런 까닭에 아고라야말로 진정한 의미에서 민주주의의 요람이라고 할 수 있다.

성스러운 재판소, 아레이오스 파고스 언덕

아고라와 아크로폴리스 사이에 하얀 대리석 언덕이 있다. 이곳이 그리스 최고의 법정이 열렸다고 전해지는 아레이오스 파고스 언덕이다. 아레이오스 파고스란 '아레스의 언덕'이란 의미이다. 이 언덕에 이런 이름이 붙은 까닭은 신화적 사건과 관련이 있다. 신화에 의하면 자신의 딸을 겁탈한 악당을 살해한 전쟁의 신 아레스에 대한 재판이 이곳에서 열렸다고 한다. 인류에게 알려진 최초의 법정이다. 이 재판에서 신들은 아레스의 행위가 정당하다는 판결을 했다. 이 재판의 공정성은 고대 그리스에 널리 알려져 다른 모든 재판의 모범으로 여겨졌다. 지금도 그리스 대법원의 명칭은 이 언덕의 이름을 따서 아레이오스 파고스라고 한다. 이와 같이 그리스인들은 서양 사람들에게 민주주의뿐만 아니라 공정한 사법 제도의 틀까지 제공했다.

이 언덕을 찾는 관광객은 발 밑을 조심해야 한다. 대리석이 원래 미끄러운 데다 수많은 사람들의 발길에 닳고 닳은 언덕의 계단은 미끄럽기 그지없기 때문이다. 특히 비라도 뿌린 겨울 아침에는 아예 엉금엉금 기어서 오르내리는 것이 현명하다. 그러나 이 언덕은 이런 위험을 감수하고라도 올라가 볼 만한 가치가 있다. 물론 언덕에 서면 아고라가 한눈에 들어오는 명당인 까닭도 있지만 그보다도 기원후 51년 바로 이곳에 사도 바울이 올라가 아테네인들에게 알려지지 않은 새로운 신인 예

▶
세속적 삶의 중심지 아고라. 중앙에 테세이온 신전이 보인다.

수 그리스도에 대해 설교한 곳이기 때문이다. 지금도 햇빛이 잘 드는 이 언덕 남쪽에는 이런 사도 바울의 행적을 적은 사도행전 17장 22절 부터 34절의 구절이 동판에 새겨져 있다.

아테네의 유적지에는 발길 닿는 곳마다 이렇게 신화와 역사가 있다. 그러기에 이곳에서처럼 아는 것만큼 보인다는 말이 실감나는 곳은 없 다.

아크로폴리스의 비밀

아크로폴리스로 올라가는 길

절간을 찾아갈 때, 제일 먼저 마주치는 문이 일주문—柱門이다. 절이 시작되는 곳이다. 그곳에서 인왕문仁王門까지가 속세의 잡다한 일과 상념을 다 버리고 경건한 마음을 가다듬는 공간이다. 이곳이 바로 물에 해당되는 곳으로 우리가 살아가면서 지은 죄를 씻어 주는 정화淨化의 공간이다. 무시무시한 모습의 사천왕四天王이 지키는 인왕문을 지나면 절의 본당에 해당하는 마당으로 들어선다. 석탑과 석등이 있는 곳으로 땅에 해당하는 공간이다. 그 안쪽에 부처님을 모신 대웅전이 자리 잡고 있다. 하늘에 해당하는 곳이다.

절간의 이런 배치는 그리스도교 성당에서 그대로 발견된다. 어느 성당이든 건물의 바깥문을 들어서면 두 번째 문이 있다. 그 두 문 사이가 물에 해당되는 정화의 장소로서 속세의 일을 씻어 내는 공간이다. 그리고 두 번째 문 안으로 들어서면 온갖 장식으로 아름답게 꾸민 본당이 나온다. 지상에 해당하는 곳이다. 그리고 안쪽 깊숙이 몇 개의 계단이 있고 그 위에 하늘에 해당하는 지성소가 있다.

신을 모시는 신성한 장소의 이런 구조는 이미 고대 세계에서부터 널

▶
아테네의 건국 영웅
에레크테우스를 모신
에레크테이온 신전.

리 알려져 있었다. 아테나 여신에게 바쳐진 파르테논 신전과 전설적인 아테네의 건국 영웅 에레크테우스를 모신 에레크테이온 신전이 있는 아크로폴리스의 구조 역시 이와 동일하다. 가파른 언덕길을 완만한 비탈로 만든 인체 공학적인 배려에 감탄하면서 천천히 아크로폴리스로 올라가면 웅장하고 아름다운 대리석 기둥의 건축물이 모습을 드러낸다. 이곳이 프로필레아Propylaia, 즉 현관이라고 불리는 곳으로 신전으로 올라가면서 속세의 잡다한 애증과 오욕 칠정을 씻어내는 공간이다. 고대에는 언덕 아래에서 아크로폴리스로 오르는 길이 이렇게 완만하지 않았고 아래에서 현관 문까지 곧바로 가파르게 뚫려 있었다 한다. 신에게 이르는 길이 쉬워서는 안 된다는 생각과 힘들게 언덕을 오르면서 잡념을 떨쳐버리라는 배려에서 일부러 그렇게 만들었으리라. 프로필레아의 바깥은 남성적 웅장함을 자랑하는 도리아식 기둥으로 장식되어 있

▲
프로필레아는
신전으로 올라가면서
속세의 잡다한 애증과
오욕칠정을 씻어내는
공간이다.

다. 그러나 안쪽은 여성적이고 우아한 이오니아식 기둥으로 되어 있다.

에레크테이온 신전은 아크로폴리스 북쪽에 있는 고대 그리스의 이오니아식 신전이다.

10여 미터 남짓한 프로필레아의 높은 기둥 사이를 지나면 본당 마당에 해당하는 탁 트인 공간에 푸른 지중해 하늘을 배경으로 파르테논 신전이 아름다운 모습을 드러낸다. 신들의 신성한 땅으로 들어가는 순간이다. 이곳에서 보이는 파르테논은 정면이 아니다. 신전의 북동쪽 모퉁이가 비스듬하게 보인다. 그 각도의 아름다움은 그리스인들의 탁월한 심미안을 보여준다. 신전이 놓여 있는 곳이 바로 하늘에 해당하는 지성소이다.

파르테논 신전에 숨어 있는 숫자들

기원전 447년부터 438년 사이, 10년 동안 지어진 파르테논 신전은 지금은 심하게 파손되어 있다. 아크로폴리스를 지키는 터키군과 이를 공략하던 베니스군 사이에 전쟁이 한창이던 1687년 9월 26일 아침 7시, 한 독

파르테논의 기둥들은 똑바로 서 있지 않다. 모두 조금 안쪽으로 기울어져 있다. 모든 기둥의 기울기를 그대로 이어가면 1760미터 높이에서 한 점에 모인다.

일 출신 중위가 쏜 대포가 아크로폴리스로 날아들었다. 그 포탄의 파편 하나가 지붕과 천장 사이의 공간 사이로 튀었다. 그리고 운 나쁘게도 그 파편은 마침 그곳에 저장되어 있던 터키군의 화약 더미를 뚫고 지나갔다. 큰 폭발과 함께 그때까지 2200년 동안이나 온전하게 남아 있던 파르테논 신전의 반이 날아갔다. 북쪽 기둥 여덟 개와 남쪽 기둥 여섯 개가 날아간 텅 빈 공간은 인간의 잔혹성과 폭력성을 지금도 조용히 호소하고 있다.

고대 그리스 신전의 가로와 세로의 비율은 항상 n:2n+1로 되어 있다. 이런 비율로 건물을 지었을 때 가로와 세로의 비율이 황금 분할을 이룬다고 한다. 파르테논 신전 역시 이 비율을 지키고 있어 정면 부분 기둥이 8개, 옆 부분 기둥이 17개로, 총 46개의 기둥으로 이루어진 건물이다.

파르테논의 기둥들은 똑바로 서 있지 않다. 모두 조금 안쪽으로 기울어져 있다. 모든 기둥의 기울기를 그대로 이어가면 1760미터 높이에서 한 점에 모인다고 한다. 이 정도 기울기를 주어야 건물이 사람의 눈에 똑바른 것처럼 보인다고 한다.

또 파르테논 신전에는 직선이 없다. 반듯하게 보이는 기둥과 바닥, 지붕의 모든 선이 실은 약간 구부러진 곡선이다. 배흘림 기법으로 지어진 최초의 건축물답게 기둥은 밑동에서 1/3쯤 올라간 부분이 가장 두껍다. 바닥 역시 곡선으로 이루어졌다. 건물의 모서리 부근에서 기초를 이루는 돌에 눈높이를 맞춰 자세히 보면 건물 가운데 부분으로 갈수록 볼록하게 부푼 것을 볼 수 있다. 복판 부분은 끝부분보다 11센티미터 더 올라와 있다. 이 곡선을 쭉 이어 나가면 반지름이 5.6킬로미터인 원이 된다. 파르테논 신전이라는 건물 하나에 숨어 있는 수많은 숫자들은 그리스인들이 신에게 바친 정성이 얼마나 끔찍했는가를 잘 보여 준다.

파르테논 신전에도 단청이 있었다

많은 시인과 화가 들이 지중해 쪽빛 하늘 아래 하얗게 반짝이는 그리스 신전의 아름다움을 노래했다. 그런 예술가에게뿐만 아니라 일반인에게도 그리스 신전의 단순함은 깊은 감동을 자아낸다. 그러나 우리가 시간 여행을 할 수 있어 고대 그리스 세계로 간다면 사뭇 다른 모습의 신전들을 마주하게 될 것이다. 신전의 지붕과 기둥 사이의 공간은 온갖 강렬한 원색으로 채색된 조각으로 장식되어 있었기 때문이다. 우리가 흔히 보는 대리석 조각 위에도 가지가지 색을 칠해 아름답게 꾸몄었다. 오랜 세월의 흐름에 따라 고대 그리스인들이 칠해 놓았던 색들은 모두 사라졌고, 오늘날 우리는 흰 대리석 바탕만 볼 수 있을 뿐이다. 그러나 자세히 들여다보면 아직도 곳곳에 채색되었던 흔적이 눈에 띈다. 한동안 서양의 고고학자들은 그리스 각지의 유적들이 예전에는 어떤 모습이었을까를 재구성해 내는 일에 몰두했었다. 19세기에서 20세기로 넘어오는 시기에는 면밀한 조사와 자료를 바탕으로 예술가적 상상력을 최대로 동원해 그린 신전들의 복원도가 석사 학위 논문을 대신하기도 했었다. 이렇게 만들어진 복원도들이 상당히 많이 남아 있다. 지금도 아테네 국립 고고학 박물관 한구석에는 각가지 화려한 색으로 아름답게 채색된 아크로폴리스를 복원한 모형이 전시되어 있다. 잠시 그 모형 앞에 서서 고대 아테네인들이 보았던 아크로폴리스를 그려 보는 것은 상상력을 가진 자들만의 즐거움이다. 그 모형 안에 향을 피우고 사도 바울이 보았다는 수많은 이름 모를 신상들이 즐비한 사이를 흰 키톤Chiton : 그리스인의 겉옷을 휘날리며 거니는 수많은 철학자와 종교가, 예술가와 장인, 그리고 간절한 염원을 기도하기 위해 찾아온 걱정 많은 아버지들로 채워 넣는 상상을 하다 보면 한여름의 긴 해도 잠깐이면 기울어진다.

더 이상 아크로폴리스에서 사도 바울이 말한 강한 신앙심을 가졌던 아테네인들의 경건한 모습을 볼 수 없음은 중요하지 않다. 파르테논 신전 동쪽 끝에 앉아 기둥 사이로 넘어가는 석양을 바라보는 추억만으로도 아테네는 더없이 아름다운 도시이기 때문이다.

아테네의 로마 시대 건축물들, 이웃을 잘못 만난 유적

헤로데스 아티쿠스 소극장

아크로폴리스로 올라가는 사람은 누구나 언덕의 오른편 아래로 펼쳐지는 원형 극장의 아름다움에 경탄을 금치 못한다. 이 극장은 기원후 160년에 돈 많은 로마의 귀족 헤로데스 아티쿠스가 지어 아테네에 바친 소극장이다. 그의 아버지 줄리우스가 부자가 된 데에는 재미있는 일화가 있다.

어느 오래된 저택을 사서 이사한 줄리우스는 그 집 마당에서 엄청난 보물이 있는 단지를 발견했다. 정직한 그는 이 사실을 황제에게 보고하고 그 재산의 소유권을 인정받았다. 그러나 힘들이지 않고 횡재한 재산을 자기 혼자 독차지한다는 것이 옳지 않다고 생각한 그는 공공 건물을 짓는 데 많은 기부를 했다. 특히 어려운 사람들을 돕는 데에 조금도 인색하지 않았다. 그러고도 남아도는 재산을 자식들의 교육을 위해 썼다. 과연 이런 그의 정직성과 노력은 보답을 받아 그의 아들 헤로데스는 훌륭한 사람이 되어 집정관을 비롯한 여러 관직에서 공명정대한 정치를 폈다. 그리고 은퇴한 뒤 아테네에 머물면서 아테네와 코린토스, 델피, 올림포스 등에 여러 공공 시설을 짓는 데 많은 돈을 기부했다. 일설에는

▶
헤로데스 아티쿠스
소극장 내부.

헤로데스의 어머니가 보물을 발견한 사실을 감추고 검소하게 살면서
아들들이 훌륭한 사람이 된 뒤에야 그 보물을 물려 주었다고도 한다.

　지금까지도 원형을 거의 유지하고 있는 이 극장은 아직도 매해 여름
이면 아테네 축제 때에 여러 가지 공연이 열린다. 그러나 이 극장에 대
한 인상은 아크로폴리스로 올라가 파르테논 신전을 보는 순간 지워지
고 만다. 다른 도시에서라면 가장 아름답고 인상적이었을 이 극장은 너
무 빼어난 이웃을 둔 탓에 사람들의 큰 관심을 끌지 못하는 운명이 되고
말았다.

기구한 운명의 아테네 제우스 신전

아크로폴리스의 동쪽 끝에서 아래를 내려다 보면 멀리 웅장한 코린트식 기둥이 몇 개 서 있는 것이 보인다. 올림피아 제우스 신전이다. 호방하고 웅장한 기상이 느껴지는 이 신전은 안타깝게도 찾는 이가 별로 없어 항상 쓸쓸함을 느끼게 한다. 이웃을 잘못 둔 탓이다. 바로 옆에 세계 문화 유산 가운데 가장 아름답다는 아크로폴리스가 우뚝 솟아 있어 웬만한 사람들은 눈길 한번 제대로 주지 않는다. 이 신전이 소아시아나 유럽의 어느 도시에 있었더라면 관광객의 발길이 끊이지 않았을 것이다.

이 신전은 규모 면에서 그리스 본토에서 가장 큰 신전이다. 시실리를 비롯한 남부 이탈리아와 소아시아 지방을 포함하는 전 고대 그리스 세계에서도 손에 꼽을 정도로 큰 신전이다. 기둥 수만 해도 104개이고 각 기둥의 높이는 17미터가 된다. 파르테논 신전보다 네 배가 넘는 규모이다.

신화는 이 터에 처음으로 사당을 세운 인물은 데우칼리온이었다고 전한다. 제우스의 사랑을 받아 대홍수 때에 살아 남은 유일한 인간인 데우칼리온은 홍수 물이 땅 밑으로 빠져나가는 틈을 보고 이 자리에 신전을 세웠다. 이 신전 터가 땅 밑 세계로 통하는 통로임을 암시하는 사건이다. 이 사건을 기념하여 고대 아테네 사람들은 이 신전 밑에 뚫려 있는 구멍에 벌꿀을 쏟아 넣는 봉헌을 했다고 전해진다. 기원전 6세기 때 참주였던 페이시스트라토스가 같은 자리에 신전을 세우기 시작했다. 그러나 그의 아들 히피아스가 정치적 망명을 하게 되면서 공사는 중단되었다. 세월이 한참 흐른 기원전 174년에 시리아의 안티오코스 왕국의 에피파네스 왕이 다시 공사를 시작했다. 그러나 이번에도 기둥을 모두 세우고 지붕을 얹을 단계에서 공사는 다시 중단되었다. 설상가상으로 기원전 86년, 로마의 장군 술라는 로마에 신전을 짓기 위해 이곳의 기둥들을 약탈해 갔다. 그로부터 200여 년이 흐른 뒤인 기원후 130년, 신전은 결국 하드리아누스 황제에 의해 완성되었다. 이곳에 신전이 들어서

▶
제우스 신전의
코린트식 기둥.
제우스 신전은
그리스 본토에서
가장 큰 규모이다.

기까지 실로 700년이라는 긴 세월이 흘렀다. 이 신전이 완성되었을 때, 아크로폴리스는 이미 560년이라는 긴 세월 동안 아테네의 상징으로 전 세계에 알려져 있었다. 아테네는 역시 아테나 여신의 도시였지 결코 제우스의 도시는 아니었던 모양이다.

하드리아누스의 아치

제우스 신전과 아크로폴리스 사이에 서 있는 하드리아누스 아치 역시 이웃을 잘못 만나 괄시받는 유물이다. 이 아치는 제우스 신전과 마찬가지로 로마의 하드리아누스가 기원후 132년에 건설한 것이다. 로마 시대에는 이 문을 경계로 옛 아테네와 새로운 아테네로 나뉘었다. 지금으로 말하면 강북과 새 도시 강남의 경계인 셈이다. 하드리아누스 황제가 세운 건축물들은 로마의 각 지방에서 가장 오래된 건물임을 자랑하며 수많은 관광객의 찬탄의 대상이다. 터키의 안탈리아에 이것과 비슷한 하드리아누스 아치가 있는데 그 도시에서 가장 오래된 유물로서 해마다 수많은 관광객의 경탄 속에 위용과 아름다움을 자아내고 있다. 에페수스에 있는 하드리아누스 황제의 신전 역시 가장 중요한 관광 명소이다. 그러나 아테네에서 기원후 2세기에야(?) 지어진 건물은 어느 누구의 관심도 끌지 못하고 초라하게 서 있을 뿐이다.

필로파포스 기념비

아크로폴리스 언덕의 남쪽 건너편 언덕에 대리석으로 만든 기념탑이 하나 우뚝 서 있다. 이 탑은 시리아 북부 지방의 코마게네라는 조그만 왕국의 왕자 율리우스 안티코스 필로파포스의 무덤으로 아테네인들이 기원후 114년과 116년 사이에 그를 기념하기 위해 세운 것이다. 오랜 세월의 풍상에 겉면에 새겼던 부조들은 거의 지워졌지만 로마 제국 전성시대의 당당한 기상과 정신을 잘 보여 주는 기념비이다. 그러나 여기에

▶
하드리아누스의 아치.
로마 시대에는
이 문을 경계로
옛 아테네와 새로운
아테네로 나뉘었다.

도 관광객의 발길은 드문 편이다. 언덕 위에 높이 서 있기 때문에 혹시 호기심이 생겨 찾아온 나그네들도 무엇을 위한 유물인지 알지 못하고 건너편 아크로폴리스를 배경으로 사진만 몇 장 찍고 내려갈 뿐이다.

바람의 탑

아크로폴리스의 북쪽 비탈 아래에는 로마 시대의 아고라가 있었다. 그 아고라 입구에는 팔각형 탑이 하나 있는데 기원전 1세기에 세워진 이 탑은 동서남북과 그 사이의 방향으로 나누어진 면들 위에 햇빛이 비치는 각도에 따라 몇 시쯤 되었는지를 알아 볼 수 있게 만든 시계이다. 각 방면 벽에는 그 방면의 바람의 신을 부조로 조각해 놓았다. 시계가 없던 고대인들이 이런 방식으로 시간을 쟀다는 사실만으로 흥미를 느끼게 해 주는 건물이다. 그러나 여기에도 관광객의 수는 그리 많지 않다.

비난할 수 없는 관광객들의 외면

이처럼 아테네에 있는 모든 로마 시대 유적들은 선의의 피해를 보고 있다. 그러나 아무도 아크로폴리스 때문에 이들 로마 유적을 외면하는 관광객을 비난할 수는 없을 것이다. 로마 시대의 유적들은 시대적으로도 뒤질 뿐 아니라 아크로폴리스의 빼어난 아름다움 앞에 도저히 상대가 되지 않기 때문이다. 파르테논 신전을 본 눈으로 이 건축물들을 볼 때, 건축에 대해 아무것도 모르는 사람도 차이만은 분명하게 느낄 수밖에 없다. 2500년 전에 지어진 건물 가운데 아직도 그곳을 찾는 모든 사람들의 심금을 울리는 아크로폴리스야말로 인간이 만든 건축물 가운데 최고의 작품임을 아무도 부정할 수 없다. 그런 아름다운 작품을 만들었던 그리스인들도 결국 얼마 가지 못해 멸망했다. 아크로폴리스의 폐허에서 인간은 결국 유한한 존재임을 깨닫는 사람의 마음은 그것을 지은 사람들만큼 숭고하고 기품이 있다.

▶
바람의 탑.
동서남북과 햇빛이
비치는 각도에 따라
시각을 알 수 있는
시계. 벽마다 그
방면의 바람의 신이
부조되어 있다.

판아테나이코 올림픽 스타디움, 근대 올림픽의 요람

제1회 근대 올림픽이 열린 스타디움

올림픽 스타디움은 아테네의 명소 가운데 하나이다. 이곳은 아크로 폴리스에서는 보이지 않는다. 중간에 큰 공원의 숲이 가리고 있기 때문이다. 1896년에 이곳에서 제1회 근대 올림픽이 열렸다. 나지막한 두 언덕 사이에 포근히 안기듯 자리 잡은 이 스타디움은 기원전 4세기 초까지는 아테네의 한적한 외곽으로 바로 건너편에는 플라톤이 세운 사설 학교 '리키온'이 있었던 곳이다. 플라톤의 대화편《파이드로스》에서 소크라테스와 파이드로스가 대화를 나눈 플라타너스 나무가 서 있던 곳이 바로 이 스타디움을 감싸고 있는 언덕 가운데 하나였다. 지금은 아파트로 가득한 그 언덕이 당시에는 앞쪽으로 물이 흐르고 시원한 바람이 부는 경치 좋은 야외였던 모양이다.

두 언덕 사이에 아늑한 공간을 만들고 있는 스타디움 자리는 이미 고대에도 볼거리를 위해 사람들이 모이던 곳이었다. 기원전 330년에 아테네 축제를 벌이는 장소로 단장되어 전차 경기와 경마 경기가 열리던 곳이었다. 기원후 2세기, 하드리아누스 황제가 아테네에 왔을 때에는 수천 마리의 맹수와 검투사들의 혈투가 벌어지기도 했다. 기원후 144년

▶
고대 그리스 도자기에 그려진 올림픽 경기 우승자의 모습. 손에 올리브 관을 들고 팔과 다리에 우승자임을 나타내는 표지를 달았다. 흔히 우승자의 머리 장식으로 월계관을 생각하지만 월계관은 시인에게 수여하고, 올림픽 우승자에게는 올리브 관을 주었다.

헤로데스 아티쿠스의 기부에 의해 이 자리에 대리석 관중석이 만들어 졌다. 아테네인들은 그에게 감사하는 마음으로 헤로데스 아티쿠스의 무덤을 스타디움 입구 왼편 언덕에 만들었다.

기원후 4세기 그리스도교가 국교로 선포된 뒤에 모든 이교도 행사는 엄격히 금지되었다. 이에 따라 운동 경기나 검투사들의 잔혹한 경기도 모두 금지되었다. 오랫동안 스타디움의 대리석 관중석은 텅 빈 채로 남 아 있었다. 중세 때 잠시 아테네를 점령했던 프랑크인들이 가끔 마상 시 합을 벌이기 위해 몇 번 사용되었을 뿐이다. 이렇게 아테네에 영광이 사 라진 뒤 관중석의 품질 좋은 대리석들은 집을 짓거나 다른 건물을 짓는 데 모두 사용되었다. 스타디움의 대리석은 꽤 오랫동안 그 지역 사람들 에게 채석장 역할을 한 것이다.

1895년 아테네가 초대 근대 올림픽 개최지로 결정되었을 때, 스타디

▲
오늘날의 기준으로
보면 경기 수준은
형편없었다.
100미터 달리기의
기록은 12초대였고,
마라톤의 기록은
세 시간에 가까웠다.

움의 상태는 폐허만 남아 있을 뿐 아무 볼품이 없었다. 이 스타디움이 지금의 모습으로 되기까지는 또 다른 관대한 기부자를 필요로 했다. 그리스 정부는 올림픽 경기를 위해 투자할 재정이 부족했다. 이집트 알렉산드리아에 살고 있던 그리스인 갑부 아베로프는 이런 소식을 듣고 헤로데스 아티쿠스의 정신을 본받아 스타디움을 재건하는 비용 전부를 혼자서 부담하겠다고 나섰다. 스타디움 앞 광장에는 그 공로를 기리는 그의 조각상이 세워져 있고 그의 자손들은 대대로 그리스의 정치 명문가로 성공하고 있다.

제1회 근대 올림픽

1896년 3월 24일, 부활절 일요일 아침에 왕과 고관 대작들, 그리고 초대 올림픽 위원들이 참석한 가운데 수용 인원 6만 명의 이 스타디움에서 초대 근대 올림픽의 개최가 선언되었다. 이 올림픽은 그 해 4월 3일까지 열흘 동안 41종목에 걸쳐 열띤 경기를 벌였다. 달리기 · 멀리뛰기 · 원반던지기와 같은 육상 종목과 레슬링 · 역도와 같은 고대 올림픽에 있었던 대부분의 종목은 다 부활되었다. 다만 권투는 포함되어 있지 않았다. 또 달리기는 100미터, 400미터, 800미터, 1500미터로 나누어 겨루었고, 높이뛰기와 삼단 멀리뛰기 같은 새로운 육상 종목이 추가되었다. 한 손으로 하는 역도 경기와 같이 지금은 볼 수 없는 종목도 있었다. 그리고 당시 유럽에서 인기가 있었던 체조와 수영 · 펜싱 · 사격 · 사이클 · 테니스와 같은 근대 스포츠 종목이 추가되었다. 특히 페르시아 전쟁 때 그리스의 마라톤 승전을 기념하기 위해 마라톤에서부터 아테네 아크로폴리스 사이의 거리인 42.195킬로미터를 달리는 마라톤 경주가 새로 추가되었다. 첫 번째 마라톤 경기에서는 그리스의 우편 배달부인 루이스가 우승했을 뿐 아니라 준우승까지 모두 휩쓰는 기염을 토했다. 이에 힘입어 그리스는 이 대회의 열 종목에서 우승하며 미국에 이어 2위를 차지했다. 전지 훈련이라는 개념이 없었던 당시로는 어쩌면 당연한 결과인지도 모른다. 우승자에게는 금메달이 주어진 것이 아니라 우승컵이 수여되었다는 점이 우리의 눈에는 신기하게 느껴진다. 청동으로 만들어진 메달은 기념품으로서 지금의 올림픽 기념 주화와 같은 의미를 가지고 있었다.

　오늘날의 기준으로 보면 경기 수준은 형편없었다. 100미터 달리기의 기록이 12초대였고, 마라톤의 기록은 세 시간에 가까웠다. 운동 여건도 조잡하기 그지없었다. 선수들은 경기가 끝날 때쯤이면 땀과 먼지로 범벅이 되곤 하였다. 또 경기 규칙도 아직 엄격하지 않았다. 마라톤 우승자인 루이스는 경기 도중 길가 식당 주인에게 부탁하여 포도주를 한 잔 가득 먹고 뛰기도 했고, 마라톤 코스 자전거 경주에서는 그리스의 콘스탄티디스가 자신의 자전거가 고장 나자 다른 동료 친구의 자전거를 빌

▶
현재 시민 체육
시설로 일반인에게
개방되어 있는
아테네 경기장.

려 타고 끝까지 경주를 하여 우승하기도 했다. 그러나 정정당당하게 겨루어 승부를 가린다는 페어 플레이 정신과 일하며 여가를 이용하여 운동을 한다는 아마추어 정신이 확실하게 살아 있었던 시절의 낭만을 흠씬 느낄 수 있는 올림픽이었다.

헤르메스의 기둥

오늘날 이 스타디움을 찾는 한국인들은 가슴 뿌듯한 경험을 할 수 있다. 입구 왼쪽에 있는 두 개의 대리석 판 위에 역대 근대 올림픽 개최지가 적혀 있다. 첫 번째 판의 맨 아래에 '1988년 서울'이라는 문구가 써 있다. 그 첫 번째 판은 서울 올림픽을 끝으로 다 채워지고 1992년 바르

◀
1896년 아테네
올림픽 마라톤
우승자인 우편 배달부
스피로스 루이스.

셀로나 올림픽부터는 새 판에 옮겨 적게 되었음을 알 수 있다. 이를 보는 한국 사람들은 서울 올림픽이 한 시대를 마감하고 새로운 시대를 연 것 같은 기분에 공연히 우쭐한 기분을 느끼곤 한다.

스타디움의 안쪽에는 맨 위에 사람 머리가 새겨져 있는 흰 대리석 기둥이 하나 서 있다. 옛 그리스에서 길거리에 세워져 이정표와 도시 간의 경계 표지로 쓰였던 헤르메스 기둥이다. 이 기둥 위에는 양면으로 두 개의 얼굴이 조각되어 있는데, 둘 가운데 관중석을 보고 있는 얼굴은 젊은이고 경기장을 면하고 있는 얼굴은 40대의 장년이다. 재미있는 것은 관중석을 보고 있는 젊은 얼굴 쪽 기둥 아래 부분에 남자 성기가 새겨져 있는데 풀이 죽어 있는 모습인 반면 나이 든 쪽의 기둥에는 힘차게 서 있는 성기가 새겨져 있는 것이다. 이 상징의 의미는 분명하다. 운동을 게을리 하면 젊더라도 힘을 쓸 수 없지만 운동을 열심히 하면 나이가 들어도 젊은이 못지 않게 정력이 줄어들지 않는다는 뜻이다.

사회 체육 시설로서의 스타디움

올림픽 스타디움은 일 년 내내 일반인들에게 공개되어 있어 원하는 사람이면 누구나 이곳에서 좋은 시설을 이용하여 운동을 즐길 수 있다. 원래의 기부자의 뜻에 따라 지금까지도 일반 시민을 위해 훌륭한 시설을 아무 조건이나 까다로운 절차 없이 공개하는 모습에서 그리스의 선진된 부분을 느낄 수 있다. 그러나 스타디움은 별로 붐비지 않는다. 시설에 비해 그리스인들의 운동 열기가 높지 않은 까닭이다. 세계에서 가장 비만인이 많다는 불명예를 별로 신경 쓰지 않는 모습에서 그리스인들의 낙천적이고 남의 시선에 아랑곳하지 않는 여유가 느껴진다.

디오니소스 원형 극장, 서양 연극의 탄생지

비극의 탄생지, 디오니소스 극장

아크로폴리스의 남동쪽 바로 아래에는 디오니소스 극장의 폐허가 남아 있다. 지금은 쓰러져 가는 잔해들만이 쓸쓸하게 널려 있는 이곳이 한때는 4만 명의 아테네 시민들이 모여 무대에서 벌어지는 장면에 빠져들던 곳이었다. 세계에서 가장 오래된 극장이라는 명예를 주장하는 이곳은 서양 연극의 요람이다. 이곳은 원래 디오니소스 신의 신전이 있었던 자리로 이미 기원전 6세기부터 디오니소스 신에게 바쳐진 종교 제전에서 연극의 초기 형태의 공연이 이루어졌고, 그 후 그리스 문명의 황금기인 기원전 5세기에는 여기서 아이스킬로스와 소포클레스, 에우리피데스의 비극과 아리스토파네스의 희극의 첫 공연들이 상연되었다. 그리스 비극은 기원전 5세기에 아테네에서 생겨나서 약 100년 동안 전성기를 누리다가 아테네의 쇠퇴와 함께 힘을 잃고 사라졌다. 그러나 비극의 발명은 후대 서양 문학에 무시할 수 없는 깊은 자취를 남겼다.

기원전 5세기의 아테네인들이 비극을 만들고 사랑했던 까닭은 세대와 계층 간의 갈등 때문이었다. 기원전 6세기에 아테네에서는 빈부의 차이가 심해지면서 귀족과 평민 사이에 긴장감이 높아졌다. 이를 해결

▶
기원전 5세기 비극과 희극의 첫 공연이 상연되었던 디오니소스 극장. 당시 아테네인들이 비극을 만들고 사랑했던 까닭은 세대와 계층 간의 갈등 때문이었다.

◀
디오니소스 극장을
장식하고 있는
조각품.

하기 위해 드라콘과 솔론 같은 지도자들은 성문법을 제정하여 귀족들의 지나친 부와 권력을 줄이려 했으나 귀족 계층의 반발로 성공하지 못했다. 개혁은 막다른 골목에 이르고 사회적 갈등은 폭발 직전에까지 이르렀다. 이런 사회 불안을 틈타 페이시스트라토스라는 야심 많은 귀족이 민중을 선동하여 절대 권력을 잡는다. 이른바 참주tyrannos 정치의 시작이다. 페이시스트라토스는 자신의 정치 기반인 민중의 비위를 맞추기 위해 귀족적인 '올림포스-제우스' 신앙 체계가 억눌렀던 '디오니소스-지하신'의 옛 신화를 부활했다. 국가가 주관하는 대규모 디오니소스 축제가 열린 것도 바로 이 시기였다. 디오니소스 축제에서 벌이던 춤과 노래 공연은 차츰 연극으로 발전하여 기원전 5세기에 이르러서는 하나의 완전한 형식을 갖춘 예술 형태로 자리 잡았다.

그러나 참주들에 의한 디오니소스 신앙의 부활은 사회 갈등을 해소하기보다는 오히려 첨예화하는 데 더 많이 이바지했다. 올림포스 신앙을 지키려는 지식인 보수 세력과 디오니소스 신앙을 더 확실하게 하려는 민중 사이의 눈에 보이지 않는 긴장은 페르시아 전쟁이 끝나면서 더욱 깊어만 갔다. 당시 비극 작가들은 연극을 통해 이런 반목과 갈등을 해결해 보려 노력했다. 전통적 올림포스 신앙을 대표하는 영웅과 민중의 입장을 전하는 코러스 사이에서 오가는 대화들은 그 당시 사회에서 흔히 마주치는 갈등을 드러내고 있다. 작가들은 무대에서 벌어지는 영웅의 비극적 운명을 통해 반목과 대결은 결국 비극으로 끝날 수밖에 없으며 이를 피하기 위해서는 화해와 타협뿐임을 관객들에게 전하려 했다. 비극 작가들의 이런 시도는 실패로 끝났지만 연극이라는 위대한 문화 자산을 남겼다. '예술은 길고 인생은 짧다'는 말이 새삼 실감나게 들린다.

관객을 위한 편의 시설의 중요성

오늘날 우리가 디오니소스 극장의 폐허에서 보는 유물들은 기원전 342년부터 326년 사이에 지은 극장의 잔해들이다. 기원전 6세기 이전에는 극장은 없었고 다만 디오니소스 신의 신전만 있었던 것 같다. 디오니소스 축제가 부활되자 이곳에 수많은 사람들이 모여드는 횟수가 잦아지면서 자연스럽게 공연장과 구경꾼이 구경하는 장소로 나뉘기 시작했다. 원래 군무群舞의 형태로 노래와 춤이 어우러지던 축제에서 언젠가부터 한 사람의 배우가 등장하고 이에 화답하는 코러스로 분리된 형태로 발전하기에 이르렀다. 이런 형태의 축제는 자연스레 연기자와 구경꾼을 나누게 되었고, 구경꾼이 생기자 객석이 생겨났다. 사람들이 구경하기에 좋은 언덕을 배경으로 낮은 곳에서 공연이 이루어졌다. 처음의 무대는 맨땅이었고 객석에도 별다른 시설이 없었다. 아마도 우리나라의 마당극과 비슷했을 것이다. 그러나 세월이 흐름에 따라 배우들과 코러

서양 연극의 발상지로서 한때의 영화를 뒤로하고 폐허로 남은 디오니소스 원형 극장.

스는 점점 더 전문화되어 갔고 극은 더 세련되어졌다. 이에 따라 점점 더 많은 사람들이 연극을 관람하러 모여들었다.

연기자들을 위한 공연 환경만 좋아서는 훌륭한 연극을 만들 수 없다. 극을 보는 관람객들의 편의 시설 역시 좋아야 비로소 수준 높은 공연이 이루어질 수 있는 것이다. 그리스인들은 민주주의를 창안한 사람들이다. 그러기에 연극에서 관객의 중요성을 누구보다도 잘 아는 사람들이다. 아이스킬로스, 소포클레스, 에우리피데스, 아리스토파네스의 걸작들이 공연되던 기원전 5세기에 접어 들자 극장에는 나무로 만든 객석이 만들어졌다. 무대 역시 상설 무대는 없었고 축제 때가 되면 임시로 공연을 위해 나무로 만들었다.

이 극장이 화려하게 단장하게 된 것은 기원전 4세기에 이르러서였다. 이때 비로소 객석은 질 좋은 돌로 대체되었고 무대에는 공연을 위한 영구적인 무대도 만들어졌다. 위대한 작가들의 걸작들은 기원전 5세기에 창작되었지만 훌륭한 극장은 기원전 4세기에 만들어졌다. 연극이라는 예술 형식이 자리 잡아 가는 초창기에는 몇몇 선각자가 활동한 시기였다. 이 시기에는 아직 많은 관중이 확보되어 있지 못했다. 따라서 극장 시설도 아직 제자리를 잡지 못한다. 연극 형식이 절정기에 이르면 관객도 많이 늘어난다. 그러나 관객이 늘어 인기가 최고에 이르렀을 때에는 이미 예술가들의 진수는 기력을 다하여 기울기 시작한다. 바로 그 시기에 최고의 시설과 연기를 비롯하여 무대 장치, 의상, 분장 등의 공연 기술이 꽃을 피운다. 역사의 아이러니이다.

기원전 4세기는 그리스인들이 더 이상 종교나 신앙에 관심을 두지 않게 된 시기이다. 이제 극장은 예전의 숭고하고 성스러운 종교 축제를 위한 공간이 아니라 즐기고 노는 재미를 위한 공간으로 바뀌었다. 따라서 극장에는 예전에 비해 훨씬 많은 사람들이 찾아오게 되었다. 흥행주들과 정치인들은 서로 앞다투어 극장을 화려하게 꾸미고 자신들의 이

익을 챙기려 들었다. 이런 성향은 로마 제국 시대에 절정에 이르렀다. 기원후 61년 화려한 대리석 벽이 무대와 객석 사이에 설치되었다. 검투사들의 위험한 경기로부터 관객들을 보호하기 위한 조치였다. 피가 튀고 맹수와 인간이 원초적 폭력을 휘두르는 아수라장이 된 이곳은 더 이상 신들을 숭배하는 경건하고 고상한 관객들을 찾아볼 수 없게 되었다.

화려한 겉모습은 그에 걸맞은 수준 높은 내실을 약속하지 않는다. 오히려 그 반대일 경우가 더 많다. 한때 인류 역사상 가장 숭고한 정신의 산실이었던 디오니소스 극장은 로마 시대에 들어 겉치장은 더 야단스러워졌으나 속은 타락할 대로 타락한 장소로 바뀌었다. 전쟁 중에도 신들에게 바치는 축제는 계속돼야 한다고 믿어 때를 놓치지 않고 연극제를 벌이고 구경하던 그리스인들의 숭고한 모습은 죽어가는 검투사의 단말마적 비명마저 관객의 아우성에 묻혀 버리는 광란 앞에 완전히 잊혀졌다. 그 광란의 축제가 끝난 자리에 남은 것은 피폐화된 초라한 모습의 군상뿐이었다.

기원후 4세기 아테네의 영광이 영원히 막을 내릴 때, 디오니소스 극장은 이미 폐허가 되어 있었다. 9세기에 아테네를 약탈한 바이킹들이 이곳에서 본 것은 다 쓰러지고 잡초만 무성한 을씨년스러운 돌 더미뿐이었다.

아테네의 중심축, 신다그마 광장과 오모니아 광장

크레타 섬 크노소스 궁전의 라비린토스

한번 들어가면 결코 빠져 나올 수 없는 미궁을 그리스어로 라비린토스라고 한다. 원래 이 낱말은 옛날 크레타의 전설적인 왕 미노스가 머리는 황소이고 몸은 사람인 괴물 미노타우로스를 가두어 놓기 위해 다이달로스에게 시켜 지은 미로를 일컫는 말이었다. 그러나 지금은 들어간 입구로만 다시 나올 수 있는 미로를 가리키는 말로 더 널리 쓰인다. 크레타의 이라클리온 교외에 있는 크노소스 궁전에 가 보면 왜 라비린토스의 전설이 이곳에서 생겨났는지를 쉽게 알 수 있다. 폐허만 남은 궁전 터를 한 번 둘러보려면 결국 모든 골목길을 따라 궁전 터를 샅샅이 뒤진 후에 같은 장소로 되돌아 나오게 되어 있다. 궁전 자체가 미로로 만들어진 것이다.

이 라비린토스는 크레타인의 발명품은 아니다. 미로를 그린 그림은 기원전 1만 년으로 거슬러 올라 간다. 그리고 미로 그림은 세계 곳곳에서 발견된다. 이것의 용도가 무엇이었는지는 아무도 모른다. 일부 학자들은 어떤 종교 의식을 위한 그림이라고도 하고 다른 학자들은 단순히 놀이였을 것이라고 추측할 뿐이다.

▶
19세기의
신다그마 광장.

66

라비린토스 같은 아테네의 도로

크레타 문명의 후예답게 그리스인들의 도시는 미로로 가득하다. 예를 들어 아테네의 길은 마치 라비린토스를 재현해 놓은 듯하다. 아테네에서 길을 찾는다는 것은 미로 찾기이다. 곧바로 뚫린 길은 하나도 없다. 그래서 꽤 오래 아테네에 살아도 주소만 가지고 낯선 길을 찾아가는 일은 항상 모험이다. 택시를 타도 마찬가지이다. 기사들 역시 근처 구멍가게에서 길을 묻거나 도로 지도를 들여다 보며 길을 찾는다.

아테네의 길들은 항상 광장을 중심으로 여러 갈래로 뻗어 나간다. 따라서 어떤 지점을 찾아가는 데에는 그 길이 시작되는 광장을 먼저 찾는 것이 급선무이다. 길을 찾다가 잘못된 곳을 발견했을 때에도 광장으로 돌아가 처음부터 다시 길을 찾아야 한다. 또 아무리 자신이 자주 다니는 지역도 한 광장에서 다른 광장으로 뻗은 길로 가는 것이 안전하다. 공연히 지레 짐작으로 지름길을 찾아간다는 생각은 아예 버려야 한다. 지도를 면밀히 들여다보고 더 빠르겠다 싶은 길을 택하는 것도 결코 현명한 짓이 아니다. 그랬다가는 물고 물리는 골목길에서 방향을 잃기 십상이다. 아테네에는 지름길이나 돌아가는 길은 없다. 그러니 아테네에서 어떤 목적지를 찾아갈 때 가장 가까운 길은 오직 하나라는 것을 명심하는 것이 좋다.

신다그마 광장과 오모니아 광장

아테네의 심장부라고 할 수 있는 신다그마 광장과 오모니아 광장 사이의 지역 역시 라비린토스 같다. 이 두 광장을 스타디우와 파네피스티미우란 두 개의 큰길이 이어 주고 있다. 이 두 길을 피해 뒷골목의 다른 길로 신다그마 광장에서 오모니아 광장으로 가려는 것은 미련한 짓이다. 실타래처럼 얽힌 미로가 당장 방향 감각을 혼란하게 만들기 때문이다.

▶
신다그마 광장에
우뚝 자리 잡은
국회 의사당.
예전에는 왕궁이었다.

신다그마는 그리스 말로 헌법을 뜻한다. 이 광장의 동쪽에 우뚝 자리 잡은 노란빛 건물은 지금은 국회 의사당으로 쓰이지만 예전에는 왕궁이었다. 1843년 바로 이 건물의 발코니에서 왕이 헌법을 공포했다고 해서 이 광장을 신다그마 광장이라 부른다. 국회 의사당 앞에는 무명 용사의 벽이 있고 그 앞에서는 그리스 의장대 군인들이 24시간 보초를 선다. 무명 용사의 벽에는 방패 위에 놓여진 전사 하나가 부조로 새겨져 있다. 이 조각은 애기나 섬의 아페아 신전에 있는 것을 그대로 복제한 것이다. 진품은 지금 뮌헨 박물관에 있다. 그 조각 옆에는 "용감한 전사에게는 어디든 무덤이 될 수 있다"는 구절이 적혀 있다. 그리고 그 옆으로 그리스군이 치른 전장의 목록이 길게 적혀 있다. 한쪽 구석에는 한국이라는 글귀도 보인다. 그리스가 한국 전쟁에 참전했음을 나타내는 표지이다.

국회 의사당 건너편에는 처칠이나 루스벨트와 같은 역사적 인물들이 머물렀던 호텔 '그랜드 브레타뉴'가 자리 잡고 있다. 국회 의사당과 이 호텔 사이로 난 큰길이 파네피스티미우 거리이다. 이 길은 아테네 대학 본부 건물과 국립 도서관, 그리스 학술원인 아카데미아가 아름다운 자태를 뽐내는 문화와 학문의 거리이다. 또 트로이아와 미케나이의 발굴로 유명한 독일의 고고학자 슐리만이 살던 저택도 이 거리에 위치하고 있다. 그 건물은 지금 화폐 박물관으로 쓰인다. 이 거리의 이름 파네피스티미우는 그리스말로 대학을 뜻하는 '파네피스티미오'에서 온 것이다.

파네피스티미우 거리의 서쪽에 있는 큰길이 바로 스타디우 거리이다. 이 길은 은행과 상점으로 가득 찬 아테네 상업의 중심지이다. 원래 이 길에서 초대 근대 올림픽이 치러졌던 스타디온이 보인다는 의미에서 스타디우라는 거리 이름이 붙여졌지만 지금은 큰 건물들이 가려 스타디온은 더 이상 보이지 않는다.

이 길의 끝에 오모니아 광장이 있다. 오모니아는 그리스말로 '의견의 일치, 일치된 생각'을 나타내는 낱말이다. 1862년 10월 그리스 국민과 군대는 힘을 합해 왕을 몰아내고 민간 임시 정부를 선언했다. 그러나 새로운 임시 정부의 권력을 누가 장악하느냐를 놓고 혁명에 성공한 세력들 사이에 반목과 질시가 첨예화되면서 정부 구성이 난항을 겪었다. 1863년 2월에 정치적 위기는 최고조에 달했다. 정치인들은 물론 군대와 경찰들마저 두 파로 나뉘어 시가전을 벌이기까지 하며 치열하게 대립했다. 이에 중립을 지키고 있던 국민 총회는 양 파에 주었던 모든 권한을 무효화하고 직접 임시 정부를 구성하기로 결정했다. 동족끼리 서로 총부리를 겨누는 일만은 정말 피하고 싶었던 군대가 먼저 이 결정을 전폭적으로 지지했다. 국민 총회는 현명하게 위기를 처리해 나갔다. 양 파에서 모두 지지받을 수 있는 인물을 내세워 새로운 정부를 구성하자 2월 11일에 위기는 끝났다. 일반 시민과 군대는 이를 기념하여 지금의 오모니아 광장에 모여 유혈 사태 없이 이 위기를 넘긴 것을 축하했다. 이를 기념하여 그 광장의 이름을 오모니아, 즉 '의견 일치'라고 이름 붙였다.

오모니아 광장은 아테네에서도 가장 사람이 북적거리는 생동감 넘치는 지역이다. 신다그마 광장이 왕이나 귀족, 고위 정치가, 교수와 문화인의 중심지라면 오모니아는 그야말로 서민 생활의 중심지이다. 이런 사정은 오늘날에도 변함없이 지켜지고 있다. 이 광장에서 머지않은 곳에 서울역에 해당하는 라리사 역이 있다. 그리스의 시골 사람들이 일을 찾아, 청운의 꿈을 이루기 위해 기차를 타고 무작정 상경하여 아테네와 제일 처음 만나게 되는 곳이었다. 그래서 1960년대에서 80년대까지 이곳은 항상 시골에서 올라온 사람들로 넘쳐났다. 그러나 지금의 오모니

▶
문화와 학문의 거리인
파네피스티미우
거리에 있는
국립 도서관.

아 광장에는 그리스 시골 사람들 대신 알바니아인과 쿠르드족 같은 피
난민들과 중국·필리핀·파키스탄을 비롯한 아시아인, 수단과 에티오
피아 출신의 흑인들이 매일같이 물건을 팔거나 일거리를 찾아 모여든
다. 오모니아 근처에는 그리스 다른 지역에서는 볼 수 없는 거지들도 많
이 눈에 띈다. 이와 같이 오모니아는 아는 사람도 없고 가진 것도 없는
사람들이 아테네 생활을 시작하기 위해 모여드는 곳이다. 오늘날 이곳
에 모여드는 사람들의 피부색은 다양하다. 하루 벌어 하루를 사는 이 이
방인들이 의견 일치를 보기는 쉽지 않아 보인다.

2부
역사와 신화를 따라가는 길
수니온에서 카발라까지

유럽의 땅 끝, 수니온

수니온 가는 길

아테네에서 남남서쪽으로 70킬로미터 떨어진 곳에 수니온이 있다. 아티카 반도의 최남단에 자리 잡은 이 언덕 위에는 포세이돈에게 바쳐진 신전 하나가 외롭게 서 있다.

수니온은 가는 길부터 아름답다. 아테네에서 바닷가 길을 따라가면 쪽빛 바다와 평화롭기 그지없는 조그만 항구들, 그 항구 안에 온갖 자태를 뽐내는 요트들이 끝없이 펼쳐진다. 이 길은 수많은 역사를 간직한 길이다. 아테네 시가를 벗어나면서 제일 먼저 마주치는 해안이 바로 신화시대 때부터 아테네의 외항이었던 팔리론_{옛 지명은 '팔레론'} 이라는 조그만 항구이다. 아테네의 영웅 테세우스가 배를 타고 크레타로 떠난 곳이다. 또 그가 미노타우로스를 죽인 뒤 크레타에서 아테네로 돌아올 때 미처 검은 돛을 흰 돛으로 바꾸는 것을 잊어 자신의 아버지 아이게우스가 죽었다는 소식을 들은 곳도 이곳이었다. 신화는 테세우스가 이곳에 자신이 크레타까지 타고 갔던 배를 뭍으로 올려 영원히 자신의 승리를 기념하는 기념비로 삼았다고 전하지만 지금은 그 흔적은커녕 그런 이야기가 있는 것조차 모르는 현대 그리스 부자들이 무심하게 자신들의 부의 상

▶
유럽의 땅끝 수니온.
먼데서 바라본
포세이돈 신전.

74

아크로폴리스의 파르테논 신전과 같은 시기에 만들어진 포세이돈 신전.

징인 요트를 정박해 놓고 있다.

　기원전 490년 마라톤 평원에서 아테네군에게 패한 페르시아 함대는 아테네를 직접 공격할 요량으로 수니온을 돌아 팔리론 항구로 향하였다. 그러나 아테네군은 육로로 최대한 빨리 이곳을 지키기 위해 달려왔다. 페르시아군이 먼 바다에 모습을 드러냈을 때에는 아테네군이 이미 진영을 갖춘 뒤였다. 잠시 닻을 내리고 머물던 페르시아 함대는 더 이상 전투를 벌이지 않고 물러났다.

　팔리론을 지나면 예전에 아테네 공항이 있던 엘리니콘이 나온다. 조금 더 가면 스테이크 전문 식당과 커피가 일품인 글리파다 거리가 나온다. 이곳에는 1980년대까지 미군이 주둔하고 있었다. 그래서 자연 미군을 상대로 한 상점들이 많이 들어섰고, 그에 따라 미국 문화가 가장 많이 들어온 곳이기도 하다.

▲
아이게우스 바위.
이 바위에서 죽은 왕
아이게우스를 영원히
기리기 위해 이 바위
앞 바다 이름을
에게 해, 즉
'아이게우스의 바다'
로 부르게 되었다.

▲
수니온 만.

글리파다에서 불리아그메니까지의 해안은 참으로 아름답다. 파란 바다 위에 지중해의 작열하는 태양이 비치면 수없는 빛 조각이 찬란하게 반짝인다. 시인이 아니더라도 절로 그 아름다움에 아쉬움을 느끼고 한숨이 나온다. 1960년대 바로 이 해안에서 그리스 선박왕 오나시스와 케네디 대통령의 미망인 재클린이 사랑을 나누었다. 그 당시 이 해안은 한적했다. 그래서 수많은 영화들이 이 해안을 배경으로 만들어졌다. 그 가운데 하나가 '죽어도 좋아페드라'라는 영화였다. 지금도 수니온 가는 길을 지날 때면 바하의 '칸타타'를 배경 음악으로 깔고 스포츠카로 먼지 나는 바닷가 길을 달리다 '페드라, 페드라'를 외치며 장렬하게 죽어가는 주인공의 모습이 아른거린다. 그러나 한적한 바닷가에 소나무 서너 그루가 서 있는 모래사장을 배경으로 청춘 남녀가 속삭이는 장면은 이젠 추억 속에서나 그려 보아야 할 모습이 되고 말았다. 지금은 이곳도 개발되어 집들과 별장들이 가득한 지역이 되었기 때문이다.

그래도 오나시스와 재클린이 묵었다는 팔라스 호텔이 있는 불리아그메니 지역에는 옛 모습이 그대로 남아 있다. 구비구비 해안을 따라 난 길을 가다 보면 육지 깊이 파고드는 고즈넉한 백사장이 나오고, 그곳에는 아직도 심심찮게 연인들이 자기들만의 낙원을 찾은 듯 자유롭게 헤엄을 치는 모습을 볼 수 있다.

신화와 전설이 얽힌 땅, 수니온

이렇게 한 시간 남짓 가다 보면 멀리 언덕 위에 하얀 대리석 기둥 몇 개를 드러낸 신전이 보인다. 수니온이다. 수니온 언덕 위에 오르면 사방으로 탁 트인 바다가 보인다. 이곳에서는 아테네를 향하는 모든 배를 감시할 수 있다. 해상 세력이었던 아테네에 수니온의 전략적 가치가 어떤 것이었는지는 전문가가 아니라도 쉽게 깨달을 수 있다.

▶
포세이돈 신전
기둥의 낙서. 1901년
12월 29일에 한
나그네가 남긴 낙서.

수니온의 포세이돈 신전은 아테네 아크로폴리스의 파르테논 신전과 같은 시기에 지어진 것이다. 그래서 평범한 관광객의 눈에는 파르테논과 별 차이가 느껴지지 않는다. 다만 신전 기둥의 색이 약간 회색빛을 띠고 있는 것이 다르게 느껴질 뿐이다. 또 다른 것이 있다면 워낙 호젓한 곳에 위치해서인지 이곳 기둥에는 유난히 낙서가 많이 새겨져 있다는 점이다. 그러나 그 낙서들은 1800년에서 1900년대 초 사이에 그 당시 나그네들이 새긴 것이라 이제는 그것마저 하나의 유적처럼 구경거리가 되었다. 그 가운데 오늘날 관광객의 눈을 가장 끄는 것은 오른쪽에서 세 번째 기둥 아래쪽에 새겨진 영국의 계관시인 바이런 경의 이름이다. 바이런은 1810년 봄에 이곳을 다녀가면서 이렇게 자신의 흔적을 남겼다.

어느 그리스의 신전과 마찬가지로 이곳의 포세이돈 신전도 폐허의 쓸쓸함을 간직하고 있다. 신전에는 바다를 바라보는 남쪽에 9개의 기

둥, 그리고 그 반대편에 6개의 기둥이 남아 있을 뿐이다. 그러나 지중해의 모진 바닷바람에 시달린 이 신전은 다른 곳의 신전보다 훨씬 더 을씨년스러운 분위기를 자아낸다. 더구나 신전 앞쪽에 있는 조그마한 바위의 사연을 알고 나면 더욱 큰 쓸쓸함이 느껴진다. 그 바위 위에서 사랑하는 아들 테세우스를 크레타로 보내고 매일같이 아들이 살아오기를 기다리던 늙은 왕 아이게우스가 끝내 아들을 싣고 떠난 배가 검은 돛을 단 채 들어오는 것을 보고 절망하여 바다에 몸을 던져 빠져 죽었다. 실은 이것은 오해였다. 테세우스는 미노스의 큰딸 아리아드네의 도움으로 미노타우로스를 죽이고 미궁을 무사히 빠져 나와 돌아오는 중이었다. 그러나 테세우스는 오는 도중 아리아드네를 잃는 바람에 슬픔에 잠겨 검은 돛을 흰 돛으로 바꾸는 것을 잊었다. 실로 조그마한 인간의 실수가 엄청난 비극을 가져온 예이다. 사람들은 그 바위에서 죽은 왕 아이

포세이돈 신전에서 바라본 수니온 만.

게우스를 영원히 기리기 위해 그 바위 앞 바다 이름을 에게 해, 즉 '아이 게우스의 바다'로 부르게 되었다.

신전에서 왼편을 바라보면 조그만 구릉 하나가 바다를 향해 뻗어 있다. 그곳이 바로 유럽 대륙의 남동쪽 끝이다. 키 작은 관목만이 모진 바닷바람을 끈질긴 생명력으로 버티고 있는 저 조그만 언덕은 인간의 수많은 역사적 사건을 묵묵히 바라보았다. 그 언덕을 지나 페르시아군이 쳐들어 왔고 또 물러 갔다. 폼페이우스가 지중해의 해적을 소탕하러 지난 곳도 이곳이다. 바이킹이 지나가고 십자군들의 배가 지나갔다. 베네치아인들의 갤리선들도 수없이 오갔다. 오스만 투르크 배들이 정복자의 깃발을 높이 하고 지나갔는가 하면 영국과 프랑스, 러시아 함대가 이곳을 지났다. 나치 깃발의 독일 배도 지났다. 지금은 평화롭게 정기 여객선과 부자들의 요트가 지나지만 수니온 언덕은 수많은 인간의 흥망성쇠를 묵묵히 지켜 보았다. 이 언덕은 인간사의 덧없음을 누구보다도 더 잘 알고 있다.

수니온은 해가 지는 황혼 무렵에 절정에 이른다. 수니온 언덕에 서서 지는 해를 바라보는 기분은 무엇과도 비교할 수 없을 만큼 황홀하기 때문이다. 그리스를 흔히 석양의 나라라고 하는 까닭은 바다 위로 지는 석양이 장관이기 때문이다. 바다를 향해 떨어지는 해가 수평선 바로 위에서 잠깐 동안 오메가 모양(Ω)을 만든다. 그리고 바람 한 점 없는 바다를 진한 붉은빛으로 물들인다. 그 바다 빛깔을 보며 왜 호메로스가 '포도주처럼 붉은 바다'라고 노래했는지 깨닫게 된다. 수니온의 석양은 비록 바다로 직접 지는것이 아니라 야트막한 구릉 사이로 사라지는 것이기는 해도 예전부터 아름답기로 유명했다. 석양이 질 때 나는 석양보다는 그 석양을 바라보는 사람들의 얼굴을 본다. 석양에 비친 수니온 언덕과 황혼 빛으로 물든 대리석 기둥들, 감동에 젖어 조금은 숙연해진 사람들의 얼굴은 이루 형용할 수 없는 아름답고도 슬픈 분위기를 자아낸다. 그렇게 석양과 석양에 비친 수니온, 그리고 그 언덕에 서서 석양을 바라보는 사람들을 함께 보면 왜 수많은 서양의 시인들이 이 언덕에 서서 지는 해를 슬픈 눈으로 바라본 까닭을 절로 알게 된다.

영웅들의 벌판, 마라톤

마라톤 경기의 기원

근대 올림픽은 언제부턴가 마라톤 경기로 마감한다. 42.195킬로미터를 쉴 새 없이 전속력으로 달려야 하는 마라톤은 인간의 체력과 정신력의 한계에 도전하는 종목이다. 그 긴 거리를 달려온 선수들이 스타디움으로 들어서는 장면은 언제 보아도 감동적이다. 그러기에 보름 이상 계속되는 올림픽의 말미를 화려하게 장식하기에는 마라톤보다 더 알맞은 종목은 없다.

마라톤은 원래 그리스의 한 조그만 평원을 가리키는 땅 이름이다. 기원전 490년, 이곳에서 아테네군은 페르시아 대군을 맞아 그리스 전체의 운명을 결정하는 중요한 전투를 벌여 승리했다. 한 아테네 병사가 그 승리를 시민들에게 알리기 위해 마라톤에서부터 아테네 아크로폴리스까지 달려가 "우리가 이겼다!"라고 외친 뒤 기진맥진하여 죽었다는 전설에서부터 마라톤이라는 경기가 유래했다는 것이 통설이다. 일설에는 그 병사의 이름이 필립피데스라고도 한다. 그러나 이 설은 조금 믿기가 힘들다. 필립피데스는 위기에 처한 아테네를 도와 달라는 말을 스파르타인들에게 전하기 위해 단 이틀 만에 아테네에서 스파르타까지의 220

킬로미터를 달렸다는 전설적 인물이다. 그런 인물이 겨우 40킬로미터 남짓한 거리를 달리고 죽었다는 말은 신빙성이 지극히 의심스럽다.

실은 마라톤 경기에 얽힌 이야기 자체가 믿을 만한 것이 못 된다. 페르시아 전쟁에 대해 미주알고주알 자세하게 다룬 헤로도토스의 《역사》라는 책의 어느 구절에도 이 이야기가 나오지 않기 때문이다. 이 전설이 마라톤 전투가 끝난 지 600년이 지난 기원후 2세기의 작가 루키아노스에 의해 처음 언급된 것도 이 이야기의 진실성을 의심케 만든다. 그러나 민중의 상상력은 필요하다면 언제든지 자신들이 원하는 영웅을 만들어낸다. 기원후 2세기, 옛 그리스의 영광이 사라진 뒤에 그리스 민중은 장군이나 귀족이 아닌 평범한 한 병사를 자신들의 영웅으로 갖기를 열렬히 바랐기에 이런 영웅을 만들어 낸 것이리라. 민중이 진실이라고 믿는 것은 항상 진실이다. 그러기에 마라톤에 얽힌 이야기는 역사적 사실에 관계없이 영원한 진실이다.

마라톤 전투

마라톤은 아테네에서 북동쪽으로 42킬로미터 떨어진 바닷가 평원이다. 아테네에서 마라톤으로 가는 길은 그리스의 메마른 대지만을 본 사람들에게는 강한 인상을 남긴다. 시내를 벗어나 마라톤에 이르기까지 소나무가 우거진 울창한 숲 사이를 지나기 때문이다. 아테네를 벗어나 제일 처음 지나게 되는 곳은 수상을 비롯한 그리스 명문가들의 대저택들이 한껏 위엄과 아름다움을 자랑하는 '키프시아'이다. 이곳을 지나면 파르테논 신전에 쓰인 아름다운 대리석의 생산지로 유명한 펜델리 산기슭을 지난다. 산기슭에서 시작된 내리막길은 소나무 사이로 파란 바다가 보이는 아름다운 마을에서 끝난다. 이곳이 소나무 숲과 아름다운 모래사장으로 유명한 여름 휴양지 '네아 마크리'라는 마을이다. 이곳에서 다시 바닷가를 따라 북쪽으로 조금 올라가면 경주 고분처럼 봉

굿이 솟아 있는 큰 무덤이 보인다. 마라톤 전투에서 전사한 192명의 영
웅들 무덤인 '팀보스'이다. 이 팀보스에서 바다 쪽으로 펼쳐진 벌판이
바로 마라톤 평원이다.

페르시아 전쟁이 아니었다면 아무도 이 평원을 기억하지 못했을 것이
다. 이 평원 근처에 아주 평범한 조그만 마을이 있고, 마을에서 조금 떨
어진 곳에 초라한 성당 하나가 있다. 일요일 아침 이 성당에서 예배를 보

▶
그리스와의
전쟁에 참전한
페르시아 궁수.

는 경험은 색다르다. 조그만 공간에서 초가 타는 진한 내음은 한번 맛본 사람은 영원히 잊지 못할 감흥을 남긴다. 2500년 전에 바로 이 교회가 놓인 자리에서 세계사를 결정하는 대전투가 벌어졌다. 마라톤 평원 전체를 둘러싼 페르시아 대함대의 위용은 하늘을 찌를 듯했고, 그 배들에서 쏟아내는 페르시아 정예 부대의 사기는 무패 신화를 절로 느끼게 만들었다. 이 위세에 눌려 아테네의 장군들은 이곳에서의 전투를 포기하고 후

퇴할 것을 고려하고 있었다. 의견은 반반으로 나뉘어 자칫 내분의 위험마저 있었다. 그러나 밀티아데스 장군은 이곳에서 전쟁을 결정짓지 않고는 아테네는 물론 그리스가 승리할 가망성이 거의 없다고 생각하고, 장군 위원회가 찬반 동수로 결정을 내리지 못할 때 그 결정권을 행사하는 자리에 있었던 장군 칼리마코스에게 도움을 청했다. 칼리마코스는 밀티아데스의 의견에 표를 던져 전투가 시작되었다. 전투는 장시간에 걸쳐 계속되었다. 전선 중앙부에는 비교적 약한 군을 배치하고 좌우로 강력한 부대를 포진해 두었던 밀티아데스의 작전에 말린 페르시아군은 앞뒤로 포위된 채 무력하게 무너졌다. 페르시아 무적 정예 부대의 첫 패배였다. 아테네군은 쫓기는 적을 해안가 습지로 몰아 넣었다. 습지에 빠져 오도가도 못하게 된 페르시아군을 아테네인들은 무참하게 살육했다. 더 이상 전투가 아니라 학살의 현장이었다. 헤로도토스는 이 전투에서 죽은 페르시아인들의 전사자는 6400여 명에 이르렀다고 전한다. 헤로도토스 특유의 과장을 염두에 둔다고 해도 페르시아군의 일방적 패배였다.

마라톤 전투의 의미

페르시아군은 이 전투에서 패했지만 치명적인 손실을 입은 것은 아니었다. 10만 대군 대부분이 건재했고 함대에는 거의 피해가 없었다. 아테네군은 페르시아의 배들 가운데 겨우 일곱 척만을 나포했을 뿐이다. 페르시아군이 재빨리 군을 재편성하여 아테네의 외항 팔레론을 공격하기 위해 출발한 것만 보아도 이런 사실을 뒷받침한다. 그러나 페르시아군은 물리적인 손실보다 더 심각한 손상을 당했다. 그보다 더 큰 손실은 무패 신화가 깨진 페르시아군의 자신감 상실이었다. 이 전투 이후로 그리스인들은 페르시아군을 두려워하지 않게 되었다. 페르시아군 장군들은 그리스군을 너무 얕보았다는 자책감과 함께 그리스를 누르기 위해서는 더 철저한 준비가 필요하다고 생각하기 시작했다. 이런 심리적 변화는 페르시아군으로 하여금 그 이후 전투에서 의욕을 잃도록 만들었다. 그래서 그들은 큰 전투를 치르지도 않고 순순히 그리스에서 물러났다.

마라톤 전투의 또 다른 중대한 결과는 아테네가 그리스의 맹주로 떠올랐다는 사실이다. 그 이전까지 그리스의 맹주는 스파르타 하나뿐이었다. 그러나 이제 아테네라는 새로운 강자가 스파르타의 독주를 견제하게 되었다. 페르시아 측에서 보면 이제 한 강국 대신 두 강국을 상대해야 하는 부담이 생겨난 것이다. 기원전 480년 페르시아가 살라미스 해전에서 아테네 해군에게 참패를 당했을 때 페르시아의 이런 불행은 현실이 되었다. 그러나 아테네의 부각과 이에 따른 두 강국 체제는 길게 보아 그리스 세계의 몰락이라는 불행으로 이어졌다. 페르시아 전쟁 이후 아테네와 스파르타는 사사건건 대립하여 그리스 세계의 내분이 거의 일상사가 되었기 때문이다. 결국 마라톤 전투는 패배한 페르시아에는 거의 아무런 치명타를 가하지 못한 반면 승리자 그리스에는 치명적 약점을 만들고 만 것이다.

더구나 마라톤 전투에서 새삼 위용을 확인한 중장비를 갖춘 병사들로 이루어진 밀집 부대의 위력은 전 그리스 도시 국가로 퍼져 내전 때마다 그리스인의 사상자 수를 크게 늘려 놓았다. 도시 국가 사이에 내전이 잦은 그리스에서 이런 새로운 전쟁 기술은 장기적으로 그리스 세계의 몰락을 재촉한 꼴이 되었다. 더구나 뒷날 이 기술이 마케도니아의 필리포스 2세에게 전해지자 그리스의 모든 도시 국가는 이 새로운 강자 앞에 무릎을 꿇을 수밖에 없었다.

역사의 아이러니는 이와 같이 어떤 소설이나 영화보다도 기구한 면이 있다. 마라톤 평원 구석에 있는 초라하고 조그만 성당 안에서 촛불을 켜고 비잔틴 성화에 입을 맞추는 순박한 그리스 시골 여인의 눈에 알 수 없는 눈물이 비치는 까닭을 우리는 알 길이 없다.

피곤하고 짜증스러운 길, 히에라 호도스

아테네의 정문 디필론 성문과 성스러운 문 히에라 성문

아테네 아고라의 북쪽 입구 왼편에 티시온이란 전철역이 있다. 이곳을 지나 서쪽으로 조금 가면 케라미코스가 나온다. 아테네 시의 경계 지역으로 고대 공동 묘지가 있던 곳이다. 이곳은 이미 미케나이 시대인 기원전 12세기부터 공동 묘지로 쓰였다. 이곳에서는 19세기부터 20세기 초까지 발굴이 이루어져 많은 무덤들이 발견되었다. 이때 발굴된 유물들은 아테네 국립 고고학 박물관의 주요한 유물을 이루고 있다.

기원전 5세기 초, 아테네는 성곽 도시로 변했다. 아테네인들은 페르시아 전쟁을 승리로 이끌었지만 정작 자신들의 도시는 페르시아군에게 점령당해 폐허가 되고 말았음을 처참한 심정으로 바라 보아야 했다. 페르시아 전쟁 이후 강국으로 부상한 아테네 사람들은 이런 일이 다시는 반복되지 않도록 자신들의 도시를 튼튼한 성곽으로 둘러쌌다. 그리고 그 도성을 드나드는 크고 작은 열 다섯 개의 성문을 만들었다. 그 가운데 가장 중요한 성문이 도시의 서쪽에 자리 잡고 있는 바로 이곳 케라미코스 지역의 디필론과 히에라 성문이었다. 디필론이란 '이중의 문'이란 뜻인데 아테네의 성문 중에 가장 화려하고 큰 성문이었다. 이 문은

▶
폼페이온의 폐허.
오른쪽에 디필론
성문의 터가 보인다.
왼쪽은 히에라
성문 터.

아테네의 정문에 해당되었다. 이 성문 앞에서 페이라이에우스 항구에서 오는 길과 엘레우시스에서 오는 길, 그리고 북쪽 보이오티아에서 오는 길이 하나가 되었을 뿐 아니라 플라톤이 세운 사설 학원 아카데미아로 가는 큰 길도 이곳에서 시작되었다. 따라서 열 다섯 개의 성문 가운데 디필론 문이 가장 통행량이 많아 항상 많은 사람들로 붐볐었다. 대부분 고대 그리스인들은 아테네로 들어오려면 이 문을 지나야 했다.

그러나 종교적으로 더 큰 의미가 있는 문은 히에라 성문, 즉 '성스러운 문'이었다. 바로 이 성문에서 아테네의 가장 큰 축제인 판아테나이코스 축제 행렬과 엘레우시스 비교 행렬이 출발했었기 때문이다. 이 히에라 성문과 디필론 성문 사이에 폼페이온이란 건물이 있었다. 이 건물은 축제를 위한 여러 가지 도구와 장비들을 보관하고 행렬의 준비를 하던 곳이다. 이렇게 준비를 마친 축제 행렬은 판아테나이코스 축제 때에는 아크로폴리스의 파르테논 신전을 향하여 남쪽으로 떠났고 엘레우시스 비교의 행렬은 서쪽의 히에라 호도스, 즉 성스러운 길을 따라 엘레우시스로 향했다.

지금 이 두 문과 폼페이온은 초라한 폐허로 변했지만, 그 웅장한 기초만은 남아 한때 화려했던 영광을 짐작하게 한다.

엘레우시스로 가는 성스러운 길, 히에라 호도스

오늘날 아테네에서 엘레우시스로 가는 방법은 옛날 그리스인들이 갔던 대로 성스러운 길, 히에라 호도스를 따라 가는 방법과, 새로 난 신작로 '오도스 아테논' 길을 따라 가는 방법 두 가지가 있다. 두 길은 약 600미터의 간격을 두고 평행하게 달린다. 어느 길로 가든 그리스에서 가장 공업화된 공해 지역을 지나야 한다는 것이 고통이기는 하지만 다른 방법이 없다. 대부분의 관광객들은 시간을 벌기 위해 오도스 아테논을 따라 가지만 그리스의 옛 정취를 느끼기 위해서는 역시 히에라 호도스를 따라 가는 것이 좋다.

예전에는 무덤과 사당, 기념비들로 가득했다는 히에로 호도스의 양옆은 지금은 공장과 상점들만이 가득하다. 그러나 길만큼은 이름만 '이에라 오도스'로 바뀌었을 뿐 예전의 길을 그대로 따르고 있다. 케라미코스를 떠나 얼마 안 가서 왼편으로 공장 지대에는 어울리지 않는 푸른 숲이 모습을 드러낸다. 이곳이 바로 아테네 대학교의 농과 대학이다. 이곳에서 조금 더 가면 오래된 올리브 나무 하나가 위엄을 지키며 서 있다. 그 옛날 플라톤이 제자들과 함께 쉬었었다는 전설이 있는 '플라톤의 올리브 나무'이다. 실제로 이 나무의 수령은 2000년이 넘는다. 예전에는 이 지역에 수많은 올리브 나무들이 있었다고 전해지지만 지금은 겨우 몇 그루만이 옛 명성에 걸맞지 않는 초라한 모습으로 그 자리를 지키고 있을 뿐이다.

거기에서 다시 1킬로미터 더 가면 중세 때 지어진 '아기오스 사바스'라는 조그만 교회가 나온다. 그 교회 자리가 옛날에 데메테르 여신의 신전이 있던 곳이다. 데메테르가 딸 페르세포네를 찾아 세계를 방황할 때에 이곳을 지나다 피탈로스라는 사람의 대접을 받았다. 여신은 이에 대한 감사로서 그에게 나무 한 그루를 선사했다. 그 나무가 바로 무화과나무이다. 피탈로스의 후예들은 그 후로 무화과 재배에 독점권을 얻어 크게 번성하였다. 훗날 트로이젠에서부터 아테네로 들어오는 길에 여러 명의 악당들을 죽인 아테네의 영웅 테세우스가 이곳을 지나다 피탈로스의 후예들에게 자신의 살인에 대한 정죄 의식을 치러 줄 것을 부탁했을 때, 그들은 곤란에 처한 데메테르에게 선선히 친절을 베풀었던 피탈로스의 후예답게 흔쾌히 이를 허락했다.

다프네 수도원

공장 지대를 벗어나 제법 시원스런 푸른빛을 만나게 되면 오른쪽으로 고색 창연한 비잔틴 벽돌로 지은 성과 같은 건물이 눈에 띈다. 다프네 수도원이다. 이곳에서 히에라 호도스와 오도스 아테논이 만난다. 이곳은 옛날에 프로크루스테스라는 별명으로 더 알려진 악당 다마스테스가 지나는 행인을 억지로 자기 집에 초대하여 하룻밤을 묵게 했다는 장소이다. 그의 집에는 짧은 침대와 긴 침대, 두 개의 침대가 있었는데, 이 악당은 키가 큰 사람은 짧은 침대에 눕혀 넘치는 팔다리를 잘라 죽이고, 키가 작은 사람은 긴 침대에 눕혀 늘여 죽였다. 그 유명한 '프로크루스테스의 침대'라는 표현이 여기에서 유래한다. 테세우스는 그를 힘으로 제압하고는 그가 나그네들에게 하던 수법 그대로 그를 죽였다.

훗날 이곳에는 아폴론 신전이 세워졌었다. 아울러 아테나와 데메테르, 페르세포네의 사당도 함께 세워졌었다고 전해진다. 세월이 흘러 올림포스의 신들이 잊혀지자 이곳 역시 폐허로 변했다. 그러나 인간들이 성스러움을 느끼는 신성한 장소는 그리 흔하지 않다. 그리고 신성한 곳을 알아보는 영험한 힘을 가진 고수들은 결코 그런 장소를 놓치지 않는다. 그리스도교가 로마 제국의 국교가 된 기원후 5세기에 초기 교부들은 이곳에 성모 마리아에게 바쳐진 교회를 세웠다. 그러나 교회의 이름만은 아폴론이 사랑했지만 월계수로 변해 뜻을 이루지 못했던 아름다운 여인의 이름을 그대로 따 다프네로 지어졌다.

날로 번성하던 이 수도원은 1205년 제4차 십자군에 의해 무참하게 약탈되고 파괴되었다. 그 후 한동안 이곳은 십자군의 군사 기지로 사용되었다. 이곳에 다시 그리스 정교회 수도사들이 들어온 것은 16세기가 되어서였다. 현재 우리가 볼 수 있는 성당은 11세기에 지어진 전형적인 비잔틴 양식의 건물이다. 또 이 수도원은 성당 안의 비잔틴 성화가 아름답기로 유명하다.

오늘날 다프네는 또 다른 명성을 얻었다. 바로 다프네 축제이다. 매해 포도를 수확하는 철이 되면 이곳 다프네 숲에서 포도주 축제가 벌어진다. 일정한 액수의 입장료만 내면 갓익은 맛있는 포도주를 얼마든지 마셔도 된다. 젊음과 낭만이 넘치는 축제이다. 그러나 대부분의 한국 관광객들은 그 성당이 얼마나 아름다운 그림과 오래된 신화를 지니고 있는지 모른 채, 일정에 쫓겨 이곳을 지나친다. 아쉬운 일이다.

세계의 운명을 바꾼 섬, 살라미스

살라미스로 가는 길

오모니아 광장 주변 뒷골목은 아테네의 서쪽 지역과 아테네의 외항 피레아스로 가는 일반 버스들이 출발하는 지점으로 항상 사람들로 북적거린다. 살라미스 섬으로 가는 페리의 출발점인 페라마로 가는 버스도 이곳에서 떠난다. 좁고 구불구불한 아테네의 뒷골목 사이를 덩치 큰 버스로 곡예하듯 빠져나가는 운전사의 솜씨에 감탄하는 사이, 차창 밖 풍경은 마치 1970년대의 구로공단을 연상케 하는 공장 지대로 변한다. 그리스에서 가장 공장들이 밀집되어 있는 니케아 지역이다. 길가 곳곳에서 짐을 부리는 화물차들과 그 사이를 분주하게 움직이는 사람들로 가득 찬 좁은 길 풍경에서 그리스 서민들이 살아가는 모습을 보고 있노라면 갑작스럽게 탁 트인 바다가 나온다. 이곳이 바로 버스의 종점인 페라마이다. 페라마 부두에서 살라미스까지 가는 뱃길은 15분쯤 걸린다. 배 위에서 육지 쪽을 바라보면 정면에 해발 468미터 높이의 바위산 에갈레오가 떡 버티고 있다. 기원전 480년 9월 22일, 페르시아 황제 크세르크세스는 그곳 기슭에서 세계의 운명이 걸린 살라미스 해전을 처음에는 승리를 확신하는 느긋한 마음으로, 그리고 나중에는 패전의 쓰라

98

림을 안고 지켜 보았다.

페르시아군의 제2차 원정

　마라톤 전투에서 패한 뒤 페르시아는 아테네에 그 치욕을 되갚기 위해 더 철저한 원정 준비에 들어갔다. 그러나 이집트의 반란을 진압하기 위해 원정군이 정작 페르시아를 떠난 것은 마라톤 전투로부터 10년이 지난 기원전 480년이었다. 그 사이에 페르시아의 황제는 다레이오스에서 크세르크세스로 바뀌었다. 크세르크세스는 4년 간의 준비 끝에 페르시아군 제국 각 지역의 정예병을 모아 그리스로 쳐들어 왔다. 헤로도토스에 의하면 원정군은 육상 부대 170만과 1207척 3단 노선으로 이루어져 있었다 한다. 가히 그 위용만으로 전쟁은 끝난 것 같은 분위기였다. 페르시아의 침공 소식을 듣고 그리스의 일부 도시 국가들은 자진해서, 다른 도시 국가들은 마지못해 페르시아 황제가 보낸 사절들의 위협에 굴복하여 자신들의 '물과 땅'을 바쳤다.

　그러나 크세르크세스는 스파르타와 아테네에는 사신을 보내지 않았다. 그리스의 두 맹주인 스파르타와 아테네가 자신의 요구에 호락호락 굴복하지 않을 것을 잘 알고 있었기 때문이었다. 스파르타는 그리스 도시 국가 가운데 최강의 육군을 자랑했고, 아테네는 일찍이 아이기나 섬과의 전쟁을 위해 200여 척의 함대를 구축한 최강의 해상 세력이었다. 아이기나와의 전쟁 중이었던 기원전 491년 아테네는 수니온 가까운 곳에 위치한 라우리온 은광에서 상당량의 은을 생산하고 있었다. 이 은으로 국고가 풍족해진 아테네는 시민 한 사람당 10드라크마씩 배당하려 했다. 그러나 테미스토클레스는 이때 이 국고로 강력한 함대를 구축하여 아이기나와의 전쟁에 대비하자는 의견을 내놓아 이를 통과시켰다. 그리스 내전에 대비한 함대가 페르시아 전쟁에 결정적인 공헌을 한 것이다. 이것 역시 역사의 아이러니가 아닐 수 없다.

크세르크세스와의 대회전을 앞두고 아테네는 델포이의 신탁을 물었다. 델포이의 대답은 '난공불락의 나무 성채'에 의존하라는 애매모호한 말이었다. 테미스토클레스는 이 말이 나무로 만들어진 배에 의존하라는 의미라고 시민들을 설득하여 아테네를 버리고 에우보이아와 살라미스 섬으로 피신하도록 했다. 페르시아군이 아테네에 도착했을 때 도시는 텅 비어 있었다. '난공불락의 나무 성채'를 아크로폴리스를 둘러싸고 있는 가시나무 덤불로 해석한 일부 시민들만이 페르시아군의 공격에 완강하게 저항할 뿐이었다. 그러나 이 절망적인 농성은 경계가 허술한 아크로폴리스의 북쪽 사면으로 기어오른 페르시아군에 의해 속절없이 무너졌다. 아크로폴리스 안의 모든 건물은 화염에 휩싸이고 신전으로 피한 시민들은 모두 끌려 나와 죽임을 당했다. 페르시아 함대는 때맞춰 팔레론 항에 도착했다. 이제 크세르크세스는 아테네와 그 주변 지

▲
살라미스 해전을
승리로 이끈 아테네의
영웅 테미스토클레스
의 대리석 흉상.
▲▲
페르시아군의 침입에
즈음해 육지를 비우고
배로 방어하자는
테미스토클레스의
투표 결과를 적은
트로이젠의 대리석
기둥 조각.

기원전 5세기 그리스
접시에 그려진
아테네의 전함 모습.
노를 3단으로 설치해
매우 빠른 속도를 낼
수 있었다. 페르시아
군 역시 페니키아에서
징발한 같은 형태의
전함을 썼다.

역인 아티카 반도를 점령한 것이다. 그러나 그것으로 전쟁이 끝난 것은 아니었다. 아테네는 아직도 180여 척의 배를 갖고 있었고, 스파르타를 중심으로 뭉친 펠로폰네소스 반도의 그리스 도시 국가들의 연합군은 페르시아군을 맞아 일전을 벌일 각오를 다지고 있었기 때문이다.

살라미스 해전과 아테네의 영웅 테미스토클레스의 지략

아티카를 빼앗긴 그리스군은 살라미스 해협에 모든 군선을 모으고 작전 회의에 들어갔다. 그리스 함대의 전함 총수는 380척이었다. 그리스 함대의 총사령관은 아테네인이 아니고 스파르타의 장군 에우리비아데스였다. 그리스의 다른 도시 국가들이 아테네인의 지휘를 받기를 원하지 않았기 때문이었다. 작전 회의의 주제는 적을 어디에서 맞아 싸우는 것이 가장 좋은가에 대한 것이었다. 동맹군에 참가한 대부분의 도시 국가가 펠로폰네소스 반도에 위치하고 있는 까닭에 지휘관들은 살라미스 해협을 빠져나가 자신들의 조국을 지키기에 더 적합한 코린토스 지협의 앞바다에서 싸우기를 바랐다. 이들은 해전에 패할 경우에 살라미스에서는 아군이 없는 섬에 갇히게 되지만 코린토스 지협에서는 해안으로 헤엄쳐 나가 육지에 주둔하고 있는 아군의 지원을 받을 수 있다는 점을 강조했다.

하지만 아테네의 제독 테미스토클레스의 의견은 달랐다. 살라미스를 버리고 코린토스 지협 앞의 넓은 바다에서 해전을 벌일 경우, 수도 적고 기동성도 뒤떨어지는 그리스의 배들이 페르시아 함대를 당할 수 없을 것이기 때문에 살라미스에서 결전을 치러야 한다는 것이 그의 주장이었다. 그러나 테미스토클레스는 대부분의 지휘관이 코린토스 지협에서의 일전을 선호하고 있었기 때문에 자신의 주장이 받아들여질 가망이 거의 없음을 알고 있었다. 그래서 그는 몰래 자신의 노예를 크세르크세스에게 보내 그리스군이 살라미스 해협을 빠져나가 코린토스로 향할 것이니 지금 빨리 공격하여 승리를 취하라고 부추겼다. 크세르크세스는 이 말이 그럴듯하다고 생각하고 곧 공격 명령을 내렸다.

그리스군은 페르시아군의 공격이 시작된 것도 모른 채, 회의를 계속하고 있었다. 그러나 때마침 아이기나 섬에서부터 몰래 살라미스 해협으로 들어온 그리스군의 배들이 페르시아군이 공격을 시작했음을 그리스 장군들에게 알렸다. 전투를 피할 수 없음을 안 그리스군은 즉각 페르시아 함대를 맞아 공격을 시작했다. 기습 작전으로 상대방을 제압할 수 있으리라 믿었던 페르시아군은 오히려 선공을 하는 그리스군의 기세에 당황하여 전열이 흐트러졌다. 엎친 데 덮친 격으로 앞에서 주춤하는 앞의 페르시아 배들을 뒤에서 오던 다른 배들이 들이받는 일이 벌어졌다. 덩치가 커서 좁은 바다에서 움직임이 자유롭지 못한 페르시아 배들은 자기네 배들끼리 얽혀 절망적인 상황으로 빠져 들어 갔다. 더구나 이물이 단단한 그리스 배들은 페르시아 배들의 옆구리를 사정없이 받았다. 대혼란과 공포가 페르시아군의 진영에 퍼졌다. 새벽이 왔을 때 페르시아 함대는 회복이 불가능할 정도로 와해되어 있었다. 페르시아군의 무패 신화가 두 번째로 깨어지는 순간이었다. 이 패전으로 페르시아는 다시는 그리스 원정을 꿈꿀 수 없게 되었다.

에갈레오 산기슭에서 자신의 패배를 지켜봐야 했던 크세르크세스의 심정을 헤아리는 동안 배는 살라미스에 도착한다. 그리고 2500년 전에 수많은 젊은이들을 집어삼켰던 바다가 유난히 더 푸르고 맑게 느껴진다.

비교秘教의 현장, 엘레우시스

세계 최초의 밀 경작지, 트리아시오스 평야

아테네에서 시작한 성스러운 길, 히에라 호도스를 따라 다프네 수도원을 지나면 코린토스로 가는 고속도로가 나온다. 고속도로의 양편으로는 제법 넓은 평야가 펼쳐진다. 트리아시오스 평야이다. 그리스 신화는 이곳에서 인류 최초의 밀 경작이 이루어졌다고 전한다. 그러나 차창 밖의 풍경은 그리 아름답지 못하다. 고속도로에 들어서자마자 굴뚝에서 불을 뿜고 있는 흉물스러운 정유 공장이 버티고 있기 때문이다. 그리고 왼편 엘레우시스 만의 바다 위에는 수리 중인 배들이 즐비하게 늘어서 있다. 이곳 공기에서는 중금속이 떠 있는 듯한 무거움이 느껴지고, 그래서 공연히 숨을 쉬는 것마저 부담스럽게 느껴진다. 매캐한 공해 내음에 기분이 상해 한시라도 빨리 이 지역을 벗어나고픈 생각이 들 뿐이다. 그러나 고대 그리스에서 가장 숭고하고 화려한 종교 의식이 치러졌다는 엘레우시스로 가기 위해서는 선택의 여지가 없다. 내키지 않는 마음으로 고속도로를 벗어나 시멘트 공장, 올리브 기름 공장, 제철소가 즐비한 엘레우시스 시내로 들어가야만 한다.

시내의 모습은 초라하다. 길은 좁고 한적하다. 인적도 드물고 조용하

▶
데메테르의 전설을
간직하고 있는
엘레우시스의 우물.

다. 무거운 대기만 아니었다면 꽤 정감을 가질 수도 있었을 법한 분위기를 자아낸다. 시내에 들어선지 얼마 안 되어 고대 엘레우시스 폐허가 모습을 드러낸다. 매표소마저 쓸쓸하게 느껴진다. 그러나 엘레우시스 유적지로 들어서는 순간, 깊은 감동이 온다. 그리고 이곳을 찾은 자신이 자랑스러워진다. 신비롭고 성스러운 엘레우시스는 세월의 흐름과 인간의 파괴에도 불구하고, 또 공해 속에서도 여전히 고고한 옛 모습을 잃지 않고 있기 때문이다.

엘레우시스 비교의 기원

엘레우시스 비교는 고대 그리스에서 가장 숭고하고 장엄한 종교 의식으로 알려져 있다. 기원전 1세기 때의 로마 철학자 키케로는 엘레우시스 비교 의식에 참가한 뒤, "인간은 이 의식을 통해 야만적인 존재에서 벗어나 교화되고 정화되어 문명의 상태에 이르게 되며, 행복하게 사는 것만이 아니라 더 나은 희망을 품고 죽을 수 있음을 깨닫게 되었다"고 고백했다. 그러나 정작 엘레우시스 비교 의식에서 어떤 일이 벌어졌는지는 아무도 모른다. 그 의식에 대한 비밀이 철저하게 지켜졌기 때문이다. 비교 의식의 참석은 교인들에게만 제한되어 있었다. 또 그 의식에 참가한 사람들은 그 의식에 대해 절대 비밀을 지켜야만 했다. 기원전 5세기 후반, 아테네의 정치가 알키비아데스는 이 비교의 비밀을 누설한 죄로 사형을 선고받았으나 후에 형 집행이 유예되었고, 엘레우시스 출신 비극 작가 아이스킬로스는 그의 비극에서 비교 의식의 일부를 차용했다 하여 교인들에게 몰매를 맞을 뻔하기도 했다.

엘레우시스 비교는 경작지의 여신 데메테르와 그녀의 딸 페르세포네를 숭배하던 종교였다. 신화는 이 종교가 어떻게 시작되었는지를 이야기하고 있다. 지하 세계의 신 하데스는 온갖 영화와 권력을 가지고 있음에도 어둡고 우울한 명계로 오겠다는 여신이 없어 홀로 지내야만 했다. 그러나 아무리 신이라도 홀로 산다는 것은 외롭고 견디기 힘든 일이었다. 그래서 자신의 동생이자 올림포스의 지배자인 제우스와 공모하여 제우스와 데메테르 사이에서 태어난 페르세포네를 납치했다. 모든 것을 굽어보는 태양의 신 헬리오스에게서 이 음모에 페르세포네의 아버지인 제우스가 깊게 개입한 것을 알게 된 데메테르는 배신감과 실의에 빠져 경작지를 돌보는 그녀의 직분을 포기하고 세상을 방황하기 시작했다. 그녀가 엘레우시스 궁전 입구에 있는 우물 옆에 앉아 있을 때, 그곳의 왕 켈레오스의 딸들이 물을 길러 왔다가 그녀를 발견하고는 친절하게도 궁전으로 안내했다. 데메테르는 신분을 숨긴 채, 왕자의 유모로 궁전에 머물게 되었다. 그러나 인간들의 호의에 고마움을 느낀 여신은 왕자를 불사의 몸으로 만들어 주기로 마음먹고 밤마다 아이를 불사不死의 불로 그을렸다. 어느 날 우연히 이 광경을 본 왕비는 소스라치게 놀라 비명을 질렀다. 이 때문에 왕자를 불사의 몸으로 만들려던 데메테르의 계획은 수포로 돌아갔다. 인간의 어리석음에 화가 난 여신은 그제서야 자신의 신분을 드러내고는 켈레오스 왕에게 자신을 위한 신전을 지어 제사를 지낼 것을 명령하였다.

한편 데메테르가 돌보지 않은 경작지는 황폐해졌고 곧 기근이 들었다. 이 때문에 올림포스 신들에게 바치는 희생물도 눈에 띄게 줄어들었다. 제우스는 이런 상황을 견디기 힘들었다. 그래서 데메테르를 달래기 위해 헤르메스를 명계에 보내 하데스로 하여금 페르세포네를 그녀의 어머니 데메테르에게 되돌려 주라고 전했다. 그러나 페르세포네의 귀환은 완전한 것이 되지 못했다. 어머니에게로 돌아간다는 기쁜 소식에 그녀가 무심코 하데스가 내준 석류 세 알을 먹었기 때문이다. 이로써 그녀는 영원히 명계와 인연을 끊을 수 없는 운명을 갖게 되었다. 그래서 페르세포네는 일 년에 한 번씩 지하 세계로 가서 3개월 동안 머물게 되었다. 페르세포네의 귀환이 이루어진 뒤 데메테르는 엘레우시스를 떠나면서 켈레오스 왕에게 매년 페르세포네의 귀환을 기념하는 종교 제전을 지낼 것을 명령했다. 이 제전이 바로 엘레우시스 비교 제전이다.

엘레우시스 비교 제전

엘레우시스 비교 제전은 매해 두 번에 걸쳐 이루어졌다. 봄 축제는 아테네의 교외에서 치러졌다. 이때에는 비교에 입문하기를 바라는 신입 교인들에 대한 정화와 교리 공부가 이루어졌다. 제전의 주요 행사는 대부분 가을에 벌어졌다. 9월이 되면 아흐레에 걸친 본격적인 축제가

대지의 여신 데메테르의 딸 페르세포네가 지하 세계 하데스에게서 되돌아온 것을 기념하는 엘레우시
스의 비밀 제전이 벌어졌던 신전 터의 전경.

시작된다. 첫날은 전령이 축제의 시작을 알린다. 둘째 날, 입문 후보자들은 팔레론 해안으로 가서 몸을 씻는 정화 의식을 치른다. 이때 수많은 돼지를 잡아 여신께 바친다. 셋째 날, 사회 저명 인사들이 의식에 참가한다. 넷째 날 의술의 신 아스클레피오스가 뒤늦게 제전에 참가한 일을 기념하는 의식이 벌어진다. 다섯째 날, 제전 행렬이 아테네의 히에라 성문에 모여 간단한 의식을 치른 뒤, 히에라 호도스를 따라 엘레우시스로 향한다. 아테네에서 엘레우시스까지는 약 22킬로미터 거리이다. 행렬의 느린 걸음으로도 한나절이면 도착할 수 있는 거리이다. 행렬이 엘레우시스에 도착하면 성소 밖 광장에서 사제들이 행렬을 맞는다. 그리고 밤새도록 춤을 추며 축제를 벌인다. 여섯째 날과 일곱째 날은 비교 의식을 위해 지어진 신전 안에서 제사가 벌어진다. 그러나 그 내용은 아직까지도 비밀에 싸여 있다. 아마도 페르세포네의 귀환을 기념하는 제전이 벌어졌으리라 추측될 뿐이다. 여덟째 날, 제전의 가장 중요하고 성스러운 행사가 벌어진다. 이 행사에는 신참자들은 참가하지 못하고 적어도 일 년 이상 된 신자들만 참석할 수 있다. 아흐렛째가 되는 축제의 마지막 날에는 죽은 자들을 위한 헌주가 이루어진다. 그리고 그 다음날 제전에 참석했던 아테네인들은 자신의 몸과 마음이 신성해진 기쁨에 가득 차서 새로운 희망을 느끼며 도시로 돌아온다.

지금도 데메테르가 처음 엘레우시스에 도착하여 앉아 있었다는 우물을 볼 수 있다. 우물 옆의 계단을 따라가면 신전으로 들어가던 문이 서 있던 자리가 눈에 선명하게 모습을 드러내고, 그 안으로 가면 바위를 깎아 만든 좌석이 남아 있는 신전 터가 나온다. 유적지 코앞까지 침범한 주택과 그 너머 푸른빛을 자랑하는 바다를 보며 먼 옛날 이곳에서 벌어졌던 성스럽고 신비한 의식이 과연 어떤 것이었기에 키케로가 그토록 감동했을까 하는 궁금증을 품어 본다. 그리고 엘레우시스 제전이 가짜 사제에 의해 집전된 뒤, 검은 옷을 입은 무리가 엘레우시스 성소에 도착하면 제전은 더 이상 계속되지 않으리라는 델포이 신탁의 예언이 역사적으로 실제 일어났다는 현지 안내인의 이야기를 들으며 알 수 없는 서글픔과 허무를 느낀다. 검은 옷을 입은 사람들이란 새로운 종교, 그리스도교의 신부들이었다.

엘레우시스에서 코린토스 운하로 가는 길

슬픈 역사의 도시, 메가라

엘레우시스를 떠나 코린토스로 가는 방법은 두 가지가 있다. 고속도로를 이용하면 빠르고 편하다. 하지만 수많은 신화의 현장과 아름다운 해안의 풍경을 놓친다. 싱겁다. 반면 해안을 따라 구불구불 난 옛 도로를 따라가면 시간이 만만치 않게 걸린다. 선택은 어렵다. 그러나 계모 파이드라의 유혹을 물리친 히폴리토스가 아버지 테세우스의 분노를 피해 달아나다 떨어져 죽었다는 절벽을 직접 보고 싶은 사람은 옛길을 따라 가는 수밖에 다른 선택의 여지는 없다.

고속도로를 벗어나 바다 건너 살라미스 섬이 보이는 아름다운 해안 길로 들어서면 '네오페라마'를 지나게 된다. 이곳에서 살라미스 섬으로 가는 페리호가 출발한다. 곧이어 오른쪽으로 야트막한 두 구릉 사이에 자리 잡은 메가라 시가 보인다. 이 도시에는 슬픈 전설이 전해져 내려온다. 먼 옛날 크레타의 미노스 왕이 이 도시로 쳐들어왔다. 그러나 제우스의 아들 미노스도 메가라를 쉽게 점령할 수는 없었다. 메가라의 왕 니소스에게는 자줏빛 머리카락 하나가 있었는데, 그가 이 머리카락을 지니고 있는 한, 도시는 결코 점령당하지 않는다는 신탁이 있었기 때문이다. 그러나 미노스에게 반한 니소스의 딸 스킬라는 아버지가 잠든 사이에 이 머리카락을 잘랐다. 미노스가 자신을 함께 데려가 준다는 약속을 믿고 저지른 짓이었다. 이에 힘입어 미노스는 도시를 점령할 수 있었다. 그러나 사랑을 얻기 위해 아버지와 조국을 배반한 폐륜아 스킬라를 받아들일 생각이 조금도 없었던 미노스는 배 뒤에 스킬라의 발을 밧줄로 묶어 끌고 갔다. 그녀를 함께 데려간다는 약속을 지킨 셈이다. 이 억만 리 머나먼 땅에서 호동왕자와 낙랑공주 이야기를 연상하게 하는 전설을 만나는 기분은 실로 묘하다. 사랑과 권력은 영원히 화해할 수 없는 운명인가? 알 수 없다. 배에 끌려가는 가련한 스킬라의 처참한 심정을 헤아리면 가슴이 답답해져 온다. 무심한 바다만 예전처럼 푸른빛을 뿜내고 있을 뿐이다.

한때 메가라는 양모 산업으로 번성하던 도시였다. 이 시절에 메가라 인들은 인구가 넘쳐 지중해의 여러 지역으로 이민하여 식민지를 개척했다. 이런 식민 도시 가운데 가장 유명한 것이 메가라의 비자스가 세운 도시 비잔티온이다. 이 도시는 훗날 콘스탄티노스 대제에 의해 동로마 제국의 수도 콘스탄티누폴리스가 되고 이어서 오스만 터키의 수도로 바뀌면서 이스탄불이란 이름을 얻게 된다.

역사 시대에 들어 메가라는 항상 아테네와 대립했다. 처음에는 엘레우시스와 살라미스를 놓고 다투었지만 아테네의 승리로 끝났다. 페르시아 전쟁 이후 아테네가 그리스의 최강국으로 떠오르자 메가라는 스파르타에 의존하여 아테네에 대항했다. 그리스를 쇠망의 길로 접어들게 한 펠로폰네소스 전쟁기원전 431-404의 직접적인 원인도 아테네가 스파르타 편에 선 메가라를 봉쇄한 데에서부터 시작된다. 이 전쟁이 계속되는 동안 아테네는 해마다 메가라에 쳐들어와 도시를 약탈하고 파괴했다. 전쟁은 스파르타의 승리로 끝났지만 전쟁 기간 동안 메가라가 입은 상처는 너무도 치명적인 것이었다. 이 시대 이후에 메가라는 가난한 마을 이상으로 발전하지 못했다. 기원후 2세기 때의 여행가 파우사니아스는 하드리아누스 황제마저도 잘살 수 있게 만들 수 없었던 유일한 도시가 메가라였다고 한탄한다.

카키아 스칼라와 아기이 테오도리

메가라를 지나면 내리막길이 나온다. 이 길은 고대부터 험하기로 유명한 절벽과 해안 사이로 꼬불꼬불한 길이다. 길이 하도 험해 이곳을 지나는 사람들은 이곳의 땅이름을 카키아 스칼라, 즉 '고약한 언덕길'이라 불렀다. 길은 험해도 이곳에서 바다 건너편의 펠로폰네소스를 바라보는 경치는 매우 인상적이다.

사람들은 이 길에서 테세우스의 아들 히폴리토스가 전차를 타고 가다 바다에서 나온 괴물을 만나 떨어져 죽었다고 전한다. 그러나 이런 전설은 후에 생긴 것이다. 왜냐하면 이곳에 처음으로 전차가 지날 수 있는 길을 뚫은 것은 로마의 하드리아누스 황제로 이는 기원후 2세기 때이기 때문이다. 고대 메가라인들은 이곳에 처음으로 길을 낸 사람은 메가라 시를 세운 스키론이라고 주장한다. 스키론은 절벽 위에 앉아 지나는 나그네에게 자신의 발을 씻기도록 강요한 뒤, 그 나그네를 발로 밀어 절벽 아래로 떨어뜨려 그곳에서 기다리고 있던 괴물 거북의 밥이 되게 한 악당으로 유명하다. 스키론은 나중에 이곳을 지나던 아테네의 영웅 테세우스에게 똑같은 수법으로 죽임을 당한다. 그러나 이 전설 역시 메가라인들과 적대적인 관계에 있던 아테네인들의 주장이므로 믿을 만한 것이 못 된다. 메가라인들에 대한 아테네인들의 이런 중상은 신화가 예전부터 이데올로기를 퍼뜨리는 유력한 수단으로 사용되었다는 좋은 예이다.

해안을 따라가면 아기이 테오도리라는 곳이 나온다. 이곳은 맛 좋기로 이름 높은 과일의 생산지이다. 이곳의 옛 이름은 크로미온이다. 이곳에서 테세우스는 행패를 부려 농사를 망쳐 놓던 멧돼지 '피이아'를 잡아 죽였다고 전해진다.

상업의 중심지, 코린토스

코린토스 지협은 그리스 본토와 펠로폰네소스 반도를 잇는 가느다란 땅이다. 길이는 약 15킬로미터이고, 너비는 가장 넓은 곳이 6킬로미터 가량이며, 가장 높은 곳이 해발 90미터를 넘지 않는 야트막한 언덕이다. 지금 이 지협은 코린토스 운하에 의해 끊겨 있다. 이제 펠로폰네소스는 엄밀한 의미에서 더 이상 반도가 아니고 섬인 셈이다.

코린토스 운하는 수에즈 운하를 팠던 프랑스의 토목 기술자 레셉스가 1882년에서 1893년 사이의 12년 간의 대역사를 벌여 완성한 운하이다. 길이는 6.4킬로미터 정도에 너비는 25미터, 깊이는 8미터 정도다. 운하에는 32미터 길이의 다리가 두 개 걸쳐져 있다. 이 다리의 높이는 약 60미터다. 운하를 지나는 배는 1노트에서 3노트의 속도를 유지해야 하는데 이를 위해 견인선이 배를 끌고 간다. 조그만 견인선이 덩치 큰 화물선을 끌고 가는 모습은 얼핏 웃음을 자아내게 한다.

이 운하를 이용하면 그리스에서 이탈리아로 가는 뱃길을 320킬로미터 정도 줄일 수 있을 뿐 아니라 바다에서 만날 수 있는 수많은 위험을 줄일 수 있다. 이런 이점을 알고 있었던 고대 코린토스인은 배를 지협 한편에서 건너편으로 넘겨 주고 돈을 받았다. 코린토스가 일찍부터 그리스 세계의 상업 중심으로 성장할 수 있었던 것은 본토와 펠로폰네소스를 잇는 동시에 두 만의 바다를 이어주는 지협에 위치한 때문이었다. 그러나 아무리 작은 배라도 한쪽 바다에서 다른 쪽으로 옮기는 일은 고되고 위험한 일이었다. 그런 까닭에 고대부터 이 지협에 운하를 파려는 수많은 계획과 시도가 있었다. 이미 기원전 6세기 초에 코린토스의 참주 페리안드로스는 이곳에 운하를 팔 계획을 세웠지만 성공하지 못했

19세기 말에 완공된 코린토스 운하. 그리스에서 이탈리아에 이르는 뱃길을 300킬로미터 이상 줄였다.

다. 로마의 칼리굴라 황제 역시 운하를 팔 계획을 세웠지만 비명횡사하는 바람에 뜻을 이루지 못했다. 그러나 네로 황제는 6000명의 유대인을 팔레스타인에서부터 코린토스로 이주시켜 운하를 파는 작업을 시작했다. 이 공사는 골족의 로마 침입으로 중단되었지만 유대인들은 계속 코린토스에 남아 살게 되었다. 이 유대인들이 나중에 사도 바울을 맞아 코린토스에 유럽 최초의 그리스도교 교회를 세우게 된다.

운하의 양쪽 끝에는 조그만 포구가 있고 운하의 양쪽을 차가 다닐 수 있도록 수면에서 겨우 몇 미터 떨어져 있는 나지막한 다리가 놓여 있다. 이 다리는 배가 지나갈 때는 물밑으로 가라앉는다. 다리가 가라앉고 그 위를 배가 지나는 광경은 평화롭기만하다. 그리고 고대 이스트미아 운동 경기가 열렸던 곳 가까이에 위치한 조그만 식당에 앉아 그 광경을 바라보는 경험은 오랫동안 아름다운 추억으로 남는다.

로마와 아시아를 잇는 고리, 코린토스

코린토스의 외항, 켕크레아이

코린토스 운하에서 사로니카 만을 따라 남쪽으로 12킬로미터를 가면 케흐레스라는 조그만 해변 마을이 나온다. 이곳의 옛 이름은 켕크레아이이다. 바다의 신 포세이돈의 아들 시네스란 악당이 이곳에서 두 소나무를 휘어 그 사이에 지나는 나그네의 발을 하나씩 묶고는 나무를 퉁겨 찢어 죽이는 잔인한 행패를 부리다 끝내는 아테네의 영웅 테세우스의 손에 똑같은 방법으로 죽임을 당했다는 전설이 전해지는 곳이다. 지금도 이 아름다운 해변에는 소나무들이 몇 그루 서 있어 옛 신화의 장면을 떠올리게 한다.

켕크레아이는 지금은 운하 때문에 조그만 포구로 전락하여 여름 휴양지로서 명목을 이어가고 있지만 한때는 아시아에서 코린토스로 들어오는 배들로 북적거리던 규모가 꽤 큰 항구였다. 아직도 포구 양끝에는 당시의 방파제와 그 위에 세워졌던 창고를 비롯한 건물들의 잔해가 남아 있어 당시의 규모를 짐작하게 한다. 방파제 잔해 일부는 바다 아래까지 이어져 있어 이곳 해안이 세월이 흐름에 따라 침강하고 있음을 보여 준다. 물 속에 잠긴 말없는 돌들이 인간사의 허망함과 덧없음을 느끼게 한다.

로마 시대에는 소아시아에서 로마로 향하던 여행객이나 화물들은 거의 대부분 이곳을 거쳐 갔다. 지름길이었기 때문이다. 기원후 52년에 사도 바울이 아테네에서 코린토스로 왔을 때 상륙한 곳도 바로 이 항구였다. 그 당시 코린토스에는 네로 황제가 운하를 파기 위해 팔레스타인에서부터 이곳으로 강제로 이주시킨 6000여 명의 유대인의 후예와 그후 클라우디우스 황제에 의해 추방당한 유대인들로 상당한 규모의 유대인 사회가 형성되어 있었다. 그랬기에 사도 바울이 켕크레아이와 코린토스에 초기 그리스도교 교회를 세우는 데에 큰 어려움이 없었다.

사도 바울의 코린토스 전도

사도 바울은 코린토스에 일 년 반 동안 머물면서 그리스도교를 전도했다. 그 당시, 코린토스는 타락이 절정에 이른 환락의 도시로 이름 높

▲
총독 갈리오가 바울을
고발하기 위해 몰려온
유대인들에게 연설한
장소인 베마.
아직도 코린토스의
아고라 한가운데에
자리 잡고 있다.

았다. 선사 시대부터 사랑과 환락의 신 아프로디테를 숭배하던 코린토스에는 수천 명의 창녀들이 들끓었었다. 그래서 "모든 배가 코린토스로 가는 것은 아니다"라는 고대 그리스 경구가 생길 정도였다. 이 말은 모두가 다 행운을 만날 수는 없음을 암시하는 말이다. 당시의 모든 뱃사람들은 그들이 탄 배가 환락으로 유명한 코린토스로 가는 것을 은근히 바랐다. 그러나 모든 배가 다 코린토스로 갈 수는 없는 노릇이니 인간 모두가 행운을 누릴 수는 없다는 이야기. 사도 바울이 코린토스인들에게 보낸 그의 편지에서 유난히 타락을 경계하고 도덕적 순수함을 강조한 까닭이 바로 그 도시에는 환락이 극에 달해 곳곳에 유혹이 도사리고 있었기 때문이다.

코린토스의 전도에서 바울을 괴롭힌 것은 주민들의 방탕한 생활 풍습만이 아니었다. 그 시기는 로마 제국의 초기로서 제국 안의 다양한 민족들이 뒤섞여 살던 때였기에 제국의 각 지방에서 들어온 온갖 종교들이 성행하고 있었다. 초기 그리스도교는 이런 이교 신앙들과 힘겨운 경쟁을 해야 했다. 그러나 정작 사도 바울을 위험에 빠뜨린 것은 이런 퇴폐나 종교적 혼란이 아니었다. 그의 설교와 그리스도교 전도 행위가 마음에 들지 않던 코린토스 지역의 유대인들이 더 위험한 존재들이었다. 유대교의 지도자들은 바울의 설교와 전도 행위가 모세의 율법을 해친다며 코린토스의 총독 갈리오에게 사도 바울을 고발했다. 그러나 갈리오는 바울에 대한 고발이 범법이나 악행에 대한 것이 아니고 유대인들의 율법에 관련된 것이니 유대인들끼리 알아서 처리할 문제라고 대답하며 바울을 법정에 세우지 않았다. 당시 총독 갈리오가 바울을 고발하기 위해 몰려온 유대인들에게 연설한 장소인 베마라는 구조물은 아직도 코린토스의 아고라 한가운데에 자리 잡고 있다. 뒷날 그리스도 교도들은 이 사건을 기리기 위해 베마 위에 교회를 세웠었다. 그러나 지금은 그 교회 흔적마저 사라지고 폐허만 쓸쓸하게 남아 있을 뿐이다.

시시포스의 형벌과 바꾼 페이레네 샘

코린토스 유적지에는 두 개의 입구가 있다. 그 가운데 동쪽에 있는 입구가 정문이라 할 만하다. 매표소를 지나면 계단이 나온다. 그 계단 아래로 대리석으로 잘 포장된 고대의 길이 보인다. 코린토스 중심에서 코린토스의 또 다른 외항이었던 레카이온으로 뚫렸었던 레카이온 길의 일부이다. 사로니카 만 쪽의 켕크레아이 항구가 아시아로 가는 출발점이라면 코린토스 만에 위치한 레카이온은 로마로 가는 서쪽 항로가 시작되는 곳이다. 기원전 5세기 때에는 코린토스 도심에서 이 항구의 부두까지 성벽을 쌓아 외적의 침입을 막았었다. 예전에는 이 길 양 옆에 웅장하고 화려한 공공 건물들과 상점이 즐비하게 서 있었다. 그러나 지금 이 길에서 우리를 제일 처음 맞아 주는 것은 로마 시대의 수세식 공중 변소이다. 조금 더 지나면 나지막하게 물 흐르는 소리가 들린다. 그 소리를 따라 길 왼쪽으로 꺾어 들어가면 아담한 정원이 나온다. 이곳이 고대 시대부터 아름답기로 유명한 페이레네 샘이다. 이 샘은 아직도 물이 풍부하다.

이 샘에 얽힌 재미있는 신화가 있다. 코린토스는 물이 귀한 곳이다. 꾀 많은 영웅 시시포스가 이곳에 도시를 세우기로 마음먹었을 때, 가장 염려했던 문제가 바로 물이었다. 그때 마침 제우스는 코린토스 이웃에 있는 강의 신 아소포스의 딸 아이기나의 아름다움에 반해 그녀를 납치하는 사건이 벌어졌다. 아소포스는 자신의 딸을 납치한 제우스의 행방을 찾아 백방으로 뛰어다녔다. 그러나 납치범이 주신 제우스인지라 아무도 감히 제우스의 행방을 알려 주지 않았다. 이때 시시포스는 아소포스에게 코린토스에 샘을 하나 만들어 주면 범인의 행방을 알려 주겠다고 제안했다. 이렇게 해서 솟아나게 된 샘이 바로 페이레네 샘이다. 시시포스는 이렇게 하여 샘을 얻었지만 제우스에게 괘씸죄를 범해 죽은 뒤에 혹독한 형벌을 받는다. 언덕을 향해 바위를 굴리는 벌이다. 힘들게 언덕 정상에 올려 놓은 바위는 다시 아래로 굴러 떨어지게 마련이고, 그러면 시시포스는 또다시 아래부터 언덕 위로 바위를 굴려 올리는 일을 끝없이 반복하고 있는 것이다. 그러나 시시포스가 끊임없이 바위를 굴리는 형벌을 감수하면서까지 그가 주민들을 위해 얻은 페이레네 샘에서는 아직도 지하에서부터 시원한 물이 끝없이 솟아난다. 폐허에 서서 그 물소리를 듣는 나그네는 시시포스 보살의 희생을 떠올리고 숙연해지게 마련이다.

못다 핀 소녀의 슬픔을 담은, 글라우케 샘

코린토스에 얽힌 신화 가운데 가장 슬픈 이야기는 글라우케의 이야기이다. 아르고스 원정대의 대장 이아손은 적국의 공주 메데이아의 도움으로 황금의 양털을 얻어 메데이아와 함께 고향으로 돌아왔지만, 고향에서 메데이아가 벌인 잔혹한 복수 행위 때문에 쫓겨나 코린토스로 망명할 수밖에 없었다. 이아손의 인물에 반한 코린토스의 왕은 자신의 딸 글라우케를 이아손과 결혼시키기로 결심한다. 이아손의 이런 행위는 모든 것을 버리고 이아손만을 좇아 그리스까지 온 메데이아에게 하늘이 무너지는 것과 같은 배신이었다. 더 이상 이아손이 자기를 사랑하지 않음을 안 메데이아는 글라우케에게 독이 묻은 옷을 결혼 선물이라고 보낸다. 아무것도 모르는 순진한 글라우케는 기쁜 마음으로 이 옷을 입어 본다. 그러나 그 순간 온몸이 타는 듯한 고통을 느낀다. 그 고통이 얼마나 컸는지 불쌍한 소녀는 하늘의 신들을 향해 차라리 자신을 샘이 되게 해 달라고 빌었다. 고통 받는 소녀의 애처로운 모습을 차마 볼 수 없었던 신들은 그녀를 푸른 물이 솟는 샘으로 만들어 주었다. 그 샘이 바로 글라우케 샘이다. '글라우케'는 그리스 말로 푸른 물빛을 가리키는 낱말이다. 이 샘의 물빛이 유난히 푸르러 붙여진 이름이리라. 이 글라우케 샘은 슬픈 사연을 전하려는 듯, 지금도 코린토스 한구석에서 외롭게 서 있다. 이 샘의 외곽을 이루고 있는 누런 바위 빛깔이 새파란 지중해 하늘 아래 유난히 더 처절한 기분을 자아낸다.

▶
아직도 시원한 물이
솟아나는 페이레네
샘에는 제우스와
시시포스의 신화가
얽혀 있다.

흥망과 몰락을 거듭한 코린토스

코린토스의 역사

오늘날, 코린토스의 폐허에 서면, 인간사의 덧없음을 절로 느끼게 된다. 한때 가장 화려하고 세계 최고의 사치와 환락의 도시였던 이 곳에 이제는 무심한 돌덩이들만 쓸쓸하게 뒹굴고 있다. 북쪽 언덕에 아직도 위용을 자랑하는 아폴론 신전과 잘 정돈된 아고라 광장의 바닥 돌들만이 옛날의 화려함을 희미하게 암시해 줄 뿐이다. 이곳에 사람들이 살기 시작한 것은 신석기 시대인 기원전 5000년 무렵부터이다. 미케나이 시대에 이곳은 아르고스의 변방이었다. 그러나 도리아 족의 침입이 있었던 기원전 1100년쯤부터 이곳은 그리스에서 가장 강력한 상업과 교통의 중심지로 발돋움하여 기원전 8세기에는 인구 과잉 문제를 해결하기 위해 아드리아해의 섬들과 이탈리아 남부 해안, 그리고 시실리에 많은 식민지를 건설하기에 이른다. 시실리의 가장 큰 도시 시라쿠사도 코린토스인이 세운 도시이다. 이런 식민 도시들을 발판으로 코린토스는 지중해 전 지역은 물론 이집트와 메소포타미아 지방까지 도자기와 청동그릇 등을 비롯한 상품을 수출하여 경제적 번영을 누렸다. 고대 그리스 시대부터 베네치아인들의 전성기에 이르는 기나긴 세월 동안 지중해를

▶
케흐레스 남쪽
방파제.

파괴와 약탈을 피해 오늘날까지 위엄 있는 모습으로 남아 있는 코린토스의 아폴론 신전.

누비던 3단의 노를 가진 배, 갤리선을 처음으로 만든 것도 코린토스인이었다고 전해진다. 기원전 7세기 초에 코린토스는 최고의 전성기를 맞는다. 그러나 기원전 6세기부터 코린토스의 이런 경제적 번영은 새로운 해운 강국인 아테네의 거센 도전을 받게 된다. 기원전 5세기 초, 페르시아 전쟁 동안 코린토스는 그리스 연합 사령 본부로 쓰였다. 전쟁이 끝난 뒤 그리스의 패권을 쥔 아테네의 발전을 따라잡을 수 없었던 코린토스는 몰락의 길을 걷게 된다. 이런 까닭에 펠로폰네소스 전쟁 때, 코린토스는 스파르타 편에 서서 싸웠다.

기원후 4세기에 들면서 그리스의 도시 국가들은 새로운 강국인 마케도니아의 필리포스 2세의 침략에 맞서 싸우지만 기원전 338년 카이로네이아 전투에서 패배한 뒤, 그 다음해 코린토스에서 필리포스 2세의 지배를 공식적으로 받아들인다.

코린토스의 긴 역사에서 가장 불행한 사건은 로마 시대에 일어났다. 로마의 그리스 침입에 가장 격렬하게 반항한 것은 아카이아 동맹이었다. 코린토스는 바로 이 동맹의 맹주였다. 기원전 146년 아카이아 동맹군은 로마군에게 대패했다. 코린토스군의 강력한 저항에 고전을 면치 못했던 로마의 무미우스 장군은 승리한 뒤, 코린토스를 약탈하고 돌 하나도 제대로 남아나지 못할 정도로 여지없이 파괴했다. 유서 깊은 고도인 코린토스의 운명은 이렇게 허망하게 끝나는 것 같았다. 그러나 코린토스는 그렇게 버려져 있기에는 너무도 좋은 지정학적 위치를 갖고 있었다. 기원전 44년, 율리우스 케사르는 자신을 위해 평생 목숨을 바쳐 싸운 병사들에게 새로운 땅과 거주지를 제공해 주려는 배려에서 코린토스에 새로운 도시를 세울 것을 결심했다. 그의 갑작스러운 죽음으로 도시의 건설은 그의 후계자인 아우구스투스에 의해 완성되었지만 명당자리에 선 도시는 곧바로 옛날의 영광에 못지않은 부귀와 명성을 누리게 되었다. 아우구스투스의 뒤를 이은 로마의 황제들은 서로 앞 다퉈 코린토스의 발전을 위해 투자와 건설을 아끼지 않았다. 사도 바울이 이 도시에 왔을 때, 코린토스는 로마의 그리스 속주에서 가장 번성하는 도시였다. 지금 우리가 코린토스 폐허에서 보는 것은 모두 이 시대의 유물들이다. 그리스 시대의 건물은 로마의 장군 무미우스에 의해 너무도 철저하게 파괴되었기 때문이다. 다만 북쪽 언덕에 외로이 서 있는 아폴론 신전만이 그 파괴와 약탈을 피해 오늘날까지 위엄 있는 모습을 보여 주고 있을 뿐이다.

로마 제국이 쇠퇴하기 시작하자 코린토스의 부유함은 곧 외적들의 가장 중요한 목표로 떠올랐다. 기원후 267년과 395년 야만족이 침입하여 코린토스는 심하게 약탈당했다. 그러나 코린토스의 멸망에 가장 결정적인 일격을 가한 것은 자연의 재해였다. 기원후 522년과 551년, 두 번에 걸친 지진은 도시의 모든 것을 파괴했다. 11세기 들어 코린토스는 어느 정도 번영을 되찾는 듯했다. 그러나 1147년 노르만족의 침입이 있은 뒤, 이 도시는 프랑크 족과 베네치아인들, 그리고 끝으로 오스만 터키의 군사 기지로 사용되었다. 지금 코린토스 뒤쪽 산 위에 자리 잡고 있는 투박한 성채는 바로 베네치아 시대의 유물이다.

1820년대에 있었던 그리스 독립 전쟁 당시, 이곳에서 격렬한 전투가 벌어졌다. 이 전투에서 패배한 터키군은 바다를 통해 후퇴했다. 그 후, 이곳 바닷가에 새로운 코린토스가 세워졌다. 지금 새 코린토스에는 2만 명 남짓한 주민들이 살고 있다. 평화롭고 조용한 어촌의 분위기를 즐기기 위한 현대인들은 이 곳이 마음에 들 것이다.

알렉산드로스 대왕과 디오게네스

코린토스에 얽힌 이야기로 유명한 것은 알렉산드로스 대왕과 견유학파 철학자 디오게네스의 일화일 것이다. 그리스 동맹군을 이긴 정복자 알렉산드로스가 코린토스를 방문했을 때, 이 도시에 괴짜 철학자 디오

게네스가 살고 있다는 이야기를 듣고 그를 찾아 나선다. 디오게네스는 당대에 이미 유명한 철학자였지만 조그만 술통에 거처를 마련하고 거지처럼 살고 있었다. 그는 세속적인 모든 가치관을 삐딱하게 보는 견유학파 철학자로서 그런 방법으로 천박한 물질주의를 비웃었다. 알렉산드로스가 그에게 원하는 것이 무엇이냐고 묻자 철학자는 그가 햇빛을 가리고 있으니 조금 비켜서라고 말했다. 순간 모욕감을 느낀 알렉산드로스는 그를 한칼에 베어 버릴 생각도 했지만 곧 마음을 고쳐 먹고 "내가 대왕이 아니라면 디오게네스가 되고 싶다"라고 중얼거렸다고 전해진다.

▲
코린토스 유적지에 외롭게 서 있는 글라우케 샘. 뒤편에 고대 그리스 시대의 코린토스 유적으로는 유일하게 남아 있는 아폴론 신전이 보인다.

코린토스 양식에 얽힌 이야기

그리스 건축의 기둥은 도리아식과 이오니아식, 그리고 코린토스식으로 구분된다. 로마 시대의 건축가 비트루비우스에 따르면 도리아식 기

▲
아칸토스 풀잎이
옆으로 뻗어나간
모양을 본떠
윗부분을 장식한
코린토스식 기둥.

등은 남자 몸의 비율을 본뜬 것으로, 기둥의 높이와 지름의 비율이 6:1
이다. 이는 남자의 키가 보통 그 사람의 발 길이 6배에 해당한다는 데에
서 착안한 양식이다. 반면 이오니아식은 8:1의 비율을 갖는데 이는 여
자 몸의 비율을 따른 것이다. 그러기에 도리아식 기둥을 보면 인간들은
자신도 모르는 사이에 남자의 우람하고 강건한 몸매를 연상하게 되고,
이오니아식 기둥을 보면 우아하고 날씬한 여인의 몸매를 떠올리게 된
다는 것이다.

　그러나 코린토스식 기둥의 비율은 이오니아식 기둥보다도 더 가냘프
다. 비트루비우스는 그리스의 조각가 칼리마코스가 어느 소녀의 무덤
에 아칸토스 풀잎이 옆으로 번져 있는 것을 모고 영감을 얻어 코린토스
양식을 고안하게 되었다고 전한다. 피어 보지도 못하고 죽은 딸을 애도
하던 소녀의 어머니가 평소 딸이 아끼던 물건들을 바구니에 넣어 무덤

133

위에 놓고 기와로 덮었는데, 마침 그 밑에서 싹을 틔우던 아칸토스 풀잎이 자라나다 이 방해물을 피하기 위해 옆으로 뻗어 나가게 된 것이다. 그런 까닭에 코린토스식 기둥 위에는 아칸토스 잎이 장식되어 있고 그 기둥은 어딘가 가냘프고 여린 소녀를 연상하게 만든다. 이와 같이 코린토스는 지금 한적한 폐허로 변했지만 그 도시가 남긴 유산은 아직까지도 우리 주변에서 생명력을 잃지 않고 머물러 있다.

고대 그리스의 종합 병원, 에피다우로스

완벽한 음향 효과와 황금 분할을 갖춘 에피다우로스 극장

코린토스에서 왼쪽 길을 따라 남쪽으로 내려가면 예전에 코린토스의 외항이었던 케흐레스를 지난다. 계속해서 사로니코스 만을 끼고 한 40킬로미터쯤 더 가면 고대 원형 극장으로 유명한 에피다우로스가 나온다. 이 길은 경치가 아름다운 그리스에서도 절경으로 유명하다. 소나무가 짙게 우거진 계곡 사이로 파란 바다가 그림처럼 아름답게 펼쳐진다. 갈 길 바쁜 관광객들로서는 차창 밖으로 보이는 경치에 한숨만 나올 뿐이다. 하지만 이 곳의 경치는 에피다우로스에서 북쪽으로 올라가는 길이 남쪽으로 내려 갈 때보다 더 아름답다.

길이 바다를 등지고 푸른빛이 가득한 계곡으로 들어간다. 그 계곡 안의 아늑한 소나무 숲 사이에 에피다우로스가 자리 잡고 있다. 매표소를 지나 숲 사이를 조금 걸으면 오른쪽으로 언덕이 나온다. 그 언덕을 오르면 한낮의 정적 속에 흰 대리석으로 빛나는 원형 극장이 나타난다. 처음 보는 사람에게 그 광경이 주는 감동은 설명이 불가능하다. 그저 '아름답다! 아름답다! 아름답다!' 는 감탄사만 절로 나올 뿐 말을 잇기가 힘들다.

기원전 4세기에 만들어진 이 극장은 오늘날까지 원래 모습 그대로를 우리에게 보여 주는 몇 안 되는 고대 그리스 건축물 가운데 하나다. 그러나 정작 이 극장이 현대인에게 경탄의 대상이 되는 까닭은 완벽한 음향 효과 때문이다. 원형 오케스트라원형 극장 중앙에 있는 빈 터의 중심에는 동그란 대리석 판이 하나 깔려 있다. 그 자리가 소리가 가장 크게 잘 전달되는 지점이다. 이곳에서 내는 소리는 동전 하나 떨어지는 소리, 종이를 찢는 소리, 사람이 한숨 쉬는 소리까지 관람석 맨 꼭대기 자리에서도 다 들을 수 있다. 실로 놀라운 음향 효과다. 겉으로 봐서는 별다른 시설도 없이 어떻게 이런 완벽한 음향을 만들어 내는지 도무지 알 수가 없다. 어떤 사람은 무대에서부터 객석의 계단을 따라 토관이 묻혀 있어 그곳으로 소리가 전달된다고 주장하지만 그런 토관에 대한 이야기는 아직 밝혀진 바 없다. 그보다는 오케스트라의 중앙 부분에 둔각 이등변삼각형을 이루는 지역이 소리의 공명이 가장 큰 부분을 이룬다는 설명이 더 과학적이다. 아래쪽 객석은 사이사이의 계단에 의해 12개의 쐐기 모양으로 나뉘는데 중앙 여덟 개 객석의 맨 바깥 선이 모이는 점과 양쪽 끝 두 객석의 바깥 선이 모이는 선을 이으면 120도의 둔각을 정점으로 하는 이등변삼각형이 형성된다. 바로 이 이등변삼각형 안에서 배우가 연기할 때 가장 큰 공명을 얻어 소리가 커지고 그 지역을 벗어날수록 작은 소리가 난다는 설명이다. 그러나 이 설명은 배우가 소리의 크기를 조절하는 데 이 삼각형 부분을 이용했다는 데 대한 설명이지 어떻게 조그만 소리마저도 객석 끝까지 들리는지에 대한 설명은 아니다. 다른 설명은 극장의 기울기와 극장 뒤를 싸고 있는 숲과 산에서 그 실마리를 찾지만 아직 만족스러운 설명은 나오지 않고 있다. 토관을 묻었건, 고도의 기하학적 원리를 응용했건, 아니면 비탈의 경사와 숲의 조화를 이용했건 음향학에 대한 그리스인들의 천재성을 느끼게 한다.

이 극장의 비밀은 알면 알수록 더 미궁에 빠진다. 1만 4000명의 관객

▶
피보나치 수열의 황금 비율로 이루어진 에피다우로스 극장은 완벽한 음향 효과를 갖춘 고대 그리스 건축물 가운데 하나이다.

을 수용하는 이 극장의 객석은 중간에 난 길을 기준으로 위쪽 객석과 아래쪽 객석으로 나뉘는데, 아래쪽 객석이 34줄, 위쪽 객석이 21줄로 이루어졌다. 기원전 4세기에 이 극장이 처음 세워질 때는 아래쪽 객석만 있었던 것을 로마 시대에 위쪽 객석을 덧붙인 것이다. 21과 34, 그 둘을 합친 수 55는 피보나치Leonardo Fibonacci 1175~1250의 수열에 속한다. 피보나치 수열이란 1+1=2, 1+2=3, 2+3=5, 3+5=8과 같이 앞의 두 숫자를 더해 얻은 수와 두 숫자 중 뒤 숫자를 더해 얻은 수로 이루어진 수열인데, 수열의 뒤 숫자를 앞의 숫자로 나누면 '파이값(ϕ)' 1.6781에 가까운 수를 얻게 되는 신비스러운 수열이다. 이렇게 객석이 34와 21로 배치된 에피다우로스 극장을 바라보며 우리가 아름답게 느끼는 비밀이 바로 21, 34, 55로 이어지는 피보나치 수열이 주는 황금 비율 때문임을 알게 되지만 그 비밀을 알았다고 해서 그리스인들의 비범함에 대한 경탄이 조금도 줄어들지는 않는다.

에피다우로스 극장의 또 다른 비밀은 객석의 안락함이다. 지금도 매해 여름이면 에피다우로스 연극 축제가 벌어진다. 이 축제 기간에 직접 극장에 앉아 관람해 보면 자리의 편함에 놀라게 된다. 두 시간 이상의 공연도 조금도 육체의 불편함을 느끼지 않고 볼 수 있다. 우선 앞 뒤 객석 사이가 넓어서 좋다. 그러나 그보다는 내려다 본다는 것이 좋다. 무엇인가를 내려다 본다는 것이 그렇게 편한 것이라는 것은 경험해 보아야만 알 수 있다.

요양과 치료의 중심지, 에피다우로스

에피다우로스는 의술의 신 아스클레피오스 신앙의 중심지이다. 신화에서 아스클레피오스는 아폴론 신의 아들이지만 기원전 4세기부터는 아폴론이나 제우스를 능가하는 숭배를 받게 되었다. 이에 따라 신격도 높아져 고대 세계의 말기에 가면 제우스보다도 위대한 신으로 추앙받게 된다. 에피다우로스 지방도 원래는 아폴론 신앙의 중심지였지만 기원전 5~6세기부터 아스클레피오스 숭배가 더 우세해지기 시작했다. 그리고 아테네를 비롯한 그리스 전역에서 페스트가 기승을 부린 기원전 4세기에는 완전히 아폴론 신앙을 압도하기에 이른다. 에피다우로스가 아스클레피오스의 출생지라는 믿음도 이때에 생겨난 것 같다. 기원전 4세기는 또한 고대 그리스의 의술이 주술적 치료에서 합리적이고 과학적인 치료 체계로 변화가 일어난 시기이기도 하다. 이때 에피다우로스는 그리스 세계 각지에서 몰려든 환자들과 그 가족들로 번영을 거듭했다. 큰 숙박 시설과 치료를 위한 목욕탕, 환자들을 위한 병원과 요양소, 회복기 환자를 위한 휴식 시설과 도서관 등 현대의 기준으로 봐도 손색이 없는 훌륭한 종합 의료 시설이었다. 그리스의 도시 국가에 없어서는 안 될 신전과 극장, 아고라, 체력 단련장 '김나시온'도 있었다. 고대 그리스인들에게 여흥과 교육을 동시에 제공하던 연극을 위한 극장이 이곳에서는 환자를 치료한다는 또 다른 목적을 얻었다. 그래서 에피다우로스인들은 유난히 공을 들여 극장을 지었던 것이다.

고대 세계의 끝 무렵, 세상은 어지러워지고 로마 제국도 쇠퇴의 길로 들어서자 사람들은 점점 더 신에게서 무엇인가를 구체적으로 바라는 기복 신앙 쪽으로 기울어져 갔다. 이때 병을 치료해 주어 죽음의 그늘에서 벗어나게 해 주는 아스클레피오스 신에 대한 신앙이 크게 세력을 떨치게 되었다. 이 시대에 들면 로마 제국 각지에 200군데가 넘는 아스클레피오스 신전이 세워지고 아스클레피오스 신 자신은 올림포스의 신들보다 더 높은 신으로 격상되었다. 에피다우로스의 위치도 훨씬 강화되어 그리스의 중심이 되었다. 그리스도교가 서서히 다른 종교들을 물리치고 로마 제국의 국교가 된 뒤에도 기복 신앙에 젖은 사람들에게는 여전히 아스클레피오스 신이 중요했다. 특히 환자를 비롯해 그 가족들은 여전히 에피다우로스로 몰려 들었다. 그러나 기원후 393년 테오도시우

고대 그리스 의사들이 사용했던 외과용 칼과 핀셋이 전시되어 있고, 완치된 환자들이 고마움을
표시하기 위해 바친 봉헌물들이 관심을 끄는 에피다우로스 박물관.

스 황제가 모든 이교도 숭배를 금지하는 칙령을 내리자 에페다우로스도 어쩔 수 없었다. 사람들은 차츰 아스클레피오스를 잊어 갔다. 이에 따라 에피다우로스의 영광도 과거의 일로 묻혀 갔다. 신전이나 다른 건물들이 허물어져도 이를 수리할 여력이 없었다. 그러는 가운데 지진을 비롯한 자연의 재앙이 덮쳤다. 복구를 할 수 없었던 에피다우로스 사람들은 계속 살아 남기 위해 딴 곳을 찾아 떠났다. 이제 유적지는 서서히 땅에 묻혀 갔다. 그리고는 아무도 에피다우로스를 기억하지 못하게 되었다. 1881년에 들어서야 이 지역의 발굴이 시작되어 예전의 모습이 조금씩 드러나게 되었다.

에피다우로스 시의 유적은 너무 많이 파괴되어 전문가가 아니면 둘러 보는 사람도 드물다. 2004년 아테네 올림픽을 맞아 상당 부분 복원이 이루어졌지만 여전히 다른 유적에 비하면 초라하다는 느낌을 받는다. 다만 이곳 박물관은 조그만 크기에 비해 상당히 볼거리가 많다. 고대 그리스 의사들이 사용했던 외과용 칼과 핀셋이 전시되어 있고 완치된 환자들이 고마움을 표시하기 위해 바친 봉헌물들이 관심을 끈다. 또 유적지 곳곳에서 실려온 옛 건물들의 잔해가 한때 그리스 전역에서 가장 풍요롭고 사치스러웠던 옛 영광을 느끼게 해 준다. 에피다우로스 극장에 앉아 한창때의 에피다우로스를 상상해 보려 해도 주변의 정적 때문에 잘 되지 않는다. 솔가지를 스치는 바람 소리만 나그네의 마음을 달래 줄 뿐이다.

그리스 비극의 현장, 미케나이

헐벗은 바위 언덕, 미케나이

코린토스에서 오른쪽 길을 따라 한가한 시골 국도를 한 시간쯤 남쪽으로 내려가면 조그만 삼거리가 나온다. 이곳에서 왼쪽으로 꺾어 5분쯤 달리면 거대한 두 봉우리 사이로 누런빛을 띤 바위 언덕이 나온다. 조금 더 가까이 가면 그 언덕이 육중한 성벽으로 둘러싸인 것을 볼 수 있다. 주차장에 내려서 타는 듯한 아스팔트 길을 걸어 성벽에 다가설 때까지도 별 감흥은 오지 않는다. 가끔 대지를 스치는 뜨거운 바람에 흙먼지가 날려 기분도 별로 좋지 않다. 한마디로 별로 인상적이지도 아름답지도 않은 경치다.

그러나 이 황량한 언덕에 해마다 수많은 사람들이 몰려온다. 이곳이 바로 그리스 신화의 본향 가운데 하나이기 때문이다. 주차장에서 언덕 쪽으로 가는 길에 오른쪽으로 돌 몇 개가 놓여 있다. 사연을 모르는 사람들은 이곳을 무심코 지나겠지만 아가멤논과 클리타임네스트라, 엘렉트라, 오레스테스와 같은 신화적 이름에 익숙한 사람들은 남 모르는 감회에 젖는다. 여기가 바로 성문 밖 우물 터이기 때문이다. 아마도 여기쯤에서 아버지를 살해한 어머니 클리타임네스트라와 그녀의 정부情夫 아

이기스토스에 대한 복수를 꿈꾸며 제주(祭酒)를 붓던 엘렉트라가 서성였을 것이다. 그리고 조금 후에 인기척에 놀라 그녀는 한구석으로 숨고 이윽고 그녀가 그토록 기다리던 동생 오레스테스가 이곳에서 그 누이가 잘라 놓은 머리카락을 발견했으리라. 그런 상상을 하는 사람에게 우물 터 뒤쪽으로 나 있는 오솔길은 의미심장한 상징이 된다. 그 길을 덮은 돌 하나하나가 모두 신화에 나오는 이야기를 증명해 주는 것 같은 착각에 어지럼증을 느낄지도 모른다.

　우물 터를 뒤로하고 언덕으로 난 길을 따라가면 육중한 바위들로 쌓은 성벽이 앞을 가로 막는다. 성벽을 끼고 오른쪽으로 돌면 갑자기 눈앞에 지금까지 보았던 돌들보다 훨씬 크고 육중한 바위 네 개로 이어진 성문이 모습을 드러낸다. 성문 위에는 회색빛을 띠는 바위에 제단에 발을 올린 사자 두 마리가 마주 보는 돌을새김 조각이 보인다. 사자들 사이에

는 아래가 가늘고 위쪽이 더 두꺼운 기둥이 자리 잡고 있다. 이 문이 그 유명한 미케나이의 사자문이다. 이 문양의 의미는 분명하다. 사자는 백수의 왕이니 권력을 상징하고 두 마리의 사자는 각기 미케나이와 그들에게 문명을 전수해 준 크레타의 미노아를 상징한다. 사자 사이의 기둥 모양이 크레타 크노소스 궁전의 기둥과 똑같은 모양이란 것이 이런 해석을 뒷받침한다. 사자상이 새겨진 돌은 밑바닥 너비가 3.6미터, 높이가 3미터, 0.6미터 두께의 석회석 석판이다. 이 사자 문양을 보고 있노라면 자연스레 속리산 법주사에 있는 국보 제5호인 쌍사자 석등을 떠올리게 된다. 쌍사자 석등의 제작 시기가 통일 신라의 성덕왕 19년720으로 추정되므로 두 유물의 제작 시기는 2000년이나 차이가 나지만 문양과 모티브가 우연으로 보기에는 너무 닮아 저절로 궁금증이 생긴다.

이 사자상을 받치고 있는 돌은 가로 4.5미터, 세로 2.1미터, 두께 1미터이고 무게는 20톤이 넘는 거대한 돌이다. 그런 엄청난 무게를 어떻게 이겨내고 그 위에 올려 놓았는지 지금으로서는 알 길이 막막하다. 이 돌을 떠받치는 두 돌기둥과 그 문 밑에 놓인 돌들 모두 20톤이 넘는다. 사자문을 둘러싸고 있는 성벽의 다른 돌들도 엄청난 크기를 자랑한다. 이 부분의 돌들은 피라미드를 쌓은 돌들보다도 더 크고 무겁다. 초인적인 힘을 가지고 있어야 이런 돌들로 성벽을 쌓고 성문을 만들었으리라. 그래서 고대 그리스인들은 미케나이 성벽은 인간이 만든 것이 아니라 대장장이 신 헤파이스토스를 도와 제우스의 무기를 만들던 외눈박이 거인 키클롭스들이 만들었다고 믿었다.

트로이를 정벌하기 위해 그리스군의 총사령관 아가멤논이 위풍당당하게 이 사자문을 나섰고, 또 승리하여 돌아왔을 때에는 자신의 부정한 아내 클리타임네스트라가 그를 죽일 음모를 꾸미는 줄도 모르고 의기양양하게 들어섰다. 아가멤논의 큰딸 이피게네이아는 자신이 그리스군의 출정을 위해 희생당하게 될 줄은 꿈에도 모르고 바로 이 문을 지났고, 또 미래 일을 볼 줄 아는 불행한 예언자 카산드라는 아트레우스 가문의 피비린내가 난다고 한사코 들어가기를 거부하다가 끝내 강제로 끌려들어가 처참한 죽임을 당했다. 슬프고도 끔찍한 문이다.

성문을 들어서면 정면으로 계단이 있고 오른쪽에는 기묘한 원형 건축물이 보인다. 이 건축물이 1876년에 이곳을 발굴한 독일 고고학자 슐리만이 아가멤논의 것이라고 믿어 의심치 않았던 무덤이다. 그러나 그 후의 연구는 이 무덤이 사자문과 성벽과 함께 기원전 1350년쯤에 만들어진 것임을 밝혔다. 이는 이 무덤의 주인이 아가멤논보다 적어도 150년 앞서 살았던 아가멤논의 선조 가운데 한 사람이라는 것을 의미한다. 이 원형 안에는 6개의 벌집 모양 무덤이 발굴되었고 그 안에는 19구의 시신이 묻혀 있었다.

무덤 왼쪽으로 난 계단을 따라 언덕을 오르면 나우플리온 만에서 코린토스로 가는 길이 훤히 보인다. 누구도 이곳의 감시를 피해 그 벌판을 지날 수 없다. 천하의 전략적 요충지이다. 미케나이 지배자들이 이곳에 궁전을 지은 까닭이 바로 통상로 감시에 있었음을 알 수 있다. 언덕의 정상에 가까운 부근에 왕궁 터가 있다. 남동쪽의 절벽을 바라보는 천혜의 요새다. 지금 절벽 쪽 부분은 산사태로 1/3쯤 잘려 나갔다. 왕궁 남서쪽 입구 왼편에 망루가 있었던 것으로 추정된다. 아마도 이곳 망루를 지키던 병사들이 트로이아를 마침내 정복했다는 소식을 전해온 봉화와 아가멤논 왕이 나우플리온항에 내렸다는 정보를 가장 먼저 알았을 거다.

왕궁을 방문하는 외부 손님은 절벽으로 난 계단을 이용해 왕궁의 동쪽 문으로 들어왔을 것으로 추정된다. 그곳에서 왕을 기다리는 대기실과 큰 접견실 자리가 발굴되었기 때문이다. 왕의 접견실에는 네 개의 기둥이 있었던 주춧돌과 화덕을 피웠던 자리가 남아 있다. 단순한 왕의 접견실이 아니라 종교적 기능도 함께 했음을 암시하는 구조다. 이로써 우

리는 미케나이 시대에는 왕이 곧 최고 종교 지도자를 겸했고, 그래서 신전을 따로 짓지 않고 왕궁 안에 가장 좋은 자리에 신전을 겸한 공간을 마련했었음을 알 수 있다. 이 궁전 터에서 유난히 관심을 끄는 것은 접견실 바로 뒤에 있는 조그만 방이다. 이곳은 왕의 목욕탕으로 신화가 전하는 바가 사실이라면 아가멤논이 클리타임네스타라가 쳐 놓은 그물에 옭매여 아이기스토스의 도끼에 맞아 죽은 현장이 바로 여기가 된다. 이곳의 벽에는 붉은 벽토를 바른 흔적이 있다. 물론 왕의 목욕탕을 아름답게 꾸미기 위해 칠한 것이었겠지만 그 끔찍한 살해 장면을 떠올리는 사람들에게는 이 붉은 색이 마치 아가멤논의 혈흔처럼 느껴져 섬뜩하다.

궁전 뒤로는 제법 넓은 마당이 있고 그 구석에는 비밀의 샘으로 내려가는 계단이 있다. 도시가 적에게 포위되었을 때 식수를 구하기 위해 마련한 샘이다. 지금은 일반 관광객의 접근이 금지되어 있다. 그리고 그

▲
미케나이 사자문을 들어서면 정면에 보이는 무덤. 독일 고고학자 슐리만은 아가멤논의 것이라 믿었지만, 그 후 연구 결과 아가멤논보다 150여 년 앞선 아가멤논의 선조의 것이라 추종되고 있다.

아트레우스의 보물 창고. 돌을 가지런히 쌓아 굴을 만든 모양이 마치 큰 석굴암을 보는 듯하다. 건축 양식과 수법이 너무 닮았다.

뒤로 성 밖으로 나가는 비밀 통로가 있다. 그러나 그곳도 지금은 쇠창살로 굳게 닫혀 있다.

미케나이 언덕 건너편 아트레우스의 보물 창고

미케나이 궁전이 있는 건너편 야트막한 언덕에는 큰 벌집 모양으로 만들어진 또 다른 형태의 무덤이 있다. 처음 이곳을 발굴한 슐리만은 이것을 아트레우스의 보물 창고로 생각했다. 그러나 그 후의 다른 발굴에서 시신이 발견됨으로써 이것이 무덤이었다는 것이 밝혀졌다. 이런 무덤은 중기 청동기 시대의 유물로 기원전 1600년쯤부터 1300년 사이에 만들어진 것으로 추정된다. 이런 형태의 무덤은 그리스 전역에 걸쳐 100기 이상이 발견되었다. 아트레우스의 보물 창고는 이런 형태의 무덤들 중에 가장 늦은 기원전 1300년쯤에 만들어진 것으로 가장 완벽한 보존 상태를 가지고 있다. 그러나 이 무덤을 아트레우스와 연관시키는 것은 사실과 맞지 않는다. 트로이아 전쟁이 일어난 것이 기원전 1250년쯤이고 아트레우스는 아가멤논의 아버지이므로 바로 한 세대 전 사람이라고 보아야 한다. 그렇다면 아가멤논보다 적어도 100년 전에 죽은 사람을 아트레우스라고 볼 수는 없기 때문이다.

무덤의 모양은 큰 벌집을 닮았는데 돌을 가지런히 쌓아 굴을 만든 모양이 마치 큰 석굴암을 보는 듯하다. 두 건축물 사이에 2000년 이상의 시간 차이가 나지만 돌을 쌓아 만든 인공 굴 위에 흙을 덮어 큰 언덕을 만드는 것까지 건축 양식과 수법이 너무 닮았다. 법주사 쌍사자 석등과 함께 어떤 경로를 통해 이런 양식이 우리나라에까지 도착했는가를 밝히는 일도 흥미로운 작업임에 틀림없다.

이 무덤으로 들어가려면 우선 양쪽 면이 긴 벽으로 막힌 너비 6미터, 길이 35미터의 통로를 지나야 한다. 통로 끝에 높이 18미터의 높은 문이 있었던 흔적이 남아 있다. 문 양옆에는 어두운 녹색 빛의 대리석이 장식되어 있었는데 그 가운데 하나는 지금 영국 왕실 박물관에 전시되어 있다. 나머지 파편들은 아테네 고고학 박물관에서 볼 수 있다. 문 위에는 길이 8.2미터, 너비 5.2미터, 두께 9.9센티미터의 길고 넙적한 돌이 가로지르고 있는데 그 무게가 118톤에 이른다. 이 바위 같은 돌이 중간에 떡 버티고 있기에 이 무덤은 3500년 동안이나 아무런 손상을 입지 않고 유지될 수 있었다.

폭이 5.2미터인 입구를 지나 무덤으로 들어가면 어둠 속에 둥근 천장이 모습을 드러낸다. 밑바닥 지름은 14.5미터 조금 못 미치고 천장의 높이는 12.9미터나 되는데 돌들을 차곡차곡 33켜나 쌓아 만든 모습이 인상적이다. 천장 중앙의 맨 꼭대기층은 단 하나의 돌로 되어 있는데 이 돌을 들어내도 전체 구조물에는 아무런 영향을 끼치지 않는다. 바로 이런 점을 이용해 도굴꾼이 꼭대기 돌을 빼내고 밧줄을 타고 무덤 내부로 들어와서 부장품을 하나도 남김없이 훔쳐갔다. 슐리만이 무덤을 발굴했을 때 남은 것은 아무것도 없었고, 다만 벽 군데군데 무엇인가를 걸었었던 구리못 몇 개가 발견되었을 뿐이라고 한다. 입구의 오른쪽 면에 천연 바위를 파서 만든 제2의 동굴이 있다. 아마도 관을 넣는 현실로 쓰였던 것으로 추측할 뿐이다.

미케나이 문명의 흥망성쇠

미케나이 지역은 신석기 시대부터 이미 사람이 산 흔적이 보인다. 청동기 중기쯤부터 이 지역에 갑작스러운 변화가 일어난 것 같다. 그리고 그 다음 시기인 기원전 1600년쯤에는 벌집 모양의 무덤이 만들어지기 시작한다. 벌집 모양 무덤을 만들던 사람들은 풍부한 금을 가지고 있었던 것으로 추정된다. 기원전 1600년 무렵, 이집트에는 힉소스족을 쫓아내기 위한 투쟁이 한창이었고 이를 위해 외국 용병들에 대한 수요가 컸다. 그 당시 미케나이인들이 이런 이집트의 요구에 응해 용병으로 싸우고 그 대가로 상당한 양의 금을 받은 것 같다. 이 가설은 상당히 설득력이 있다. 이런 가설이 아니면 척박하고 금이 나지 않는 그리스에 갑자기 대량의 금이 유입된 현상을 설명하기가 쉽지 않다. 미케나이 시대에 만들어진 금 공예품의 색깔이 이집트 남부의 누비아 지방에서 나는 금의 특징인 붉은 빛을 띠고 있는 것이 이 가설을 뒷받침한다. 미케나이인들이 이집트의 용병으로 떠날 때, 아마도 크레타의 미노아인들의 배를 이용한 것 같다. 이런 접촉을 통해 이들은 이집트와 미노아인들의 선진 문화를 수입하여 자신들 것으로 만들었다. 도자기와 공예, 지모신 숭배와 황소 숭배 같은 것은 미노아 문명의 것을 그대로 받아들인 것이다.

그리스 본토의 농민들이었던 미케나이인들이 미노아인들에게서 항해술을 배운 뒤, 에게 해의 해상권을 장악했다. 기원전 1425년 미노아 문명의 중심지였던 크레타의 크노소스 궁전은 미케나이인들의 공격에

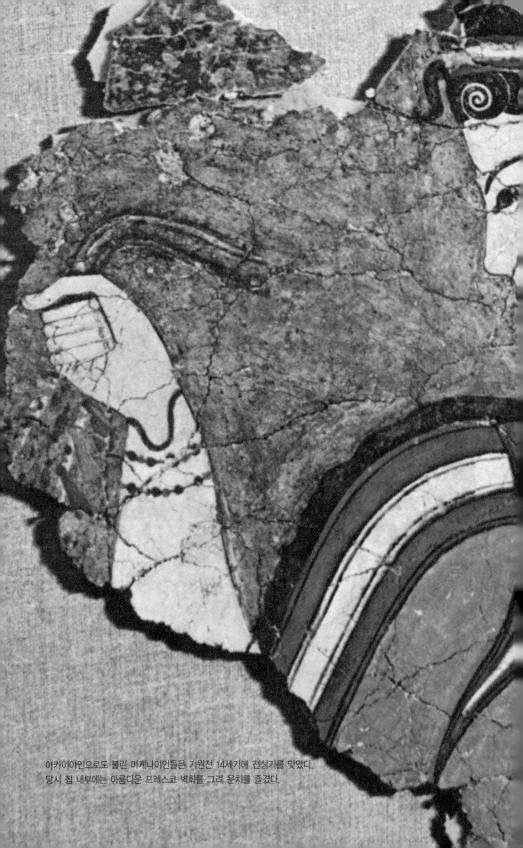

아카이아인으로도 불린 미케나이인들은 기원전 14세기에 전성기를 맞았다.
당시 집 내부에는 아름다운 프레스코 벽화를 그려 운치를 즐겼다.

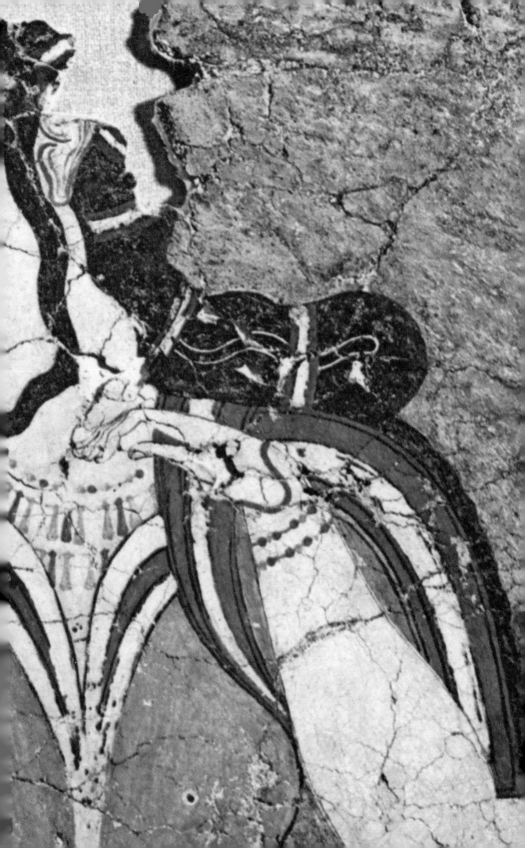

의해 종말을 맞는다. 이때부터 미케나이인들은 아카이아인으로 알려지기 시작했다. 기원전 14세기에 이르러 미케나이는 전성기를 맞았다. 미케나이와 티린스를 비롯한 펠로폰네소스 전역에 성곽 도시와 궁전을 세우고 벌집 모양의 무덤을 만든 시기이다. 집 내부에는 아름다운 프레스코 벽화를 그려 운치를 더했다. 군사적으로도 강해져 펠로폰네소스는 말할 것 없고 크레타와 에게 해의 모든 섬들을 자신들의 영향권 아래 두고 동쪽으로는 히타이트 제국과 남쪽으로는 이집트와 전쟁을 벌이기도 하고 국제 조약을 맺기도 했다. 이 당시 미케나이인들은 포도주와 올리브유, 금 공예품을 히타이트와 이집트를 비롯한 동부 지중해 일대 전역으로 수출했다. 그리고 기원전 1250년에는 전 아카이아인들이 힘을 합쳐 에게 해 동북쪽에 위치한 강국 트로이아를 공격해 함락시킨다. 바로 이 때가 그리스 신화에 나오는 영웅들이 활동하던 시대였다.

그러나 이렇게 실패를 모르고 뻗어만 가던 미케나이 문명의 몰락은 갑작스러웠다. 기원전 13세기 끝 무렵, 갑자기 방어를 위한 건물들이 세워진 흔적이 나타나고 미케나이와 티린스, 아테네 같은 곳에 포위를 대비한 비밀 샘을 파는 등 심상치 않은 변화의 조짐이 보인다. 그리고 기원전 1200년 직전에 큰 재앙이 닥친 듯하다. 본토의 마을들이 대부분 버려지고 소아시아의 이오니아와 아이올리아 지방과 키프로스 섬의 식민 도시 국가에 갑작스러운 이민들이 들이닥친다. 기원전 1100년에 다시 이런 현상이 반복된다. 그리고 그 뒤로 옛 미케나이 문명의 중심지였던 도시들은 완전히 황폐화되어 다시는 과거의 영광을 되찾지 못했다. 이런 갑작스러운 멸망의 원인은 아직도 잘 밝혀지지 않았다. 고대 역사가들은 도리아족의 침입을 원인으로 꼽았다. 그러나 현대 고고학은 이 시기의 유적에서 특별히 폭력적인 흔적을 찾아내지 못했다. 오히려 쇠락과 몰락은 시간을 두고 완만하게 진행되었다는 증거들이 더 많이 나온다. 왕위 계승 때문에 빚어진 내란이나 사회 계급 간의 갈등과 폭동, 갑작스러운 페스트의 창궐, 기후 변화와 이에 따른 지속적 가뭄, 지진에 의한 자연 재앙 등 수많은 가설이 이 갑작스러운 종말을 설명하려 하지만 아직까지 딱 부러지게 모든 현상을 설명하는 학설은 나오지 않고 있다. 한 가지 분명한 것은 기원전 1100년을 고비로 그리스는 그 후 거의 400년 동안 물질적·문화적으로 상당히 낙후된 삶을 살았다는 것뿐이다.

미케나이 문명이 붕괴되던 시기인 기원전 1200년쯤 미케나이 역시 대규모 지진과 화재, 그런 대재앙에 뒤이은 약탈에 의해 회복이 불가능할 정도로 파괴되었다. 주민들은 모두 떠나갔고 왕궁과 집들은 폐허로 버려졌다. 그 후 철기 문명 시대에 이곳에는 조그만 마을이 다시 들어섰지만 옛 영광을 되찾지는 못했다. 그리고 그 작은 마을마저도 기원전 486년 아르고스 시의 공격으로 다시 폐허가 되고 말았다. 그 이후로 이곳에는 다시는 사람이 들어와 살지 않았다. 1876년 슐리만이 이곳을 발굴하러 왔을 때, 사자문의 꼭대기까지 흙이 덮여 있었다. 아무도 여기가 호메로스가 '황금으로 뒤덮인 화려하고 잘 지어진 도시'라고 노래하던 미케나이라고 생각할 수 없었다. 아무 흔적도 남아 있지 않았었기 때문이었다.

미케나이의 외항으로 기능했던 아름다운 도시 나우플리온.

나우플리온과 티린스

항해술을 발명한 영웅 나우플리오스가 세운 도시 나우플리온

미케나이에서 다시 남쪽으로 20킬로미터 정도 가면 나우플리온이 나온다. 미케나이의 외항으로 기능했던 이 도시는 빼어난 아름다움을 자랑한다. 신화는 이 도시가 포세이돈 신의 아들인 영웅 나우플리오스가 세웠다고 전한다. 또 그의 아들 팔라메데스는 바다의 신의 손자답게 인류 최초로 항해하는 법을 고안하여 사람들에게 가르쳤다. 또한 등대와 주사위도 그의 발명품이고 그리스 알파벳의 Ψ, Φ, X는 그가 덧붙인 것이라 한다. 그러나 트로이아 전쟁에 나가지 않으려고 꾀를 피우던 오디세우스를 꼼짝 못하게 하여 참전하도록 만들었기 때문에 오디세우스의 음모에 의해 적군과 내통했다는 누명을 쓰고 사형당한다. 억울한 음모로 아들을 잃은 늙은 나우플리오스는 그리스 각 나라의 왕궁을 돌며 왕비들로 하여금 남편을 속이고 바람을 피우라고 부추기고 다녔다. 그런 부추김의 희생자 가운데 하나가 그리스군의 총사령관 아가멤논이었다.

역사 시대에 들어 나우플리온은 기원전 625년 아르고스에게 함락되어 초라한 도시로 전락한 뒤 별로 역사에 등장하지 않는다. 기원후 2세기에 그리스의 여행가 파우사니아스는 이곳이 폐허로 변해 있다고 쓰고 있다. 이 도시가 다시 항구로 개발된 것은 기원후 11세기 베네치아 상인들에 의해서다. 15세기 들어 이 지역에 오스만 터키가 등장하자 나우플리온은 베네치아와 터키 사이에 중요한 전략적 항구가 되어 수많은 전투가 이곳에서 벌어진다. 1470년부터 1540년까지 베네치아인들은 터키 공격을 잘 막아냈다. 그러나 1540년 이곳을 터키에게 빼앗겼다. 그 후 1686년 다시 베네치아인들이 도시를 차지했다. 1711년부터 1714년까지 베네치아인들은 그때까지 물을 구하기 힘들어 아무도 살지 않던 산 위에 팔라디온 성을 쌓기 시작했다. 이 성을 쌓는 일을 맡은 사람은 프랑스인 기술자 '라사이으Lasalle'였다. 그러나 성은 일 년도 못 가 단 8일의 포위를 견디지 못하고 터키인들에게 함락되고 만다. 성채의 설계자 라사이으가 성에 관한 모든 세세한 비밀을 터키인들에게 팔아 먹었기 때문이라고 한다.

1821년부터 시작된 그리스의 독립 전쟁 때, 나우플리온은 그리스와 터키 사이의 최대 격전지 가운데 하나였다. 1821년에 시작되어 1822년까지 계속된 포위에서 그리스는 나우플리온을 차지했다. 1828년부터 아테네로 수도가 옮겨가는 1834년까지 5년 동안 새로운 그리스의 첫 수도였다.

아직도 나우플리온은 아름다운 경치로 유명하여 수많은 관광객들이 찾는 곳이다. 시원한 바닷바람을 쐬면서 한때 감옥으로 쓰였던 부르지 섬이 떠 있는 모습을 바라보며 야외 카페에서 커피를 마시는 감흥은 색다르다. 부둣가를 벗어나 뒷골목으로 들어가면 마치 이탈리아의 시골 도시에 온 듯한 착각이 든다. 이 도시를 해양 기지로 만든 베네치아 사람들의 취향이 물씬 풍긴다. 시간이 여유가 있는 관광객들에게는 팔라디온 성에서 바다 쪽 절벽으로 난 길을 따라 지중해 푸른 빛과 흰 파도의 아름다움을 마음껏 즐기며 내려와 보라고 권하고 싶다. 그 길을 걸어 내려온다는 것은 다른 어느 곳에서도 맛볼 수 없는 특별한 경험이다.

헤라클레스의 전설이 얽힌 도시, 티린스

나우플리온에서 미케나이 쪽으로 6킬로미터 들어오면 왼편에 육중한 돌들로 쌓은 성이 보인다. 이곳이 헤라클레스의 전설과 관계가 깊은 티린스다. 성을 쌓은 수법이나 궁전의 위치와 구조 등이 미케나이와 비슷해 한눈에 이 두 도시가 같은 시기에 같은 사람들에 의해 만들어진 것을 알 수 있다. 미케나이와 모든 것이 비슷한데다 규모는 훨씬 작아 시간 없는 여행객들은 이곳을 그냥 지나치는 게 보통이다. 그러나 이곳의 아크로폴리스에 남아 있는 궁전 터는 보존 상태가 미케나이보다 훨씬 좋다. 또 티린스의 회랑은 미케나이에서 볼 수 없는 인상적인 건축물이다. 미케나이에도 이런 회랑이 있었을 것이지만 산사태에 의해 무너졌을 가망성이 많다.

한 전설은 이곳이 헤라클레스가 태어난 곳이라 주장한다. 그러나 정통 그리스 신화에서 헤라클레스의 출생지는 테바이로 되어 있다. 제우스가 테바이의 왕비 알크메네에 욕정을 느꼈지만 알크메네가 정숙한 여인이어서 방법을 찾지 못해 안절부절못하고 있었다. 어느 날 제우스에게 좋은 생각이 떠올랐다. 그녀의 남편 암피트리온의 모습으로 변신하여 그녀에게 접근한다는 생각이다. 제우스는 이런 방법으로 알크메네를 속여 자신의 욕망을 채웠다. 이 관계로 생겨난 아이가 헤라클레스다. 제우스는 자신의 아들 헤라클레스가 영광과 권력을 누리며 살 수 있도록 낮의 햇빛을 보며 태어날 페르세우스의 자손알크메네와 암피트리온은 모두 페르세우스의 자손이다에게 아르고스의 지배자가 될 운명을 주고, 바로 뒤이어 태어날 페르세우스의 다른 자손에게는 먼저 태어난 아이를 위해 평생 봉사해야 하는 운명을 주었다. 그러나 이를 알아챈 헤라는 출생 순서를 바꿔 아직 임신 7개월밖에 안 된 에우리스테우스를 헤라클레스보다 먼저 태어나도록 손을 썼다. 에우리스테우스 역시 헤라클레스와 마찬가지로 페르세우스의 자손으로 헤라클레스의 사촌이다. 그 결과 헤라클레스는 평생 에우리스테우스를 위해 봉사할 운명이 되었다. 에우리스테우스는 자라서 티린스의 왕이 된다. 그 유명한 헤라클레스의 열두 모험은 바로 이 에우리스테우스의 명령에 따라 이루어진 것이다.

미케나이 시대에 티린스는 강력한 도시였지만 항상 미케나이나 아르고스 시에 종속되었었다. 고고학자들은 청동기 시대의 종말이 확실하게 되었던 기원전 1190년에서 1150년 사이의 잠깐 동안 티린스의 인구가 엄청나게 증가한 흔적을 발견하고 크게 놀랐다. 다른 미케나이 문명의 중심지는 쇠퇴하던 시기에 티린스의 이런 인구 증가는 무엇을 의미하는가? 아마도 기원전 1200년쯤에 있었던 대지진과 이에 따른 대혼란의 시기에 바다로 피신하기 좋았던 이곳에 일시적으로 피난민들이 들이닥친 것은 아닐까? 이런 가설은 기원전 1150년 이후 티린스의 인구가 절반으로 줄어든 사실로 보아 꽤 설득력이 있다.

기원전 1200년은 청동기 문명이 갑자기 사라진 수수께끼 같은 시기다. 티린스에서 발견된 일시적 인구 증가와 급속한 감소는 이 시기의 사람들이 다가오는 위험을 이미 잘 알고 있었고, 이를 피하기 위해 얼마나 조바심하며 안간힘을 썼는가를 짐작하게 한다. 티린스의 아크로폴리스 궁전 터에 서서 눈앞의 바다를 보면 아우성을 치며 배에 올라타 어디론가 떠나는 수많은 남녀노소의 모습이 아른거린다. 천천히 다가오는 위험을 막을 수 없어 정처 없이 피난의 길을 떠나야 했던 그들은 얼마나 절박하고 불안했을까? 그 당시 궁전 터에 남아 있는 네 개의 주춧돌 위에는 신전의 기둥이 서 있고 그 중앙에 있는 화덕에서는 성스러운 불꽃이 피어 올랐으리라. 그리고 그 앞에 간절하게 구원을 비는 기도를 드리는 비극적 사제-왕의 모습은 얼마나 처량했을까? 한 문명, 한 시대의 종말은 항상 그렇게 급작스럽고 슬퍼야만 하는 것일까?

고대 올림픽이 열리던 신성한 땅, 올림피아

지금도 먼 곳인 올림피아

아테네에서 올림피아까지 가는 데에는 두 갈래 길이 있다. 가장 빠르고 편한 길은 코린토스에서 해안을 따라 고속도로로 가는 길이다. 이 길로 가면 아테네에서 올림피아까지는 3시간 반에서 4시간 정도 걸린다. 그러나 이 길은 모든 고속도로가 그렇듯 밋밋하다. 가끔 먼 발취로 보이는 코린토스만의 쪽빛 바다는 아름답지만 효율을 최대의 관심사로 만들어진 길이라 볼 것이 많지 않다. 게다가 휴게소 물가는 턱없이 비싸다는 느낌을 받게 한다. 목적지에 빨리 도착하는 것이 목적이 아닌 나그네라면 코린토스에서 고속도로를 벗어나 미케나이 쪽으로 방향을 잡는 것이 미케나이와 티린스와 같은 문화 유적지 답사도 겸할 수 있어 더 정취가 있다. 이 길은 100미터 높이의 고지를 몇 개 넘어야 하는 험한 여정이다. 하지만 지나는 길 옆의 빼어난 자연 경관은 그런 고생을 충분히 보상하고도 남는다. 특히 가파른 산비탈을 타고 위에서부터 계곡까지 위아래로 쭉 뻗어 있는 산골 마을 랑가디아를 지날 수 있다면 큰 행운이다. 그러나 이렇게 올림피아로 가자면 하루 종일 길에서 보내야 한다. 시간과 비용에 쫓기는 대부분의 여행객에게 이 길은 그리 마음 편하지

▶
에코 회랑 북쪽 끝에 있는 아치 모양의 출입구가 올림피아 운동장 입구이다.

못할 것이다.

두 길 중 어느 길을 택하든 올림피아로 가는 길은 멀고 고달프다. 올림피아가 외딴 곳에 위치하기 때문이다. 오늘날 차를 타고 가도 힘들고 험한 이 곳에 오직 운동 경기를 벌이기 위해 4년마다 수만 명이 넘는 고대 그리스 사람들이 모여들었다. 고대 그리스 세계의 판도가 동서로는 지금 스페인의 제1 항구 도시인 바르셀로나에서부터 시리아에 이르고 남북으로는 흑해에서 시작하여 아프리카 북부에 이르는 광대한 지역이었음을 고려한다면 고대 그리스인들이 올림픽 경기를 구경하거나 참가하기 위해 이곳 올림피아까지 오는 길이 얼마나 멀고 힘들었을까 하는 생각이 절로 든다. 아테네나 스파르타같이 비교적 가까운 도시 국가에서도 일주일은 걸렸을 게고 시리아나 바르셀로나 같은 먼 도시 국가에서는 적어도 두 달은 족히 걸렸으리라. 올림픽이 무엇이었기에 단순히 운동 경기 때문에 그 많은 사람들이 몇 달씩 걸려 올림피아로 왔을까?

아름답고 숭고한 정신이 깃든 유적지 올림피아

고대 올림픽의 이런 고매한 이상은 고대 올림픽이 열리던 올림피아로 들어서는 순간 어느 정도 짐작할 수 있다. 작열하는 태양과 눈부시게 빛나는 흰 대리석 산의 메마르고 척박한 그리스의 여름 풍경만 보다가 이곳 올림피아에 펼쳐지는 푸른 벌판과 신선한 물이 흐르는 개울을 만날 때, 그 자체가 하나의 신비요 충격이다. 더구나 예기치 않은 외딴 산속에서 웅장하고도 아름다운 신전을 보는 순간 누구나 자신도 잘 설명할 수 없는 충격을 느낀다. 언제 봐도 성스럽고 신비한 공간이다. 그러나 오늘날 한 나그네가 이 고요한 폐허의 황혼에 서서 느끼는 감회를 어찌 그리스 각지에서 올리브 관 하나를 얻기 위해 4년마다 먼 길을 마다하지 않고 모여들었던 고대 그리스인들이 가졌던 감동과 비교할 수 있을까?

올림피아 유적지는 아직도 고대의 정적과 아름다움을 지니고 있어 이곳을 찾는 많은 사람들에게 숙연한 마음을 느끼게 한다. 올림피아 마을에서 유적지가 있는 곳으로 가는 길 도중에 제일 먼저 만나게 되는 것은 크로노스 산이다. 크로노스 산은 주변의 다른 산들과 전혀 다른 모습을 하고 있어 생김새부터가 범상치 않다. 그 산에 자라는 수종부터가 다른 까닭이다. 전설은 바로 이 산에서 제우스가 자신의 아버지 크로노스를 꺾고 그 기념으로 올림픽 경기를 시작했다고 전한다. 그 산 아래로 올림피아의 유적지가 펼쳐진다. 유적지 입구를 지나 가장 먼저 만나는 것이 고대 그리스인들이 운동 연습을 하던 김나시온이다. 회랑으로 둘러싸인 마당이 있는 건물로 달리기, 원반던지기와 같은 육상 종목을 연습하던 곳이다. 이 회랑의 길이는 192.28미터로서 고대 올림픽 주 경기장의 길이와 같다. 비 오는 날에도 달리기 연습을 할 수 있도록 한 세심한 배려가 엿보인다. 김나시온 아래에 있는 폐허는 팔레스트라라는 연습장으로 레슬링이나 권투와 같은 격투기를 연습하던 곳이다. 올림픽에 출전하는 모든 선수들은 열 달 전부터 각 도시 국가가 관리하는 김나시온에서 연습을 해야 했다. 그리고 올림픽이 열리기 한 달 전에는 이곳 올림피아에 와서 올림픽 위원들의 감시 아래 연습을 계속해야 했다. 그 기간에 올림픽 위원들은 각 선수의 기량과 준비 상태를 살펴 올림픽 본선 출전 여부를 가렸다. 일종의 예선의 성격을 지닌 과정이었다.

연습장 옆으로 성스러운 지역인 알티스가 자리 잡고 있다. 이 지역은 제우스에게 바쳐진 장소로 평소에는 성직자들만이 출입할 수 있었다. 연습장에서 알티스로 들어가면 왼편에 헤라 신전 유적이, 오른편에 제우스 신전 유적이 보인다. 헤라 신전 앞에는 둥그런 모양의 건물 터가 남아 있는데, 그 건물은 알렉산드로스 대왕이 자신의 아버지 필리포스 2세를 위해 지은 사당이다. 신들의 구역에 자신의 아버지 사당을 지은 당대의 권력자의 오만이 한껏 느껴져 별로 기분이 즐겁지는 않다.

헤라 신전은 아직도 아름다움을 뽐내고 있다. 도리아식 기둥이 늘어선 회랑을 지나 신전을 빠져 나오면 올림픽 성화를 채취하는 성스러운 제단이 있어 관광객의 발길을 멈추게 한다. 그 건너편의 제우스 신전은 규모에 있어 헤라 신전의 배가 넘는다. 그러나 그 크기보다 더 인상적인 것은 한 방향으로 줄지어 쓰러져 있는 돌 기둥들이다. 지진이 한순간에 신전을 덮쳐 만들어 놓은 장관이다. 자연의 파괴력을 실감하게 하여 인간으로 하여금 스스로 왜소함과 자연에 대한 경외감을 느끼게 하는 그 장면에서 예민한 사람들은 파괴의 아름다움을 느낀다.

▲아직도 아름다움을 뽐내고 있는 올림피아 헤라 신전. 도리아식 기둥이 늘어선 회랑을 지나면 올림
픽 성화를 채취하는 제단이 나온다.
▲▲제우스 신전의 쓰러져 있는 돌들. 지진이 한순간에 신전을 덮쳐 만들어 놓은 장관.

신성한 영역 알티스의 동쪽 끝에는 지금은 쓸쓸한 주춧돌들만 앙상하게 남은 에코 회랑이 보인다. 이곳은 옛날에 소리를 울리게 하여 올림피아 전 지역에 경기 진행 과정과 결과를 알리던 마이크 역할을 하던 건물이다. 음향학에 대한 그리스인들의 천재성을 다시 한 번 느끼게 하는 유적이다. 에코 회랑 북쪽 끝에는 아치 모양의 출입구가 있다. 운동 경기장인 스타디온으로 들어가는 입구이다. 선수들만이 이곳을 통해 경기장으로 들어갔다. 스타디온은 완만한 잔디밭으로 둘러 싸인 육상 경기장으로 이곳에서 고대 올림픽에서 가장 인기가 있었고 중요했던 달리기가 이루어졌다. 총 길이가 192.28미터로 이 길이는 헤라클레스의 발 크기의 600배에 해당한다고 전해진다. 이 길이가 바로 1스타디온이라 하여 고대 로마 시대까지 길이의 기준이었다. 이로써 간단한 올림피아 유적지를 둘러 보는 일이 끝난다. 그러나 아무리 유적지를 둘러봐도 왜 이런 깊은 산 속에 운동 경기만을 위해 이렇게 웅장한 시설을 건설했는가 하는 의문은 그대로 남는다. 과연 그리스인들에게 올림픽은 무엇이었을까?

금품이 아닌 명예를 걸고 경기하는 사람들

기원전 490년, 그리스를 침공한 페르시아의 왕 크세르크세스는 일자리를 찾아 자신을 찾아온 그리스인에게 올림픽에서 우승하면 무엇을 얻느냐고 물었다. 그 그리스인이 상품은 없고 다만 야생 올리브로 엮은 관을 얻을 뿐이라고 대답하자 옆에서 그 이야기를 들은 한 페르시아 고관은 금품이 아닌 명예를 걸고 겨루는 민족과 싸우게 된 자신들이 불행하다고 한탄했다고 한다. 헤로도토스의 《역사》에 나오는 일화다. 고대 올림픽이 얼마나 순수한 정신에 의해 치러졌는가를 짐작하게 하는 대목이다.

고대 그리스인에게 올림픽은 자신의 가장 완벽한 몸과 정신을 신들에게 바치는 종교 제전이었다. 올림픽에서의 승리는 출세나 부귀영화를 누리는 것과는 전혀 상관없는 일이었다. 그들에게 올림픽 우승이란 가장 훌륭한 인간이란 어떤 인간인가 하는 물음에 대한 하나의 답이었다. 인간이 도달할 수 있는 가장 아름다운 몸과 정신이 무엇인가를 추상적인 방법이 아니라 눈으로 볼 수 있게 해 주는 것이 바로 올림픽이었다. 꾸준한 연습과 단련으로 최고의 기량에 오른 인간의 몸과 능력으로 다른 선수들과 최선을 다해 겨루는 행위 자체가 제우스를 비롯한 신들에게 바치는 최고의 희생이었다. 오직 그것만이 목적이었기에 올림픽에서는 승자도 패자도 있을 수 없었다. 패자에게 승자는 신들이 준 몸과 정신을 최고의 경지까지 끌어 올린 덕망 있는 존재였고, 승자에게 패자는 자신의 최고 기량을 보여 줄 수 있도록 도와 준 동료였다. 그러므로 경기에서 승패나 기록은 중요한 것이 아니었다. 인간의 한계에 도전하여 신기록을 세운다는 발상 그 자체가 인간이 신에 도전하는 오만의 본보기이며 신의 분노를 가장 두려워했던 그리스인들에게는 상상을 초월하는 죄악이다. 최고로 단련한 건강하고 아름다운 몸매와 최고의 기량으로 정정당당하게 경쟁하는 모습을 신들에게 보여 주어 신들을 기쁘게 하는 것이 고대 올림픽 정신이었다. 신들은 이렇게 최선을 다하는 인간들에게 용기와 힘을 북돋우고, 또 자신이 보기에 가장 아름다운 몸과 영혼을 가진 자에게 승리의 영광을 주어 그의 위대함을 찬양해 주었다. 구경꾼들에게도 올림픽은 단순한 구경거리가 아니었다. 그것은 4년마다 신에게 바치는 가장 아름다운 종교 제전이었다. 그러기에 승리자가 받는 보상이 고작 야생 올리브로 만든 관 하나였을 뿐이다. 이런 숭고한 목적을 이루기 위해 모인 그리스인들의 올림픽은 자연히 평화의 제전이었다.

평화의 제전, 고대 올림픽

근대 올림픽의 창시자 쿠베르탱 남작1863-1937이 제1회 근대 올림픽을

고대 그리스인들이 운동 연습을 하던 김나시온. 회랑으로 둘러싸인 마당이 있는 건물로 달리기, 원반 던지기와 같은 육상 종목을 연습하던 곳이다.

아테네에서 열기로 결정한 것은 고대 그리스 올림픽 정신을 이어받자는 생각에서였다. 고대 올림픽은 평화와 화해의 제전이었다. 평소 작은 정치 단위인 도시 국가로 분열되어 서로 분쟁과 전쟁을 일삼던 그리스에서 민족의 대화합 제전인 올림픽 경기를 성공적으로 치르기 위해 가장 절실히 요구되는 것은 바로 도시 국가들 사이의 평화였다. 그래서 올림픽 기간 동안, 도시 국가들 사이의 모든 전쟁과 적대 행위는 엄격히 금지되었을 뿐만 아니라, 모든 도시 국가가 올림픽에 참가하는 선수들과 사절단, 구경꾼들의 안전을 보장해야만 했다. 아테네의 한 선수가 올림픽 참가를 위해 가는 도중 알렉산드로스 대왕 군대에 의해 약탈당한 사건이 났을 때, 이를 알게 된 알렉산드로스는 즉각 모든 보상을 해 주었다. 또 올림픽 경기 중에는 모든 사형 집행이 금지되고 법적 분쟁도 중단되었다. 또 올림픽 경기가 치러지는 올림피아의 성역 안으로는 그 누구도 무기를 갖고 들어갈 수 없었다. 이런 규정을 어긴 자는 살인한 자와 신전의 물건을 훔친 죄인들과 마찬가지로 올림픽에 참가할 자격이 박탈됐다. 고대 그리스인들에게 이런 처벌은 중세 유럽의 파문과 같이 치명적이고 두려운 것이었다. 또 명예를 가장 소중히 여기던 그들에게는 참을 수 없는 치욕이었다. 그랬기 때문에 이 평화 협정은 약 1200년 동안 한두 번의 예외를 빼고는 잘 지켜졌다.

당시 올림픽은 엘리스 시의 전령들이 머리에 야생 올리브관을 쓰고 손에 전령 지팡이를 들고 올림픽이 시작된다고 선언하며 각 도시를 다님으로써 시작되었다. 그리스 세계가 한창일 때의 영역이 동서로는 시리아 지방부터 바르셀로나까지, 남북으로는 북아프리카에서 흑해까지 펼쳐져 있었음을 생각한다면 전령들과 올림픽 참가자들의 여행 거리는 엄청난 것이었음을 짐작할 수 있다. 그러나 그리스인들은 이 올림픽 제전을 통해 자신들의 민족적 동일성과 정체성을 확인했던 까닭에 어느 도시 하나도 그냥 지나칠 수 없었다. 전령들의 포고를 들은 순간부터 올림픽은 시작된 것이며 동시에 평화 협정이 효력을 발휘했다. 펠로폰네소스 전쟁이 한창이던 기원전 420년에 레프레오 시를 공격한 스파르타는 양 20만 마리에 해당하는 벌금 2,000므나의 벌금이 부과되자 자신들은 올림픽이 시작된 것을 몰랐다고 발뺌을 했지만 전령이 지나갔음을 증명하자 하는 수 없이 1000므나만 물고 올림픽에 참가했다. 스파르타와 같은 절대 강국도 올림픽 제전의 권위 앞에서는 무력했다.

근대 올림픽은 이 점에 있어서는 고대 그리스인을 따라 가지 못한다. 선수들의 안전을 위해 천문학적 돈을 쏟는 현대 올림픽을 보면서 씁쓸한 마음을 가눌 길 없다. 지금이라도 올림픽 정신을 되살려 올림픽 기간만이라도 전 세계가 평화로울 수는 없는 것일까? 이 깊은 산속에 오로지 힘겨운 운동 경기를 하기 위해 이토록 화려하고 웅장한 건물과 시설을 세웠던 고대 그리스인들의 고매한 정신을 느끼는 순간 나는 항상 알 수 없는 불안과 서글픔을 느낀다. 지금 우리에게 현대 올림픽은 무엇인가? 쿠베르탱 남작이 의기소침했던 당시 젊은이들에게 선의의 경쟁을 통해 인격 함양과 숭고한 정신을 다시 불어 넣어 주려 했던 올림픽 정신은 어디로 갔는가? 전쟁에 의해 두 번씩이나 중단되고, 각국의 힘의 과시를 위한 선전장이 된 올림픽이 안쓰럽다. 이제 올림픽은 승패를 떠나 최선을 다하는 아마추어리즘이 사라지고, 4년마다 열리는 상업주의의 난장판이 되었다.

2003년 여름 20년 만에 다시 찾은 올림피아에서 나는 2004년 아테네 올림픽만큼은 그리스인들답게 순수한 초심初心으로 돌아가 다시 평화와 화해의 제전으로 치러지기를 빌었다. 예전과 다름없이 폐허를 지키고 있는 신전의 쓰러진 기둥들과 한쪽 구석에 고즈넉이 숨어 있는 풀들만이 나의 이룰 수 없는 바람을 이해하는 듯 정겨웠고, 다시 한 번 올림피아에 서서 황혼을 보는 내가 너무 행복한 존재로 느껴졌다.

델포이! 세계의 배꼽, 우주의 중심축

메솔롱기

올림피아에서 다시 고속도로로 나와 북쪽으로 한 시간을 달리면 그리스에서 세 번째로 크다는 파트라 시를 지난다. 이곳에서 이탈리아로 가는 배들이 떠난다. 파트라를 지나 7킬로미터를 더 가서 왼쪽으로 꺾으면 리온 시가 나온다. 펠로폰네소스와 본토 사이에 가장 좁은 해협을 가진 곳으로 이곳에서 건너편 안디리온으로 페리호가 떠난다. 하지만 2004년 아테네 올림픽을 맞춰 이곳에 다리가 놓이면서 더 이상 페리호는 다니지 않게 되었다. 안디리온에서 서쪽으로 방향을 잡으면 메솔롱기로 가는 길이다. 절벽을 끼고 바다를 내려다 보며 가는 길이 절경이다. 특히 석양에 이 길을 가면 황금빛으로 빛나는 바다가 황홀한 장면을 연출한다.

메솔롱기는 1만 2000명 정도가 사는 조그만 도시다. 그러나 이곳은 그리스인들에게 성지와 같은 곳이다. 그리스 독립 전쟁이 한창이던 1825년 4월부터 1826년 4월까지 열두 달 동안 터키군은 이 도시를 포위했다. 오랜 포위에 더 이상 버틸 수 없게 된 그리스인들은 필사의 탈출을 시도했다. 이 탈출에서 9000명의 군인과 시민 가운데 1800명만이 살

▶
석양의 바다가 무척
아름다운, 메솔롱기
가는 길.

174

아남았다. 이 도시의 중앙에는 그때 목숨을 잃은 순열들을 위한 국립 묘지가 있어 수많은 그리스 사람들이 참배를 한다. 메솔롱기는 또한 영국의 계관시인 바이런이 운명을 달리한 곳이기도 하다. 1824년 1월 바이런은 그리스의 독립 전쟁을 돕기 위해 이곳에 상륙했다. 그러나 습지에 면하고 있는 이 지역은 건강에 좋지 않은 곳이었다. 어느 날 비를 흠뻑 맞은 바이런은 열병에 걸려 누웠다. 그리고 그는 1824년 4월 19일 끝내 건강을 회복하지 못하고 숨을 거두었다. 1924년 4월 19일, 바이런이 죽은 지 꼭 100년이 되는 날, 아테네 대학교는 그가 마지막 숨을 거둔 집터를 사서 그의 기념 공원으로 헌정했다.

나프팍토스

안디리온에서 동쪽으로 10킬로미터가 조금 못 되는 지점에 그림처
럼 아름다운 포구가 나온다. 베네치아 성이 바다를 감싸듯이 둘러싸고
있고 성벽 위에는 소나무가 한껏 푸르다. 포구의 바닷물은 파랗게 빛나
고 물결마저 잔잔하여 거울과 같이 맑다. 성과 소나무, 물 위에 비친 그
림자… 눈물이 날 정도로 아름답다. 이곳이 바로 나프팍토스, 서양식 이
름으로는 '레판토' 다.

1571년 오스만 터키는 나프팍토스 앞바다에 제국의 모든 함대를 모
았다. 상대는 당시 스페인 카를로스 5세 황제의 동생 돈 후안이 이끄는
스페인을 비롯한 베네치아, 제노아, 나폴리의 배들로 구성된 연합군 함
대였다. 실제 전투는 1571년 10월 7일 파트라이코스 만 입구에 있는 에

▲
나프팍토스 포구에는
세르반테스가
오른손에 펜을 높이
치켜든 자세로
서 있다.

키나데스 제도 앞바다에서 벌어졌다. 결과는 연합군의 대승이었다. 이 해전에서 스페인 함대는 무적 함대라는 명성을 얻었다. 그러나 이 전투에 참전했던 《돈 키호테》의 작가 세르반테스는 화상을 입고 다시는 왼손을 못 쓰게 되었다. 2000년 10월 7일, 불행한 사건을 당한 위대한 작가의 영웅적 희생을 기리기 위해서 이 해전의 주인공 가운데 하나였던 베네치아는 세르반테스의 동상을 만들어 나프팍토스 시에 기증했다. 지금 나프팍토스 포구에 가면 성 밑 한구석에 카이젤 수염을 멋있게 기른 깡마른 세르반테스가 오른손에 펜을 높이 치켜든 자세로 서 있는 동상을 볼 수 있다. 그 동상의 받침대에는 "역사상 노를 젓는 배로 치른 가장 큰 해전을 기념하고 지중해의 모든 민족이 전쟁을 거부하고 평화를 지키라는 충고로서"라는 기증자들의 바람이 적혀 있다.

세계의 배꼽이자 우주의 중심축인 델포이

나프팍토스에서 계속 해안을 따라 가면 이테아라는 항구가 나온다. 여기에서부터 델포이까지는 가파른 오르막길이다. 길은 차멀미를 느낄 정도로 굽이굽이 수십 번을 돌고 돈다. 그러나 높이 올라갈수록 아래에 펼쳐지는 경치는 점점 더 장관을 이룬다. 한동안 이런 길을 오르다 보면 드디어 비좁은 골목을 사이에 둔 건물들이 나타난다. 델포이에 도착한 거다. 지금 호텔과 상점들이 들어선 마을은 원래 델포이 유적지 지역에 살던 마을 사람들이 이주해 와 형성된 신시가지로 전형적인 관광촌이다. 이곳에서 유적지 입구까지는 걸어서 10분도 채 안 걸린다.

델포이는 위치부터가 절묘하다. 높이 2457미터의 파르나소스 산의 남쪽은 깎아지른 듯한 절벽이다. 이 절벽 중간쯤에 그런 대로 평평한 지대가 놓여 있는데 바로 그 곳에 델포이의 성소가 지어졌다. 델포이의 배경을 이루는 절벽을 '파이드리아데스'라고 부르는데 '빛나는 바위'라는 뜻이다. 남쪽에서 내리쬐는 햇빛이 이 절벽에 반사되어 성소를 환하게 밝힌다. 절벽은 움푹 파여 동쪽과 서쪽으로 갈라지는데 서쪽 절벽은 '로디니', 즉 '장밋빛 바위'라고 하고 동쪽 절벽은 '플레부코스', 즉 '불타는 바위'라고 한다. 두 절벽이 태양의 기를 한껏 모아 델포이에 쏟아 붓는 형태다. 우주의 기가 이곳에 모이는 형태다. 실로 빛의 신 아폴론의 성지다운 풍수요 배치다.

▶
아폴론 신전.

그러나 델포이의 비밀은 여기에 그치지 않는다. 고대 그리스 세계의 동서 축을 남부 이탈리아에서부터 지금의 터키 수도 앙카라까지로 보고, 남북 축을 북아프리카의 리비아에서 마케도니아까지로 보면 델포이는 바로 그 한복판에 놓인다. 또 델포이와 아테네, 올림피아를 이으면 델포이를 정점으로 하는 이등변삼각형이 나온다. 델포이가 세계의 배꼽이라는 말은 결코 빈말이 아니다.

뿐만 아니라 델포이는 하늘과 땅, 지하의 세계가 하나로 통하는 우주

의 축이다. 고대 그리스인들은 델포이가 자리 잡은 파르나소스 산이 세계에서 가장 높다고 믿었다. 제우스가 인간을 멸망시키려고 대홍수를 보냈을 때 유일한 의인 데우칼리온과 그의 아내 피라가 방주를 타고 표류하다가 물이 빠지면서 처음 발견한 땅이 이 산의 정상이었다. 따라서 파르나소스 산은 하늘로 통하는 길이었다. 델포이 성소의 동쪽 구석, 즉 플레부코스 절벽 한구석에는 산의 속살을 파고드는 듯한 깊은 계곡이 있다. 지하 세계로 가는 문이다. 이 계곡에는 카스탈리안이란 샘이 있는

데 이 샘은 하데스의 세계에서부터 흘러 나온다. 이와 같이 델포이는 천상의 세계와 지하의 세계가 하나되는 우주의 중심 축이다. 이를 증명이라도 하듯 고대 그리스인들은 이곳에 지구의 배꼽이라는 돌을 보관하고 있었다. 누런 빛을 띤 바위에 탯줄을 감아 놓은 듯한 문양이 새겨져 있는데 이제 와서 그 문양의 의미는 알 길이 없다. 다만 지구 위의 신성한 장소를 표시해 놓은 것이라는 추측만 할 뿐이다. 그 돌은 지금 델포이 박물관에 전시되어 있다.

카스탈리안 샘에서 넘쳐 흐른 물은 두 절벽 사이를 흐르는 계곡 물과 하나로 합쳐져 델포이 아래쪽 계곡으로 흘러 내린다. 이 내는 수량이 풍부해서 수천 년 동안 델포이의 드넓은 계곡을 풍요롭게 키워 냈다. 델포이 성소에 서서 한없이 펼쳐지는 올리브 나무의 바다가 이루는 장관을 바라보면 자신도 모르게 경건한 마음이 절로 솟는다. 아폴론 신이 델포이에 도착하기 이전부터 이곳은 신성한 땅으로서 원시 신앙의 중심지였다. 카스탈리안 샘 부근에 모셔져 있었다는 대지의 여신 가이아의 존재가 이를 증명한다. 그리스 신화는 아폴론이 어떤 방법으로 가이아에게서 이 성소를 빼앗았는가를 전해 준다. 카스탈리안 샘 부근 한 동굴에 피톤이란 큰 뱀이 살고 있었다. 그는 대지의 여신 가이아의 아들이었다. 아폴론은 델포이를 차지하기 위해 이 뱀을 죽였다. 그러나 만물의 어머니인 가이아의 자식을 죽인 일은 그냥 넘어갈 수 없는 불경이었다. 그 죄를 씻기 위해 아폴론은 테살리아 지방의 템페 강에 가서 몸을 씻고 정죄를 한 뒤에야 다시 이곳으로 올 수 있었다. 아폴론은 이때 템페 강에서 월계수 가지 하나를 꺾어 가지고 와 이곳 샘 근처에 심었다. 지금도 이 샘가에 월계수가 많은 것은 그 때문이다. 아폴론 신이 물에 몸을 씻어 정죄한 관례는 델포이를 찾는 사람들에게 하나의 본보기가 되어 델포이에 신탁을 받으러 온 사람은 누구나 여기에서 몸을 씻고 정화 의식을 거쳐야 했다. 특히 살인을 한 사람은 이 물로 목욕재계를 하고 나서

▲
카스탈리안 샘.

야 성소로 들 수 있었다.

신탁은 추천에 의해 순서가 결정되었다. 델포이에 중요한 도움을 주었거나 많은 봉헌물을 희사한 도시 국가의 시민들에게는 남들보다 우선적으로 신탁을 받을 권리가 주어졌다. 워낙 많은 사람들이 신탁을 기다렸기에 때로는 몇 달이 걸려야 비로소 자신의 차례가 오는 때도 있었다. 따라서 신탁의 우선권은 대단한 특권이었다. 리디아의 왕 크로이소스는 가장 많은 보물들을 바쳤기에 리디아인들은 이방인임에도 불구하고 우선권을 누렸다. 로마 제국 시기에는 페르가몬 사람들에게도 이 특권이 주어졌다. 신탁을 받게 된 사람은 신에게 적당한 동물을 희생으로 바치고 아폴론 신전으로 들어가 자신이 바라는 것이 무엇인가를 사제에게 말한다. 사제는 신전의 가장 깊숙한 곳 지하에 자리 잡은 방에 있는 여자 사제, 즉 피티아에게 이 말을 전한다. 지하의 갈라진 바위 틈에

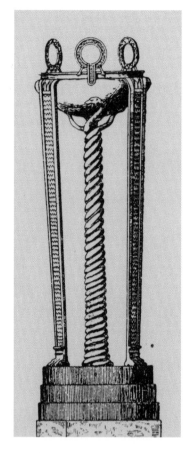

지금은 이스탄불
히포드롬 광장에
서 있는 델포이의
청동 기둥의
원래 모습.

서 나오는 증기를 마신 피티아는 신의 계시를 받아 무언가를 중얼거린
다. 그러면 사제가 이를 해석하여 신탁을 기다리는 사람에게 전한다. 신
탁의 내용은 대부분 분명하지 않아 수수께끼와 같았다. 때로 신탁을 잘
못 해석하여 오히려 해를 입는 경우도 많았다. 리디아의 크로이소스 왕
이 대표적인 예다. 그는 할리스 강을 넘으면 제국 하나가 쓰러질 것이
라는 신탁을 받고, 이는 자신이 페르시아 제국을 정복하는 것을 의미한
다고 멋대로 해석하여 군사를 일으켰다. 그러나 그 결과 거꾸로 자신의
제국이 망했다. 또 오이디푸스는 아버지를 죽이고 어머니와 결혼할 저
주를 받았다는 신탁을 듣고 이 운명을 피하기 위해 코린토스와 반대되

는 방향의 길을 택해 떠났지만 그 길이 바로 자신의 출생지 테바이로 향하는 길임을 미처 몰랐다. 아무리 옳고 훌륭한 신탁이라도 그 신탁을 받는 사람이 자신이 누구며 무엇을 하는 사람인가를 모르면 잘못 해석할 위험이 항상 있다. 그러기에 델포이 신전에는 '너 자신을 알라!' 는 경구가 크게 써 있었다. 실로 탁월한 지혜를 드러내는 말이다.

온갖 장식으로 화려했던 델포이

그리스 세계의 종교적 중심지였던 델포이 시는 희생 동물을 비롯해 종교와 관련된 물건을 팔아 막대한 이득을 취할 수 있었다. 각 도시 국가들이 바치는 봉헌물과 신탁을 받으러 온 사람들이 쓰는 돈, 종교적 상품을 팔아 버는 돈 등으로 델포이는 사치와 풍요를 누렸다. 지금은 델포이가 폐허로 텅 빈 공간이지만 한창때에는 성소 구석구석마다 각 도시가 세운 보물 창고와 각지에서 바친 금과 은으로 만든 동상, 제주잔, 승리의 트로피, 기념비들로 화려하게 장식되어 있었다. 특히 사람의 왕래가 가장 많았던 아폴론 신전의 입구에는 각국에서 보내온 봉헌물들이 경쟁하듯 제각기 아름다움과 화려함을 뽐내며 서 있었다. 지금은 베네치아의 성 마르코 성당 전면에 배치되어 광장을 굽어보고 있는 사두마차 조각상도 원래는 이곳에 있었다. 로도스에서 바친 봉헌물이었다. 그러나 기원후 4세기에 콘스탄티노스 대제가 자신의 도시 콘스탄티노폴리스를 장식하기 위해 이를 탈취해 갔다. 그 후 1204년 제4차 십자군이 콘스탄티노폴리스를 약탈할 때 베네치아인들이 이 전차를 빼앗아 자신들의 도시로 가져왔다. 또 지금 이스탄불의 히포드롬 광장에 서 있는 청동 기둥도 이곳에 있던 것이다. 이 청동 기둥은 세 마리 뱀이 서로 똬리를 틀며 몸을 곧추세우는 모습을 조각한 것으로 맨 꼭대기에는 세 개의 뱀 머리가 황금으로 된 세발솥을 받치고 있었다. 기원전 480년 그리스인들이 페르시아군을 물리치고 노획한 청동을 녹여 만들어 바쳤다는 승리의 기념비였다. 이 청동 기둥도 로도스의 사두마차와 함께 콘스탄티노폴리스로 옮겨졌다. 그리고 1204년 십자군은 이 기둥을 녹여 무기를 만들고자 기둥의 윗부분인 뱀 머리들을 잘랐다. 그리고 황금 세발솥은 녹여 현금화했다. 지금 히포드롬 한구석에 을씨년스럽게 서 있는 그 기둥을 보면 인간의 영화와 권력이 얼마나 무상한가를 느끼게 된다.

델포이를 둘러싼 신성 전쟁과 종말

이렇게 이권이 컸기에 델포이 주변 국가들은 기회만 있으면 델포이의 내정에 간섭하려 들었다. 처음 이 지역에 두각을 나타냈던 세력은 지금 이테아 항 근처에 있던 크리사라는 국가였다. 이 나라는 크레타 섬에서부터 아폴론 숭배를 받아들인 곳으로 가장 세력이 강했다. 그러나 순례자들에게 과도한 통행세를 걷는 바람에 불평이 끊이지 않았다. 드디어 기원전 6세기에 주변 국가들이 크리사의 횡포를 막기 위해 들고일어났다. 이것이 제1차 신성 전쟁기원전 595-586년이다. 이 전쟁에서 패한 크리사는 해체되었고 전 재산은 몰수되었다. 그 후 크리사의 영토였던 땅은 신에게 바쳐져 누구든 그 땅에서 경작을 하거나 목축을 하면 파문당하는 처벌을 받게 되었다. 크리사에 대한 이 승리를 기념하여 피티안 경기가 조직되어 4년마다 열렸다. 이 경기는 올림픽과 함께 고대 그리스에서 가장 권위 있는 축제로 인정 받았다. 또한 이 경기에서는 운동뿐 아니라 시와 리라 연주 경연 대회도 열렸다. 이 경기에서 우승한 사람은 월계관을 상으로 받았다. 여기에서 올림픽 우승자에게도 월계관이 주어진다는 오해가 생겨났다. 그러나 올림픽의 상은 야생 올리브 관이다.

기원전 480년 페르시아 전쟁이 일어났을 때 페르시아인들은 이곳의 보물을 탐내 성역을 침범하려 했다. 그러나 그들이 성역의 동쪽 입구로 들어서려 할 때 산사태가 나면서 엄청나게 큰 바위들이 굴러 떨어졌다. 페르시아군 상당수가 그 바위에 깔려 죽었다. 이를 본 페르시아인들은 신을 노하게 해서는 안 된다고 생각하고 순순히 물러갔다.

기원전 448년 스파르타는 이 지역을 포키아에게서 강제로 빼앗아 델포이 사람들에게 주었다. 그러나 스파르타인이 물러가자마자 아테네가 개입하여 포키아에 되돌려 주었다. 이 분쟁은 결국 기원전 421년 평화 협정에 의해 델포이 사람들이 주도권을 장악하는 것으로 끝난다. 이것이 제2차 신성 전쟁이다.

기원전 373년 큰 지진이 이 지역을 덮쳐 막대한 피해를 입혔다. 그리스의 도시 국가들은 일치 단결하여 재건을 도왔다. 기원전 356년 항상 델포이를 노리고 있던 포키아는 성스러운 땅 카리아에서 경작을 했다는 혐의로 벌금을 내게 되자 이에 대한 앙갚음으로 델포이를 점령해 모든 보물을 장악했다. 그러나 포키아의 점령은 기원전 346년 마케도니아의 새로운 강자 필리포스 2세의 개입으로 종말을 맞는다. 이것이 제3차 신성 전쟁이다. 이 전쟁을 계기로 필리포스 2세는 그리스 내정에 간섭하는 구실을 갖게 된다.

기원전 339년 이번에는 암피사 시가 신성 지역에 농사를 지었다는 혐의를 받게 되자 필리포스 2세에게 도움을 요청한다. 이 분쟁은 필리포스의 마케도니아와 아테네를 비롯한 그리스 도시 국가 연합군 사이의 전쟁으로 발전하여 기원전 338년 카이로네이아 전투에서 막을 내린다. 이 전투에서 그리스군은 패하고 이제 필리포스의 그리스 지배는 기정 사실이 되고 만다. 이것이 제4차 신성 전쟁이다.

그 뒤 델포이는 아이톨리아 동맹의 수중에 떨어진다. 기원전 279년 켈트족의 일파인 골족이 이곳을 침범하려 하다가 페르시아인들이 당한 것과 똑같은 일을 당하고 물러간다. 예기치 않은 자연의 재앙에 치명타를 입은 골족은 그 이후 뿔뿔이 흩어지고 만다. 기원전 189년 델포이의 주인은 아이톨리아 동맹에서부터 로마로 넘어갔다. 그러나 신앙심 깊은 그리스인들과 달리 세속적인 로마인들은 델포이의 신탁에 큰 믿음을 주지 않았다. 이에 따라 델포이의 신성함과 특권은 많이 약해졌다. 기원전 86년에는 로마의 장군 술라에게 약탈까지 당하는 수모를 겪는다. 로마의 황제 네로는 델포이가 그를 어머니의 살해자라고 규탄하자 분풀이로 500개 이상의 청동상을 약탈해 갔다. 그리고 콘스탄티노스 대제는 동로마 제국의 새로운 수도를 세우면서 이곳에서 많은 기념비와 예술품들을 자신의 도시를 치장하기 위하여 가져갔다. 그리스도교의 확산은 델포이에 치명타를 가했다. 기원후 시대에 들어서면서 델포이는 결혼이나 사업, 여행의 길흉을 봐주는 점쟁이 역할이나 하는 초라한 곳으로 전락했다. 그러나 기원후 385년 신앙심 깊은 테오도시우스 황제에 의해 이곳이 폐쇄되자 그마저도 계속할 수 없게 되었다. 과거의 찬란한 영광은 항상 이렇게 초라한 몰락과 대비되어 인간사의 무상을 느끼게 한다.

그 후, 델포이는 그나마 남아 있던 폐허들마저 땅에 묻혀 사람들 기억에서 완전히 사라졌다. 1810년 바이런이 이곳을 방문했을 때, 흙더미에 깊이 묻힌 폐허에는 아무것도 남아 있지 않아 볼품이 없었다. 그 유적지 위에 가난한 삶을 꾸려 나가는 그리스 농부들을 보며 바이런은 실망하여 발길을 돌렸다. 지금 우리가 감동적인 델포이를 볼 수 있는 것은 지난 두 세기 동안 고고학자들이 헌신적인 노력을 하여 중요한 유적들을 많이 복구한 덕분이다.

델포이의 유적들

델포이에서 가장 중요한 유적은 물론 아폴론 신전과 그 주변을 둘러싼 건물들이다. 특히 로마와 비잔틴 시대에 아고라로 쓰였던 성소 입구에서부터 신전까지 갈지자로 구불구불 이어지는 '신성한 길' 주변에는 각 도시 국가들이 자신들의 국력을 자랑하기 위해 서로 다투어 훌륭한 보물 창고를 지었었기에 전 지역이 건물과 기념비들로 가득했었다. 그

시빌의 바위.
이 바위 위에서
여사제 시빌이 신탁을
내렸다고 한다.

가운데 지금도 볼 수 있는 것은 아테네의 보물 창고뿐이다. 다른 국가의 보물 창고들은 모두 폐허가 되어 자리만 남았지만, 이 건물만은 1904년에서 1906년 사이에 다시 세워지는 행운을 누렸다. 이 보물 창고 너머 언덕 쪽에는 가이아 신의 성소가 있었고 이곳이 바로 아폴론 신앙이 들어오기 전 뱀 피톤이 신탁을 내리던 곳이다. 근처에 놓인 회색 바위는 '시빌의 바위'라고 알려진 것으로 이 위에서 여사제 시빌이 신탁을 내렸다고 한다. 가장 중요한 유물 아폴론 신전의 남쪽 기초는 들쭉날쭉한 돌들을 교묘하게 짜맞춰 쌓은 축대로 이루어졌는데 이는 땅 높이가 일정하지 않은 곳을 평평하게 하기 위한 묘책이었을 뿐 아니라 지

진이 잦은 지역에 지진 방비책으로도 훌륭한 고안이었다. 과연 기원후 신전 자체는 지진에 무너져 내렸지만 그 축대만큼은 한치의 어긋남도 없이 오늘날까지 옛 모습 그대로를 보여주고 있다. 이 축대를 쌓는 데 쓰인 돌 표면에는 300여 개 정도의 비문이 남아 있는데 이 비문들은 기원전 2세기에서 기원후 1세기 사이에 쓰여진 것으로 내용은 공문서에서부터 일상사까지 다양하다.

신전 위쪽으로 극장이 있다. 기원전 4세기 때 지어진 것으로 보존 상태가 좋아 오늘날도 여름이면 연극 공연이나 음악 연주회가 열린다. 이곳은 델포이 유적지를 한눈에 보기에 안성맞춤인 자리다. 극장 위로 난 길을 따라 올라가면 성소의 가장 높은 장소인 스타디온이 나온다. 옛날에 피티안 경기가 치러진 곳이다.

델포이 성소를 떠나 테바이 방향으로 걸어서 10분 정도 가다 보면 길

▲
아폴로 신전 남쪽의 들쭉날쭉한 돌들을 교묘하게 짜맞춰 쌓은 축대. 지진으로 신전 자체는 무너져내렸지만 한 치 어긋남 없이 남아 있다.

188

▲
마르마리아에 있는
아테나 여신에게
바쳐진 신전.
그리스 유적 가운데
가장 아름다운 건물의
하나로 알려져 있다.

아래에 원형 건물의 폐허가 보인다. 이 지역은 마르마리아라고 불린다. 그리스 유적 가운데 가장 아름다운 건물의 하나로 알려진 이 건물은 아테나 여신에게 바쳐진 신전으로 정확한 용도가 무엇이었는지는 아무도 모른다. 주변에는 큰 바위가 두서너 개 놓여 있는데 이 바위들은 페르시아군과 골족이 성역을 침범하려 할 때 길 건너편 절벽에서 천둥 소리를 내며 무너져 내려 군사들을 덮쳤다는 돌들이다. 주변에 널려 있는 건물의 잔해들은 이곳 역시 아폴론 신전 부근에 못지않은 델포이의 중요한 종교적 중심지였음을 말해 준다. 이곳에서 숭배되던 신은 아테나 여신이었다. 이곳과 델포이 성소 사이에는 체력 단련장인 김나시온의 터가 자리 잡고 있다. 델포이가 단순히 종교적 중심지일 뿐 아니라 사람들이 사는 도시임을 증명하는 시설이다.

테살리를 지나 마케도니아로 가는 길

델포이에서 테바이로, 오이디푸스가 지나간 길

델포이에서 동쪽으로 가면 언덕 위의 마을 아라호바를 만난다. 해발 941미터에 위치한 이 마을은 먼 곳에서도 눈에 잘 띈다. 성경 말씀에 "언덕 위의 마을은 숨을 수 없으니…"라는 비유가 실감나는 마을이다. 높은 산에서 내려온 지하수가 다시 솟는 선상지에 이런 마을이 발달한다. 그리스에서 계곡 사이 낮은 지역은 습기가 차고 통풍이 잘 안 되어 마을이 들어서기에 알맞지 않다. 그래서 많은 마을들이 아라호바처럼 언덕 위에 발달한다. 파르나소스 산은 스키를 비롯한 겨울 스포츠의 천국이다. 그리고 그 중심에 아라호바가 있다. 그래서 이 마을은 여름에는 델포이로 가는 관광객을 상대로, 겨울에는 겨울 스포츠를 즐기러 오는 사람들을 상대로 해서 상당히 윤택한 삶을 누리고 있다. 아라호바에서부터는 내리막길이다. 파르나소스 산의 절벽을 끼고 내려가는 길에는 수많은 동굴들이 있다. 신화는 이 동굴들에 숲의 신 판Pan이 살고 있었다고 전한다. 이들은 장난기가 심한 정령들로서 때로 길 가는 나그네 앞에 불쑥 나타나 사람들이 혼비백산하여 달아나는 모습을 재미있어했다. 이 전설에서 '공포의'라는 뜻을 가진 영어 낱말 'panic'이 나왔다 한다.

▶
해발 2917미터인
올림포스 산.

또 이 길에는 유난히 삼거리가 많다. 목동들이 양을 몰고 돌아다니는 길들이 거미줄처럼 얽히다 보니 생겨난 삼거리들이다. 이 삼거리 가운데 하나에서 오이디푸스는 운 나쁘게 자신의 생부 라이오스를 만나 다투다가 본의 아닌 존속 살인을 저지르게 된다. 또 다른 삼거리에서는 스핑크스를 만나 수수께끼를 보기 좋게 풀어 유명 인사가 되고 그 덕에 테바이의 미망인 왕비 이오카스테와 결혼하고 왕위까지 얻는다. 그러나 그 왕비가 바로 자기 어머니였다는 사실은 까맣게 모른다. 신들이 정한 운명에 어리석게 맞선 영웅 오이디푸스는 끝내 신들에게 처절하게 농락당한다. '너 자신을 알라'라는 말의 의미를 좀더 깊이 생각했어도 이 비극은 피할 수 있었는지도 모른다. 그러나 우리가 우리 자신을 안다는 것이 얼마나 어려운가? 이 길을 지날 때마다 새삼 이 경구의 의미를 되새기게 된다.

슬픈 도시 테바이

테바이에 얽힌 이야기는 하나같이 슬프다. 오이디푸스 집안의 비극은 그에게서 끝나지 않았다. 오이디푸스가 자신의 저주받은 운명을 한탄하며 스스로 눈을 뽑고 망명을 떠난 뒤 남은 두 아들 에테오클레스와 폴리네이케스는 왕위를 두고 싸우다 결국 둘 다 죽는다. 뒤를 이어 왕이 된 크레온은 나라를 위해 싸우다 죽은 에테오클레스의 장례는 성대히 치르지만 적군을 데리고 조국을 쳐들어 온 폴리네이케스의 시신을 들판에 방치한다. 오이디푸스의 딸 안티고네는 죽은 오빠의 시신을 들짐승들이 파먹게 내버려 두는 크레온의 폭거에 맞서 싸우다 동굴에서 죽어간다. 그녀의 약혼자였던 크레온의 외아들 하이몬도 따라 자살한다. 이어서 크레온의 왕비 에우리디케도 비관하여 자살한다. 오이디푸스에 이어 크레온도 인간의 오만으로 인해 또 한 번 처절한 비극을 맛본다. 이렇게 지도자를 한꺼번에 모두 잃은 테바이는 아르고스에서 온 적군에 의해 쉽게 정복된다. 도시는 파괴되고 버려졌다. 트로이아 전쟁이 났을 때 이 도시에서는 군대를 보낼 수 없을 정도로 몰락했다.

오늘날 테바이를 찾는 관광객은 거의 없다. 아무것도 남아 있지 않기 때문이다. 신화에서 유명한 일곱 개의 성문을 가진 카드모스 성은 일반 주거지 아래 묻혀 흔적조차 찾을 길 없다. 지금 보는 테바이는 1853년과 1893년에 있었던 대규모 지진 후에 새로 지어진 도시다. 포도주의 신 디오니소스와 그리스의 최대 영웅 헤라클레스가 태어났다는 신화의 고향 테바이는 오늘날까지 예전의 모습을 찾지 못한 조그만 마을일 뿐이다.

테바이에서 테살리아로

테바이에서 북쪽으로 5킬로미터 지점에 고속도로가 지난다. 테살로니키옛 이름: 테살로니카까지 이어지는 길이다. 그 나들목에서 동쪽으로 25킬로미터 떨어진 곳에 트로이아로 원정을 떠나는 그리스군들의 배가 모였던 아울리스 항이 있다. 그곳에서 아가멤논의 큰딸 이피게네이아가 희생되었다. 비교적 평탄한 이 고속도로를 30분쯤 가면 다시 바다가 나온다. 바다 건너편에 보이는 섬은 에비아옛 이름: 에우보이아이다.

이 섬이 뒤로 멀어지고 얼마 안 가 길가에 완전 무장을 한 그리스 전사의 동상이 보인다. 기원전 480년 결사대 300명을 이끌고 페르시아 대군을 맞아 이곳, 테르모필라이를 지키다 비장한 최후를 맞은 스파르타의 레오니다스 왕의 동상이다. 300명의 결사대는 왕과 함께 전원이 다 전사했다. 레오니다스 동상 받침대에는 기원전 5세기의 시인 시모니데스가 쓴 다음과 같은 시 구절이 적혀 있다.

"오! 길손이여, 가서 스파르타인들에게 전하시오. 우리가 그들의 명령을 지키기 위해 여기에 묻혔노라고….."

템피 계곡

고속도로는 계속 해안을 달린다. 에비아 섬이 뒤로 물러나는 지점부터가 그리스 본토에서는 유일한 평원인 테살리아다. 이 평원은 예부터 말이 유명하여 테살리아 기병대는 큰 이름을 떨쳤다. 알렉산드로스 대왕의 주력 부대인 기마대도 이 지방 출신들로 구성되어 있었다. 길이 다시 내륙으로 휘어진 뒤 테살리아의 수도인 볼로스 시로 가는 길과 만나는 교차점이 나온다. 이 교차로에서 멀지 않은 곳에 트로이아 전쟁의 최대 영웅 아킬레우스의 고향인 프티아 유적지가 있다. 그러나 남은 것이 없어 찾는 사람은 없다. 볼로스 시 근처에는 아르고스 원정대가 출발했다는 이아손의 고향 아울리스 유적이 남아 있지만 볼품이 없기는 마찬가지다.

 길은 계속되어 라리사 시를 지난 뒤 오른쪽으로 구부러진 다음 얼마 안 가 그리스에서 가장 큰 강 가운데 하나인 피니오스옛 이름: 페네이오스와 만난다. 깊은 계곡 사이로 누런 물이 굽이치는 경치가 태곳적 정취를 느끼게 한다. 이곳이 바로 템피옛 이름:템페 계곡이다. 아폴론 신이 델포이에서 뱀 피톤을 죽인 뒤 정죄를 위해 몸을 씻으러 와서 월계수 나뭇가지 하나를 꺾어 델포이 카스탈리안 샘가에 갖다 심었다는 곳이다. 이곳에서 고속도로를 잠깐 벗어나 계곡 쪽으로 조금 들어가면 아기아 파라스케비라는 곳이 나온다. 아름드리 나무들이 짙은 녹음을 드리운 사이로 템피 강이 도도히 흐른다. 강 위로는 위태위태해 보이는 줄 다리가 있어 계곡을 건널 수 있다. 계곡 건너에는 성녀 파라스케비를 기리는 교회가 있다. 교회 옆 조그만 동굴에 샘이 하나 있는데 동굴은 점점 좁아져 끝에 가서는 한 사람이 겨우 몸을 돌릴 만한 공간만 남는다. 물맛은 신선하여 과연 석간수가 무엇인지 실감하게 한다. 템피 계곡은 북쪽으로는 제우스가 산다는 올림포스 산이 있고 계곡 곳곳에 뚫린 동굴은 하데스가 산다는 지하 세계로 통하고 멀지 않은 곳에 포세이돈이 사는 바다가 있다. 그리스 신화에 나오는 세 형제 신이 한 곳에 모이는 곳이다. 그래서 이곳은 예부터 신성한 곳이었다. 아폴론이 이곳으로 정죄를 하러 온 까닭도 여기에 있다. 강가에 잠시 앉아 있노라면 요란한 물소리에 귀가 얼얼해지고 어디선가 숲의 요정과 물의 요정이 어울려 노는 소리가 들리는 듯하다. '산은 높고 계곡은 깊다' 는 말이 우리 나라뿐 아니라 그리스에서도 통한다는 깨달음에 이상한 외로움과 향수를 느끼게 하는 곳이다.

성산聖山 올림포스와 디온

 고속도로는 템피를 지나 바닷가로 치닫는다. 여기부터는 마케도니아다. 오른쪽으로는 바다가 파랗게 빛나고 왼쪽으로는 올림포스 산이

떡 가로막는다. 올림포스 산의 정상인 해발 2917미터의 미티카스는 겨울에는 여간해서 제 모습을 드러내지 않지만 여름에는 청명한 하늘을 찌를 듯 위용을 자랑한다. 왼편으로 리토호로라는 표지판이 보인다. 올림포스 산 바로 아래 자리 잡은 마을로 한여름에도 시원해서 휴양지로 이름 높다. 올림포스의 산행은 모두 이 마을에서 시작된다. 이곳에서부터 채 2킬로미터도 못 가 왼편으로 시골 길이 하나 나온다. 디온으로 가는 길이다.

올림포스 산 바로 아래에 위치한 디온은 기원전 348년 마케도니아의 필리포스 2세가 아테네의 동맹 도시 올린토스를 멸망시키고 승리를 기념한 곳이다. 또 알렉산드로스 대왕은 페르시아 원정에 앞서 전 그리스 연합군을 이곳에 모이게 한 뒤 제우스 신께 바치는 희생제를 치른 곳이다. 하지만 디온은 이것 이외에는 역사적으로 두각을 나타낸 적이 없이 항상 지방 도시로 머물렀었다. 지금 겨울에 이곳에 가 보면 모든 유적이 물에 잠겨 있어 애처로운 느낌을 갖게 한다. 도시 옆을 흐르는 바피라스 강이 끊임없이 침수해 들어오기 때문이다. 유적지의 잔해들이 고인 물에 비친 모습은 보는 이로 하여금 동정심까지 불러일으킨다. 바피라스 강에는 재미있는 전설이 있다. 오르페우스를 죽인 디오니소스교의 여신도 마이나데스들이 올림포스 산 밑을 흐르는 이 강으로 손을 씻으러 오자 강은 더러운 피를 받아들이기 싫어 땅으로 숨어 버렸다. 이 강은 디온 근처에서 다시 지상으로 솟아난다. 강물 빛은 맑지 못하고 누렇다. 그래서 강 이름이 '칠을 한' 이라는 뜻을 가진 '바피라스' 로 불리는 모양이다. 디온의 작은 박물관에는 기원전의 악기가 전시되어 있다. 지금의 파이프 오르간과 비슷한 이 악기를 그곳 박물관 사람들은 애지중지하여 절대로 사진을 못 찍게 한다.

필리포스 2세의 무덤이 발견된 베르기나

디온을 떠나 다시 북으로 가면 카테리니라는 도시를 지난다. 우리 나
라에도 알려진 그리스의 여가수 아그니 발차가 부른 노래 '기차는 여덟
시에 떠나네'에 나오는 도시다. 이 도시 뒤로 멀리 보이는 산이 음악의
여신들인 무사이가 태어났다는 피에리아 산이다. 카테리니에서 23킬로
미터 더 북쪽으로 올라가 왼쪽으로 고속도로를 빠져 나오면 마케도니
아 왕국의 첫 번째 수도였으며 1976년에 필리포스 2세의 무덤이 발견되
어 세계의 집중을 받았던 베르기나로 가는 길로 들어서게 된다. 구불구
불한 전형적인 시골 국도를 따라 30킬로미터쯤 가면 드디어 베르기나
에 이른다. 아주 조그맣고 볼거리가 별로 없는 시골이다. 식당이나 상점
도 별로 없다. 오직 필리포스 2세의 무덤이 발견되었기에 찾는 곳이다.
무덤은 마치 우리나라의 경주 천마총과 같은 기분이 든다. 다만 화려한

▲
올림포스 산 바로
아래에 위치한 디온.
겨울이 되면 유적들이
물에 잠겨 있어
애처로운 느낌을
갖게 한다.

196

▲
디온 박물관. 금 장신구들과 지하에 신전 모양으로 지어진 무덤이 이채롭다. 박물관을 겸하는 무덤에는 마케도니아인이 야만인이 아니라 그리스어를 사용하던 그리스 민족의 일파라는 점을 상당히 비중 있게 전시하고 있다. 마케도니아의 모든 비문과 기록들이 그리스어로 쓰였다는 것과 무기를 비롯한 물질 문명까지 모두 그리스적임을 강조하는 전시장이다. 그리스는 주변 민족들과 국가들, 특히 불가리아와 세르비아인이 마케도니아인은 그리스인이 아닌 다른 민족이었기에 그리스와 아무 관련이 없다고 주장하는 데에 대한 반증으로 이 왕릉-박물관을 내세우고 있다. 누구든 필리포스 2세와 알렉산드로스 대왕이 그리스인이 아니라고 주장하려면 이곳에 와서 마케도니아인들이 남긴 유물들을 둘러보고 그런 말을 하라는 것이다.

이곳의 옛 땅 이름은 아이가이였다. 마케도니아 왕국을 건국한 페르디카스가 이곳을 수도로 삼았으나 필리포스 2세 때에 펠라로 수도를 옮겼다. 그러나 왕실의 무덤과 종교적 중심지로서의 기능은 계속 유지되었다. 기원전 336년 필리포스 2세는 이 도시의 극장에서 암살당한 뒤 왕실의 전통에 따라 이곳에 묻혔다. 한편 예부터 마케도니아 왕이 이곳 이외에 묻히면 마케도니아는 멸망할 것이라는 예언이 있었다. 훗날 알렉산드로스 대왕이 바빌로니아에서 죽어 딴 곳에 묻힌 뒤 마케도니아 왕국에 혼란과 분열이 일어난 것을 보면 이 예언이 헛말만은 아니었다고 볼 수 있다. 그러나 정작 마케도니아 왕국이 망한 것은 그로부터 거의 200년이 지난 기원전 148년의 일이었다.

알렉산드로스 대왕의 출생지, 펠라

펠라는 베르기나의 북동쪽에 자리 잡고 있다. 현대 그리스의 제2 도시 테살로니키에서 북서쪽으로 40킬로미터 떨어진 곳이다. 이곳에서 필리포스 2세와 알렉산드로스 대왕이 태어났다. 필리포스 2세는 수도를 이곳으로 옮겼다. 당시 이곳은 강과 수로를 통해 바다까지 항해가 가능했기 때문이었다. 바다로 나가는 길이 있어야만 왕국이 발전할 수 있다는 점을 깨닫고 내린 결단이었다. 마케도니아 왕국의 수도로서 펠라는 계속 번영을 누렸지만 기원전 148년 마케도니아가 로마에게 주권을 빼앗긴 뒤로는 급격히 몰락하여 신흥 도시 테살로니키에 모든 영광과 특권을 넘겨 주었다. 펠라에는 조그맣지만 아주 아름다운 유물들을 전시한 박물관이 있다. 특히 알렉산드로스 대왕이 사자를 사냥하는 모습을 그린 모자이크와 표범 위에 올라탄 디오니소스 신을 묘사한 모자이크는 세계 최고의 예술품 가운데 하나다. 또한 펠라에서는 잘 발달된 상하수도 시설을 볼 수 있다.

에게 해의 진주 테살로니키

그리스에서 가장 큰 항구이고 아테네에 이어 두 번째로 큰 도시인 테살로니키는 흔히 에게 해의 진주로 불린다. 그만큼 아름답고 중요하다는 의미다. 지금은 아테네와 더불어 '공동 수도'로서 북부 그리스의 교육, 문화, 경제, 행정의 중심지이다.

고대에는 테르마라는 조그만 도시였으나 기원전 316년 마케도니아의 왕 카산드로스가 이곳을 새로운 도시로 건설하면서 도시 이름을 그의 부인 이름을 따 테살로니키로 바꿨다. 기원전 146년 마케도니아가 로마에 종속된 후, 테살로니키는 지방 수도로 승격되었다. 로마의 통치아래 도시 사이의 전쟁이 없어져 더 이상 방어를 걱정할 필요가 없는 시대에 좋은 항구를 가지고 있다는 점이 도시 발전에 유리했다. 특히 로마에서 시리아 지방까지 이어진 로마 제국의 도로 에그나티아가 이 도시를 지나게 되자 발전은 더욱 가속도가 붙기 시작했다. 율리우스 케사르가 암살된 뒤 벌어진 내전에서 테살로니키는 승리자 안토니우스와 옥타비아누스 편에 서서 싸웠다. 기원후 49년과 50년 사이에는 사도 바울이 이곳에 머물며 전도했다. 신약 성경의 테살로니카 전서와 후서는 사도 바울이 이곳에 있는 신자들에게 보낸 편지다. 그는 기원후 56년 마지막으로 이곳을 들렀다. 로마 제국을 동서로 나눈 디오클레티아노스 기원후 285~305년 황제의 후계자로 지명받은 갈레리우스는 테살로니키에 살면서 갈레리우스 개선문을 세우는 등 도시를 발전시켰다. 갈레리우스는 311년 과로 끝에 죽었다. 기원후 324년 로마 황제 자리를 놓고 리키니우스와 일전을 준비하던 콘스탄티노스 대제기원후 306~337년는 이곳 테살로니키에 자신의 군대를 집결시켰다. 그 싸움은 콘스탄티노스의 승리로 끝났다.

그리스도교 시대에 들어 테살로니키는 더욱 발전하였다. 독실한 그리스도교도였던 테오도시우스 대제기원후 379~395년는 이곳에서 고트족과의

전쟁을 지휘했다. 유스티아노스 황제_{기원후 527~565년} 때 테살로니키는 비잔틴 제국의 제2 도시가 되는 영광을 얻었다. 이곳 출신 수도사 키릴로스와 마테오스 형제는 슬라브족을 위해 문자를 고안해 냈다. 그 문자가 지금 동구권에서 쓰이는 쿠릴 문자, 또는 시릴 문자라고 불리는 알파벳이다. 904년 테살로니키는 이슬람의 사라센의 침입을 받아 함락되었다. 이때 2만 2000명에 달하는 주민들이 노예로 팔려 가는 수모를 당했다. 비잔틴 제국 시절에 테살로니키는 북방에서 내려오는 불가족과의 전쟁을 수행하는 중심지로 기능했다. 십자군 운동이 일어 났을 때 테살로니키는 십자군의 주요 점령 목표였다. 특히 1204년 제4차 십자군은 이곳을 점령하고 파틴 왕국의 수도로 삼았다. 그 후 이 도시는 여러 세력이 점령과 공격을 번갈아 하는 혼란기를 맞았다. 이런 상황은 1430년 오스만 터키의 무라드 2세가 이 도시를 점령할 때까지 계속됐다. 그리스가 이 도시를 다시 찾은 것은 1912년 제1차 발칸 전쟁 때였다.

테살로니키에는 고대의 유적은 많지 않다. 기원후 297년에 갈레리우스가 세운 개선문과 기원후 4세기에 지은 로톤다가 있을 뿐이다. 그러나 비잔틴 성벽과 성 디미트리오스 교회 등 비잔틴 제국의 유적은 풍부하다. 테살로니키의 상징인 '레프코스 피르고스'는 1430년에 세워진 것으로 망루를 겸한 성이었다. 18세기부터 19세기 사이에 이 건물은 술탄의 호위병인 예니체리의 감옥으로 쓰였다. 1826년 술탄 마호메트 2세의 명령에 따라 이곳에 수감되었던 예니체리 병사들이 학살당했다. 이때 흐른 피가 탑을 붉게 물들여 '붉은 탑'이라 불렸다. 그 후 이 핏자국을 감추기 위해 성벽을 하얗게 칠했다. 레프코스 피르고스는 '하얀 탑'이란 뜻이다. 그 탑 앞 광장에 말을 탄 실물 크기의 알렉산드로스 대왕의 동상이 있다. 이것은 현대 조각으로 마케도니아의 위상을 나타내고 있다.

사도 바울이 상륙한 항구, 카발라

테살로니키에서 동쪽으로 110킬로 떨어진 곳에 위치한 카발라는 도시 전체가 원형 극장 모양의 지형에 세워진 아름다운 항구 도시이다. 이곳은 마케도니아 담배의 수출항으로 이름 높다. 이 도시의 옛 이름은 네아폴리스, 즉 '새 도시'였다. 케사르를 암살한 뒤 브루투스는 이곳에 정박하고 군사를 모아 내전을 준비했다. 당시 이 도시는 동방에서 오는 여행객들로 붐비는 항구였다. 그리스로 전도 여행을 떠난 사도 바울도 이곳을 지나 필리포로 갔다. 사도 바울이 첫발을 내디딘 자리에는 교회가 세워져 있다. 이 도시도 테살로니키와 마찬가지로 1912년 그리스에 귀속되었다.

카발라는 이집트의 마지막 왕조를 세운 알바니아인 무하마드 알리_{일명} _{알리 파샤}의 생가가 있다. 구시가 언덕 위에 자리 잡은 이 저택에서 바다가 온통 황금으로 변하는 석양에 바다를 내려다 보는 풍경은 아름답기 그지

없다. 알리 파샤의 저택을 뒤로하고 도시의 가장 높은 곳으로 가면 비잔틴 제국 시대의 성채가 있다. 하지만 그 이외에 별다른 유적은 없다.

안토니우스와 브루투스가 일전을 치른 벌판, 필리피

카발라에서 북서쪽으로 15킬로미터 되는 곳에 상당히 큰 규모의 고대 도시 유적이 있다. 이곳은 원래 크레니데스라는 조그만 도시였으나 기원전 356년 마케도니아의 필리포스 2세가 이곳을 점령한 뒤 자신의 이름을 따 필리피, 즉 '필리포스의 도시'라고 이름을 바꿨다. 그러나 이 도시가 역사적으로 중요하게 된 것은 로마 제국의 국도 에그나티아가 이곳을 지나게 되면서부터다. 기원전 42년 10월 이곳에서 세계사의 한 장을 꾸미는 사건이 일어났다. 율리우스 케사르를 암살한 일당인 브루투스와 카시오스 대 이들의 범죄를 응징하려는 안토니우스와 옥타비아누스 사이의 결전이 이곳에서 벌어졌기 때문이다. 이 전투에서 브루투스와 카시오스가 패했다. 기원후 49년에 사도 바울이 이곳에 도착하여 전도했다. 지금도 필리피에는 사도 바울과 루카스 누가가 갇혔었다는 감옥 터가 남아 있다.사도행전 20장 6절 참조.

필리피 유적지에서 가장 눈에 띄는 폐허는 거대한 벽만 남아 있는 바실리카 형식의 교회 터다. 이 건물은 한 번도 사용된 적이 없다. 네모난 건물 위에 둥근 돔을 올리려던 건축가의 시도가 여지없이 실패하여 건물이 완성되기도 전에 무너졌기 때문이다. 직사각형 건물 위에 둥근 지붕을 얹는 건축학사의 난제는 기원후 537년 이스탄불에 있는 성 소피아 성당의 완성으로 비로소 풀렸다. 지금 이곳에 남아 있는 유적들은 모두 로마 시대의 것들이다.

3부
그리스, 그리스인

2004년 아테네 올림픽에 드러난 그리스인들의 기질

108년 만에 열린 아테네 올림픽

2004년, 아테네 올림픽이 열렸다. 1896년 제1회 현대 올림픽이 아테네에서 열린 지 108년 만이다. 원래 아테네는 현대 올림픽 100주년을 맞아 1996년의 올림픽을 개최하고 싶어했다. 그러나 그리스 올림픽 유치단은 명분과 의미에 너무 치우친 나머지 적극적인 로비를 소홀히 하는 우를 범했다. 결국 1996년 올림픽은 코카콜라의 도시인 미국 애틀랜타에게 개최권을 빼앗겼고, 21세기를 여는 또 다른 상징적 의미가 있는 2000년 올림픽은 오스트레일리아 시드니에 빼앗긴 뒤에 동정표를 얻어 2004년에야 올림픽을 열게 된 것이다. 그러나 아테네 올림픽 개최가 결정된 순간부터 인구 천만이 겨우 넘는 소국인 그리스가 세계에서 가장 큰 축제인 올림픽을 과연 치를 역량이 있을까 하는 데에 대한 의구심은 끊이지 않았다.

내가 2001년 겨울 아테네에 갔을 때 올림픽 준비를 하는 아테네의 모습은 꽤 소란스러웠다. 길을 파헤치고 호텔을 비롯한 편의 시설을 새로 단장하느라고 도시 전체가 공사장 같았다. 유럽연합에서 거액의 지원을 받아 전국 곳곳에서 아크로폴리스나 델포이 같은 고대 유적지를 새로 발굴하고 복원하고 있었다. 1만 달러 근처에서 20년 가까이 감질나게 맴돌던 국민 소득도 1999년을 고비로 1만 달러를 넘어섰고 뒷골목에 무질서하게 흩어져 악취를 풍기던 쓰레기도 눈에 띄게 사라져 쾌적한 분위기로 바뀌었다. 내가 유학하던 시절의 그리스 모습과는 사뭇 다른 모습이었다. 특히 교통난을 해결하기 위해 새로 개통한 아테네 지하철은 느낌이 신선했다. 서양 문명의 요람답게 온 도시 땅 밑이 고고학 발굴 후보지인 아테네인지라 지하철을 파는 동안 수많은 유물들이 발견됐다. 그렇게 발견된 유물들을 바로 그 지하철에 맵시 있게 전시한 솜씨는 과연 그리스인다웠다.

그로부터 2년이 지난 2003년 여름에 다시 아테네를 찾았을 때, 그리스에 대한 나의 인상은 전혀 다른 것이었다. 여전히 올림픽 준비로 도심은 여기저기 어지럽게 파헤쳐져 있었고, 유적지의 박물관은 대부분 수리 중이어서 관람이 불가능했다. 무엇보다도 2002년부터 유로화를 쓰게 된 결과 세 배 이상 오른 물가가 가히 살인적이라는 생각이 들었다. 물가고에 시달리는 서민들의 표정이 밝지 않았고 인심도 박해졌음을 느낄 수 있었다. 한마디로 내가 알고 있던 그리스가 아니었다. 나는 예전의 그리스는 이제 과거의 아득한 추억 속으로 사라져 갔다는 생각에 우울해졌다. 이 모두가 물질과 교환 가치만을 중요하게 여기는 현대 상업주의 때문이라는 생각이 들었다. 그 상업주의에 고상하고 숭고한 올림픽 정신마저 휘둘리고 훼손당하는 것이 가슴 아팠다.

그리스 사람들이 생각하는 2004년 아테네 올림픽

아테네 올림픽이 시작되기 불과 한두 달 전까지도 다른 나라 사람들은 준비가 아주 미흡하다는 지적과 함께 과연 그리스인들이 올림픽을 제대로 치러낼 수 있을까 하는 우려가 또다시 심각하게 거론됐다. 교통체증을 풀어 줄 길이나 지하철과 경전차의 레일 건설들이 계획대로 진행되지 못하고 경기장의 지붕을 얹는 일도 진척이 늦어 온전한 올림픽 개최가 가능할까 하는 걱정들이 많았다. 또 올림픽이라는 세계적 축제를 치르기에 호텔이나 식당과 같은 편의 시설도 턱없이 부족하다는 지적이 나왔다.

하지만 정작 그리스인들은 느긋했다. 그런 외부의 지적들이 상업주의적 발상에서 나온 것이고, 자신들은 상업주의에 물들지 않은 인간적 올림픽을 치를 것이라고 오히려 큰소리쳤다. 올림픽이 열리는 8월은 휴가철이어서 많은 아테네 시민들은 시내에 머물지 않고 바닷가나 섬에 지어 놓은 별장에서 지내기 때문에 시내는 텅 비다시피 하여 교통 체증은 없을 것이고, 이렇게 빈 집을 올림픽 구경을 온 외국인들에게 빌려주면 숙소 문제도 해결된다고 주장했다. 또 아테네에 가까운 바닷가에 배를 띄워 호텔로 쓰는 해양 민족다운 상상력으로 숙소 문제를 해결했다. 경기장 지붕이 미완성이라도 아테네에는 8월에 비가 오지 않으니 걱정이 없다는 그리스인들의 낙관론도 결국 옳은 것으로 판가름 났다. 그리스에서 치러지는 올림픽에 대해서만큼은 자신들이 이미 3000년 전부터 노하우가 있으니 상관도 걱정도 말라는 그리스인들의 배짱이 근거 없는 큰소리만은 아니었음이 증명됐다.

더구나 올림픽과 같은 국가적 대사를 치를 때 그리스인들 특유의 애국심이 발동하여 결국 아테네 올림픽은 성공리에 끝났다. 그리스인들은 외국인들에게는 불안하고 허세처럼 보이던 그리스인들의 큰소리가 충분한 근거가 있었음을 증명한 것이다. 그들의 낙천적 성격과 순발력과 즉흥성은 모든 것을 계획대로 해야 한다는 고정 관념에 빠진 서유럽 사람들이 헤아릴 수 없는 또 다른 방법으로 올림픽을 치러 냈다. 올림픽을 자신들의 것이라고 생각하는 그리스인들이 모처럼 자신들의 나라에서 치르는 올림픽을 망칠 까닭이 애초부터 없었던 것인지도 모른다. 현대 그리스인들은 고대 선조들 못지않게 저력이 있음을 보여 준 것이다.

그리스는 우리에게 무엇인가

역사적으로도 먼 나라, 그리스

그리스는 우리와 시간적·공간적으로만 먼 것이 아니라 역사적으로도 먼 나라이다. 두 나라가 모두 반만년의 오랜 역사를 자랑하지만 직접 마주친 적이 없다. 기원전 5세기 그리스가 찬란한 문명을 자랑하고 있을 때, 우리나라는 고조선의 여명기에 놓여 있었다. 기원전 4세기에 알렉산드로스 대왕이 인도까지 원정을 하며 세계 최초의 대제국을 세웠을 때도 우리나라는 잠에서 채 깨어나지도 않았다. 그 후 그리스가 몰락을 거듭하며 서로 분열하여 내전을 일삼다가 로마의 지배를 받게 된 기원전 2세기 때부터 우리나라는 비로소 삼국이 열려 본격적인 역사 시대에 들어간다. 신라가 삼국을 통일한 7세기에 그리스의 역사적 중심지는 아테네를 떠나 아시아와 유럽 대륙을 잇는 교차점에 위치한 콘스탄티노폴리스, 즉 지금의 이스탄불로 옮겨갔다. 통일신라 시기는 바로 비잔틴 제국의 전성기와 일치한다. 왕건이 고려를 세운 10세기 초부터 비잔틴 제국은 쇠퇴기에 접어들어 11세기에는 셀주크 터키에 영토의 대부분을 잃는다. 13세기 초원의 영웅 칭기즈칸의 군대가 이 유라시아 대륙을 짓밟을 때, 고려는 점령당하는 비운을 맞았지만 비잔틴은 그 덕분에 쓰러져 가는 제국의 운명을 연장할 수 있었다. 그리고 1453년 명목만 유지하던 비잔틴 제국이 오스만 터키에 의해 멸망했을 때, 우리나라는 세종대왕의 한글 창제를 맞아 역사상 유례가 없는 전성기를 누리고 있었다. 1821년 그리스가 400년에 가까운 터키 지배에서 벗어나기 위해 독립을 선포하고 전쟁에 들어갔을 때, 우리나라에서는 실학자들이 새로운 제도의 필요성을 역설했고, 또 한편으로는 천주교가 들어와 처음으로 서양 문물과 접촉을 시작했다.

이렇게 역사적 평행선을 달리던 두 나라가 처음으로 마주한 것은 불행히도 육이오 전쟁 때였다. 그리스는 참전 16개국의 하나로 이 땅에 와서 200명에 가까운 젊은 영혼을 이 머나먼 나라에 묻었다. 그러나 이토록 어렵게 이루어진 두 나라의 만남도 그리 바람직스럽게 발전하지 못했다. 한국 전쟁 이후 두 나라는 모두 군사 독재, 경제적 어려움과 같은 국내 문제가 그치지 않아 서로 상대방에 대한 관심을 가질 여유가 없었다. 어려운 상황에서 한국은 그리스와 같이 먼 나라를, 그리스는 한국과 같은 먼 나라를 챙길 여유가 없었다. 그래서 아직도 그리스는 우리에게 낯선 나라로 남아 있다.

현대 한국인에 스며든 그리스적 요소들

그리스와 우리는 이렇게 역사적으로는 거의 관계를 맺지 않았지만 문화적으로는 우리가 일방적으로 그리스에 빚진 것이 적지 않다. 우리가 모르는 사이 우리에게 다가온 그리스적 요소는 불상佛像이다. 석굴암의 부처님 모습은 그리스의 아폴론 신의 모습을 떠올리게 한다. 기원전 2세기, 지금의 파키스탄 북부와 아프가니스탄에 걸쳐 있는 간다라 지방에서 처음으로 불상을 만들 때 조각을 할 줄 아는 기술자들은 그리스인들뿐이었다. 따라서 초기의 불상은 그리스의 신들의 모습을 닮게 되었다. 이런 조형 예술의 기법은 남북조 시대에 중국 북부를 거쳐 한반도로

흘러 들어왔다. 그리고 통일신라에 들어 세계 최고의 걸작 가운데 하나인 석굴암의 불상이 만들어지게 된 것이다. 2000여 년의 세월을 사이에 두고 동지중해의 아폴론 신상이 유라시아 대륙의 동쪽 끝 경주의 한 산기슭에 자비로운 미소를 띠며 앉아 있게 된 것을 보면 역사의 아름다움을 느끼지 않을 수 없다.

그러나 오늘날 우리에게 들어온 그리스적 요소는 대부분 최근 100년 동안에 우리가 받아들인 것들이다. 지난 100년 동안 우리는 서양 것은 앞선 것, 좋은 것, 옳은 것이고 우리 것은 뒤진 것, 나쁜 것, 그른 것이라고 생각하고 서양의 문물을 열성적으로 받아들였다. 그 결과 오늘날의 한국인의 정신 세계는 조선 시대에 가깝기보다는 근대 유럽에 더 가깝게 되었다. 우선 우리의 정치 형태가 그렇다. 해방 이후 우리나라의 정치는 독재와 이에 맞서 민주주의를 이루려는 운동의 연속이었다. 많은

희생을 치른 뒤에 지금 우리는 민주주의 사회를 일궈 냈다. 바로 이 민
주주의라는 정치 형태가 기원전 5세기에 아테네가 발명해 낸 가장 훌륭
한 정치 형태 가운데 하나이다. 이런 점에서 우리나라는 민주주의를 구
가하고 있는 세계 여러 나라와 마찬가지로 그리스에 빚지고 있다.

　최선을 다하고 정정당당하게 경쟁한다는 스포츠의 페어 플레이 정신
역시 고대 그리스 올림픽에서 시작된 고귀한 정신이다. 오늘날 우리나
라에서 매일같이 벌어지는 수많은 운동 경기가 바로 이 정신 아래에서

이루어지고 있다.

정치와 운동뿐이 아니다. 학문의 세계로 가면 그리스의 전통이 한층 더 강하게 느껴진다. 오늘날 우리가 대학에서 가르치고 있는 대부분의 학문의 뿌리는 그리스에 있다. 서양 문학은 호메로스의 두 서사시에서 시작되어 삼대 비극 작가 아이스킬로스, 소포클레스, 에우리피데스와 희극 작가 아리스토파네스, 메난드로스로 이어져 내려왔고, 서양 역사학은 헤로도토스에서 시작되어 투키디데스, 플루타르코스로 이어졌다.

철학 역시 서양 최초의 철학자 탈레스에서 시작되어 소크라테스, 플라톤, 아리스토텔레스로 이어지면서 기초가 다져졌다. 모든 것을 인간의 척도로 이해하려 하는 인도주의도 그리스 철학이 남긴 위대한 정신적 유산 가운데 하나이다.

자연과학에서도 마찬가지이다. 최초의 철학자 탈레스는 또한 최초의 과학자로도 알려져 있다. 데모크리토스는 이미 2500년 전에 원자론을 주장했고, 아르키메데스는 비중을 발견한 물리학자이자 기중기를 고안한 공학자이기도 하다. 프톨레마이오스는 천문학을 집대성했고 에우클리데스는 기하학을 정리했다. 서양 의학은 히포크라테스에서 체계화되어 갈레노스에게로 이어졌다.

끝으로 종교에서도 그리스의 비중은 절대적이다. 신약 성경의 원본은 그리스어로 적혔으며 최초의 구약 성경 번역본인 칠십인경도 그리스어로 되어 있다. 후에 예루살렘의 성전이 불타 구약 성경이 소실되었을 때 유대인 랍비들은 이 칠십인경을 참고로 하여 구약의 전체 얼개를 재구성할 수 있었다. 또 제1차 종교 회의부터 제7차 종교 회의까지 공식 언어는 그리스어였다.

흔히 그리스는 첫째로는 문화적으로, 둘째로는 알렉산드로스 대왕이 군사적으로, 셋째로는 신약 성경과 종교 회의를 통하여 종교적으로, 세 번 세계를 정복했다고 한다. 그리고 이런 그리스의 유산은 서양이 팽창하여 전세계를 정복하던 최근 500년 동안 전 세계 곳곳으로 전파되었다. 뒤늦게 서양 문물을 받아들인 우리나라는 세계 어느 나라 사람들보다도 열성적으로 서양을 배웠다. 그러는 동안 그리스적인 요소가 우리 삶에 깊숙이 스며들었다. 오히려 어떤 점에서 우리는 다른 아시아 국가들보다 더 서양화가 많이 이루어졌고, 따라서 가장 그리스적 요소를 많이 받아들인 나라가 되었다. 다만 우리가 그것을 깨닫지 못하고 있을 따름이다. 한 예로 동아시아 삼국 가운데 우리나라만이 그리스도교가 크게 성공한 나라이다. 오늘날 그리스도교는 유교, 불교와 함께 한국인의 삼대 종교를 이루고 있다. 그럼에도 우리는 그리스에 대한 관심도 적고 그리스에 대한 연구는 거의 이루어지지 않고 있다. 이는 오늘날 한국인의 정체성을 이해하는 데에 현명한 처사가 아니다. 이미 깊숙이 스며든 그리스적 요소에 대한 이해 없이 오늘날의 한국인의 정체성을 제대로 파악하기란 불가능하기 때문이다.

우리가 모르는 그리스 역사

세계사 시간에 나타난 그리스 역사

세계사 시간은 많은 사람들에게 고통스러운 추억만 남긴다. 너무 많은 사람들이 등장하는 데다가 6000년을 종횡무진으로 왔다 갔다 하다 보면 어지러울 지경이다. 더구나 전세계를 무대로 하니 웬만한 지리 실력으로는 어디에 붙어 있는 나라인지조차 몰라 이해하기가 난감하다. 그러나 세계사를 가장 어려운 과목으로 만드는 것은 일관성의 결여다. 항상 그 시대를 주름잡던 강대국 위주로 세계사를 꾸미다 보니 정작 한 지역의 역사는 단편적인 것만 남고 전체를 보여 주지 못한다.

아마 그런 보기 가운데 대표적인 나라가 그리스일 것이다. 보통 세계사는 처음 메소포타미아와 이집트, 황하와 인더스 강의 4대 문명에 대한 이야기로 시작한다. 그리고 곧바로 그리스가 등장한다. 서양 문학의 효시인 호메로스의 서사시 '일리아스'와 '오디세이아' 이야기가 나오고 이어서 페르시아 전쟁에 대한 비교적 자세한 이야기가 나온다. 아크로폴리스의 파르테논 신전의 건축, 그리스 정신에 대한 이야기와 철학과 역사학, 의학을 비롯한 서양 학문의 뿌리라는 등, 그리스 문명에 대한 칭찬은 그칠 줄 모른다. 뒤이어 알렉산드로스 대왕의 아시아 원정

▶
영국의 계관 시인
바이런이 죽음을 맞은
집에 있는 기념비.

이야기와 알렉산드로스가 죽고 난 뒤, 그의 장군들이 제국을 나누어 다스렸다는 짧은 언급으로 그리스 역사의 대미를 장식한다. 그리고 그뿐이다. 로마 이야기가 나오기 시작하면 세계사에서 사라진다. 그리고 마치 그 이후로는 그리스가 이 세상에서 존재하기를 그친 듯이 아무런 이야기가 없다.

그러다가 19세기, 시민 혁명의 파급 효과를 다루면서 갑자기 그리스의 독립이라는 사건이 툭 튀어나온다. 그리고 영국의 계관시인 바이런이 그리스의 독립 전쟁을 도우러 의용군을 이끌고 그리스로 갔다가 그곳에서 병을 얻어 죽었다는 이야기가 나온다. 그리고 또 그것으로 그만이다. 그 다음에 우리가 그리스를 다시 만나는 것은 한국 전쟁에 참전한 16개국의 하나로 언급될 때이다. 그리고 파파도풀로스 대령의 군사 혁명과 그 뒤에 따른 군사 독재, 키프로스 문제로 터키와 갈등 관계에 있다는 이야기나 2004년 아테네 올림픽 신문 기사와 경제 기사로 간간이 소식을 들을 뿐이다.

그리스의 선사 시대에서부터 그리스의 암흑 시대까지

그리스에 사람이 살기 시작한 것은 아주 오래되었다. 테살로니키의 동쪽에 있는 페트랄로나 동굴에서 네안데르탈인의 두개골이 발견된 것으로 보아 적어도 구석기 시대부터 인류가 거주했음을 알 수 있다. 신석기 시대에 들면 그리스 각 지역과 에게 해 섬에 사람들이 거주한 흔적이 나타난다. 그러나 정작 그리스에서 문명이 시작된 것은 청동기 시대부터였다. 이집트와 메소포타미아와 가까웠던 크레타와 에게 해의 섬들에는 기원전 2600년 무렵부터 찬란한 청동기 문명이 시작되었다. 이 문명은 흔히 그리스 신화의 크레타 왕 미노스의 이름을 따라 미노아 문명이라 불린다.

미노아 문명은 기원전 1500년쯤 크레타 섬 북동쪽에 있는 테라^{일명: 산토리니} 섬의 화산 폭발이라는 자연의 대재앙으로 갑작스레 끝나고 미케나이 문명이 그 뒤를 잇는다. 미케나이인들은 그리스에 이주한 최초의 그리스인들로서 기원전 2000년쯤에 북쪽에서부터 지금의 그리스 본토로 이주한 것으로 보인다. 그리스 신화에 등장하는 영웅들이 활동하던 시대가 바로 이 미케나이 문명이 한창 꽃피던 시대다. 미케나이 문명과 같은 시기에 아나톨리아 반도에는 히타이트 제국이 번영했었고 이집트에서는 모세가 유대인들을 이끌고 시나이 반도를 방황했다. 이 시대의 끝 무렵인 기원전 1250년쯤에 그리스인들은 아나톨리아 반도 북서쪽에 위치한 트로이아를 공격하여 함락시킨다. 이것이 그 유명한 트로이아 전쟁이다.

그러나 위대한 청동기 시대는 기원전 1100년쯤 원인을 알 수 없는 이유로 갑자기 끝나고 극도의 혼란기가 시작된다. 몇몇 학자들은 몇 년에 걸친 큰 한발과 이에 따른 흉년으로 굶주리게 된 부족들의 약탈과 침략이 당시의 교역 통로를 마비시키고 이에 따라 청동기 제작에 절대적으로 필요한 주석의 공급이 끊기면서 찬란했지만 아슬아슬하게 균형을 유지하던 청동기 문명이 일거에 무너졌으리라고 추측할 뿐이다. 하여간 청동기 문명의 끝은 갑작스럽고도 폭력적이었다. 바로 이 시기에 그리스에는 발칸 반도 북쪽에서부터 새로운 그리스 부족인 도리아인들이 남하한다. 이 야만인들의 이주는 흔히 폭력적인 파괴와 약탈과 함께 이루어졌기 때문에 그러지 않아도 혼란스럽던 사회를 더욱더 불안하게 만들었다. 이에 따라 그전까지 힘겹게 일구어 놓았던 문명도 속절없이 붕괴되었다. 히타이트 제국을 지탱해 주던 '쐐기 문자'와 미케나이 시대에 그리스인들이 쓰던 '선형 문자 B'를 비롯한 청동기 시대의 문자들이 잊혀졌다. 이제 문명은 사라지고 문자를 모르는 호전적인 야만인들의 시대가 시작되었다. 그리스와 동부 지중해, 그리고 그 주변의 지역은 깊은 암흑 속으로 빠져들어 갔다. 왕을 중심으로 한 궁정 문명이 사라지고 몇몇 소수 귀족들이 다스리는 귀족정이 생겨난 것도 바로 이 시기였다. 흔히 이 시기를 '그리스의 중세', 또는 '그리스의 암흑 시대'라고 부른다.

기원전 5세기, 그리스의 황금기와 몰락의 시작

암흑 시대에 들어선 지 300년쯤 지난 기원전 800년쯤부터 그리스에는 알파벳을 사용하는 새로운 문명이 싹트기 시작했다. 바로 이 시기에 호메로스의 '일리아스'와 '오디세이아', 헤시오도스의 '신통기'와 같은 작품들이 쓰여졌다. 이 시대 이후 그리스는 눈부시게 발전했다. 에게해를 비롯한 동부 지중해의 해상권을 장악한 그리스인들은 흑해에서 바르셀로나에 이르기까지 전 지중해에 걸쳐 식민지를 개척하기 시작했다. 또 상업과 무역이 발달하게 되자 상인 계급들이 대두하게 되면서 전통적 사회 구조에도 변화가 왔다. 귀족들이 차츰 세력을 잃고 상공인 계급이 서서히 두각을 나타내기 시작했다. 그러나 이 시기에 가장 중요한 변화는 도시 국가의 출현이었다. 제한된 크기의 도시 국가는 그 자체가 완벽한 정치, 경제, 사회, 문화의 중심이었으며 그 지역 모든 주민들에게는 시민권이 주어졌다. 자유와 질서 사이에 가장 바람직스러운 조화를 가능하게 하는 도시 국가는 개개인의 중요성을 강조하는 등 그리스의 위대한 가치관과 문명을 이루는 데에 결정적인 역할을 했다. 그러나 반대로 다른 도시 국가에 대한 배타주의, 경쟁심과 시기심, 피비린내 나는 내전을 끊임없이 일으키는 부정적 면도 있었다.

한편 동방에서는 페르시아가 메소포타미아와 이집트를 모두 평정하고 기원전 5세기 초에는 그리스인들의 주거 지역인 이오니아에까지 세력을 뻗쳤다. 뻗어가는 두 신흥 세력 사이의 충돌은 피할 수 없었다. 드디어 기원전 490년 페르시아는 그리스를 정복하기 위해 군대를 일으켰다. 이 전쟁이 이른바 페르시아 전쟁이다. 페르시아 전쟁은 기원전 490년과 480년, 두 번에 걸쳐 펼쳐졌다. 결과는 일방적으로 몰릴 것 같았던 그리스의 승리였다. 더욱이 기원전 490년의 마라톤 전투와 기원전 480년의 살라미스 해전에서 그리스를 승리로 이끈 것은 그리스 연합군의 최강국인 스파르타가 아니라 막 새로운 강자로 떠오르던 아테네였다. 해군력을 바탕으로 하는 아테네의 승리는 새로운 시대를 여는 서막이었다. 돈이 있어야만 중무장을 할 수 있는 육군에 비해 돈은 없어도 튼튼한 육체와 강인한 정신력만 있으면 전투에 공헌할 수 있는 해병들의 승리는 곧바로 평범한 시민들의 승리이기도 했다.

페르시아 전쟁이 끝난 뒤, 아테네에서는 페리클레스의 영도 아래 민주주의가 확립되었다. 또 아크로폴리스에는 파르테논을 비롯한 아름다운 건물들도 이 시기에 지어졌다. 이 시기가 바로 그리스의 천재성이 가장 화려하게 꽃피운 시대였다. 이미 기원전 6세기부터 밀레토스와 에페소스를 비롯한 이오니아 도시에서 시작되었던 철학은 이제 아테네로 중심을 옮겨와서 소피스트와 소크라테스, 플라톤과 아리스토텔레스로 이어지면서 절정에 이르렀다. 또 기원전 5세기는 헤로도토스와 투키디데스가 아테네에서 서양 최초의 역사서를 쓴 시기이며, 삼대 비극 시인 아이스킬로스, 소포클레스, 에우리피데스와 천재적 희극 작가 아리스토파네스가 활동한 시기이기도 하다.

그러나 아테네가 페르시아와의 전쟁을 찬란한 승리로 장식하며 그리스의 새로운 맹주로 등장하게 된 사건은 아이로니컬하게도 그리스 세계 몰락의 시작이었다. 개인의 자유와 창의력을 바탕으로 하는 아테네의 민주주의와 사회 전체의 질서를 중시하여 전체를 위해 개인이 희생하는 것과 복종을 미덕으로 삼는 스파르타와의 전체주의의 대결은 어쩌면 피할 수 없는 것이었는지도 모른다. 이런 두 강국의 갈등과 반목은 드디어 기원전 431년, 그리스 최대의 내전 펠로폰네소스 전쟁을 가져온다. 기원전 404년까지 근 30년을 끈 이 지루한 전쟁의 승리자는 스파르타였다.

그러나 보수적인 동시에 폐쇄적이었던 스파르타는 그리스 전체를 이끌 안목과 지도력을 갖고 있지 못했다. 편협한 자신들의 가치관을 무리하게 다른 도시 국가에도 강요하려 했던 스파르타는 결국 기원전 371년 레욱트라 전투에서 새로운 강국 테바이에게 참패를 당한다. 이 전투에서 스파르타의 무적 신화가 깨졌다. 그러나 테바이의 패권도 오래가지 못했다. 기원전 362년 테바이의 지도자 에파미논다스가 결정적 전투에서 전사하자 그리스는 다시 여러 도시 국가들 사이의 패권 다툼의 양상으로 어지러워졌다. 그러는 사이 그리스의 북쪽에서는 새로운 제국이 발돋움하고 있었다.

마케도니아와 나머지 그리스 도시 국가 연합군의 대립은 그리 오래가지 못했다. 기원전 338년 카이로네이아 전투는 필리포스 2세의 마케도니아군의 일방적인 승리로 막을 내렸다. 기원전 336년 필리포스 2세가 암살당하자 그리스의 도시 국가들은 아테네를 중심으로 또 한 번 마케도니아의 패권에 도전하지만 바로 그 해 불과 20세의 약관인 알렉산드로스 대왕에 의해 철저하게 와해되고 만다.

알렉산드로스 대왕 이후의 그리스, 세계사 시간에 안 배운 그리스 역사

기원전 334년 알렉산드로스 대왕은 페르시아 정복에 나서 그때까지 서양 사람들에게 알려졌던 거의 모든 세계를 정복하는 데 성공하지만 기원전 323년, 열병에 걸려 바빌론에서 33세의 나이도 채우지 못한 채 죽는다. 그의 죽음은 급작스러운 것이어서 후계자 문제가 전혀 준비되어 있지 않았다. 뒤에 남은 알렉산드로스 대왕의 장군들은 서로 제국의 패권을 잡기 위해 치열한 전투를 벌이지만 그 누구도 결정적인 승리를 거두지 못하고 여러 나라로 분열되어 소모적인 전쟁을 일삼다가 기원전 2세기를 지나면서 결국 하나하나 로마에 정복된다. 기원전 168년 그리스 본토 대부분을 지배하던 마케도니아 왕국의 마지막 왕 페르세우스는 로마와의 내키지 않는 전쟁에 끌려 들어가 결국 패배하고 그리스에 대한 지배권을 상실한다. 그 뒤 기원전 148년 페르세우스는 마지막으로 로마의 지배에 대해 반란을 일으키지만 성공하지 못하고 마케도니아는 로마의 속주로 전락한다.

시리아 지방의 그리스 왕국 셀레우코스 왕국도 비슷한 운명을 맞는다. 이미 제2차 포에니 전쟁 때 한니발의 편에 서서 로마의 비위를 거슬렀던 셀레우코스 왕국은 그 뒤로도 그리스 본토의 아이톨리아 연맹과 손을 잡고 로마에 반항한다. 그러나 기원전 191년 테르모필라이 전투에서 그리스 연합군은 로마에게 패배한다. 셀레우코스 왕조는 그 후로도 명맥을 유지했으나 실질적으로는 로마의 지배를 받는 상태였다. 기원전 63년, 로마는 그런 어색한 상태를 끝내고 이 지역을 로마의 속주로 선언했다.

소아시아 지방의 또 다른 그리스인 왕국 페르가몬은 처음부터 로마

편에 붙어 왕국을 유지하다가 마지막 왕 아탈루스 3세가 유언으로 왕국의 계승자를 로마로 지정했다. 로마는 페르가몬을 그들의 속주로 편입했다. 알렉산드로스 대왕의 제국을 계승한 그리스인들 왕국 중 가장 오래 존속한 것은 이집트의 프톨레마이오스 왕조다. 기원전 305년 알렉산드로스 대왕의 장군 가운데 하나였던 프톨레마이오스가 스스로 왕이라고 칭하고 이집트를 다스리기 시작한 이 왕국은 기원전 3세기 전반부에 전성기를 누렸다. 당시 이 왕국의 수도 알렉산드리아에는 수많은 학자들이 모여 세계 최고 수준의 학문을 자랑했다. 또 이곳의 도서관은 당대 가장 많은 장서를 보유한 것으로 유명했다. 그러나 기원전 200년을 고비로 이 왕국도 쇠퇴의 길로 들어섰다. 기원전 160년대를 들어서면서 이집트의 중요 수출품인 밀의 가격이 떨어지고 경제가 침체기에 들어서고는 다시는 회복하지 못했다. 더구나 왕국의 마지막 시기에는 통치자들의 자질마저 떨어지면서 왕국은 걷잡을 수 없는 혼란에 빠졌다. 이 왕조의 마지막 통치자였던 클레오파트라가 로마의 실력자 케사르와 안토니우스의 지원을 얻어 왕국을 몇 년 더 지탱해 보았지만 악티움 전투에서 안토니우스가 옥타비아누스에게 패한 기원전 30년 끝내 로마의 속국으로 전락하고 만다.

로마 제국 시대와 초기 그리스도교 시대의 그리스

그리스는 비록 정치, 군사적으로는 로마의 지배를 받았지만 정신적으로는 로마의 스승이었다. 그러나 개성이 강한 그리스인들은 결코 로마인들의 지배를 달가워하지 않았다. 그리스인들은 기회가 있을 때마다 로마에 반기를 들었다. 기원전 146년 그리스의 아카이아 동맹은 로마에 대해 마지막 항쟁을 벌였다. 이때 애를 먹은 로마의 장군 뭄미우스는 아카이아 동맹의 맹주 코린토스를 방화, 약탈하고 도시 전체를 초토화하여 폐허를 만들기도 했다. 또 기원전 86년 폰토스의 왕 미트리다테스가 로마에 반기를 들고 전쟁을 벌였을 때, 대부분의 그리스 도시들은 미트리다테스의 명령대로 속주의 로마인들을 살해하고 로마에 맞섰다. 그리스인들의 배신을 괘씸하게 여긴 로마의 장군 술라는 아테네를 비롯한 그리스 여러 도시를 약탈했다. 율리우스 케사르의 암살 이후에도 그리스인들은 암살자인 브루투스와 카시오스 편을 들었다. 그러나 이번에도 또 패자의 편에 서는 운명을 맞았을 뿐이다.

로마의 지배에서 벗어나 보려는 노력과 시도가 실패를 거듭할 때마다 그리스인들의 절망과 좌절은 깊어만 갔다. 그래서 그리스의 지식인들은 점점 염세적 철학에 빠져들었고 일반 민중들은 오르페우스 비교와 같은 기복 신앙에 열중했다. 그리고 신흥 종교인 그리스도교가 팔레스타인에서부터 그리스 땅으로 들어왔을 때 그리스인들은 가장 열렬한 그리스도교도가 되었다. 더구나 그리스도교의 신약 성경은 그리스어로 쓰였고 초기 그리스도교 교리를 확립한 교부들도 그리스인들이 절대적으로 많았기에 그리스는 전체가 자연스럽게 그리스도교화되어 갔다. 유럽 최초의 교회가 선 것도 그리스였다. 그리하여 기원후 313년 그리스도교가 공인되었을 때 그리스는 이미 세계 최초의 그리스도교 국가가 될 모든 여건이 마련되어 있었다.

한편 로마 제국은 쇠퇴의 길로 가고 있었다. 로마 제국의 말기에 게르만 족의 이동과 제국 내부의 경제 파탄과 부패로 세상이 어지러워지면서 사람들은 현실 도피적이 되고 또 그럴수록 더욱더 종교에 귀의하게 되었다. 이 시기 로마 제국의 가장 심각한 문제는 중앙 정부의 권위가 실추되면서 제국의 중심이 흔들리고 있다는 점이었다. 이를 바로 잡기 위해 디오클레티아누스 황제는 제국을 동로마와 서로마로 나누었다. 디오클레티아누스의 개혁은 그 뒤를 이은 콘스탄티노스 대제에 의해 완성되었다. 기원후 306년 서로마에서 황제로 옹립된 콘스탄티노스는 313년 패권을 결정짓는 전투에서 승리한 뒤 323년에는 동부에서도 권력을 장악했다. 그 과정에서 그리스도교도에게서부터 결정적인 도움을 받았던 그는 바로 그 해에 그리스도교를 공인했다. 그 이후 그리스도교는 급속히 성장하여 제국의 국교로 인정 받기에 이르렀다. 콘스탄티노스는 또한 324년 보스포러스 해협에 위치한 비잔티움을 자신의 새로운 제국의 수도로 선언하고 도시의 이름도 콘스탄티노폴리스지금의 이스탄불로 바꾸었다. 디오클레티아누스가 동로마와 서로마를 나눈 기준은 언어와 문화였다. 로마가 전성기를 누리고 있을 당시에도 제국은 라틴어를 공용어로 쓰는 서부와 그리스어를 공용어로 쓰는 동부로 나뉘어 있었고 이에 따라 두 지역은 생활 방식을 비롯한 모든 문화가 서로 달랐다. 이제 제국이 둘로 나뉘자 두 지역의 차이는 더욱 벌어졌다. 또 야만인들의 민족 이동과 약탈로 시달렸던 서부에 비해 동부는 비교적 안정적인 발전을 추구할 수 있었다. 이런 까닭으로 동서 로마가 분리된 후에 로마의 황제들은 서부보다는 동부에 머물면서 통치하기를 더 좋아했다. 특히 기원후 476년 서로마가 멸망한 뒤 동로마가 로마 제국의 정통성을 이어 나갔다. 그러나 동로마 제국 지역은 그리스어와 그리스 전통이 우세한 지역이었다. 무엇보다도 주민의 대부분이 로마인이 아니라 그리스인이었다. 이런 제국이 그리스적 성격을 강하게 갖게 된 것은 자연스러운 일이었다. 라틴어와 로마의 전통은 궁전과 그 주변에서만 명맥을 유지할 뿐이었다. 그러나 그마저도 라틴어를 모국어로 한 최후의 황제인 유스티니아누스가 죽은 565년 이후에는 맥이 끊기고 얼마 안 가 궁정과 정부에서도 오직 그리스어만 쓰이게 되었다. 동로마 제국의 그리스화가 완성된 것이다. 역사학자들은 제국이 완전히 그리스화된 기원후 580년부터 비잔틴 제국이 시작된 것으로 본다.

그리스인의 제국, 비잔틴 제국

기원전 2세기 이후부터 로마의 지배를 받아오던 그리스인들은 기원후 6세기 끝 무렵에 이르러 피 한 방울 흘리지 않고 동로마 제국을 접수했다. 이는 그리스가 로마에 비해 문화적 우위에 있었던 까닭에 가능했던 일이다. 비잔틴 제국은 기원후 6세기부터 1453년까지 근 1000년 동안 계속된다. 비잔틴 제국은 6세기 끝 무렵부터 제국의 북서쪽 영토로 침입하기 시작한 슬라브족과의 전쟁을 치러야 했고, 680년에는 불가족에게 도나우 강 하류까지 빼앗긴다. 또 7세기부터는 동쪽에서 침입해 오는 사사니드 왕조의 페르시아와 맞서 싸워야 했다. 627년 비잔틴 제국은 페르시아와의 전쟁에서 승리하지만 평화는 오래 가지 못했다. 페르시아의 뒤를 이어 새로운 신앙으로 무장한 이슬람 세력이 등장했기 때문이다. 종교적 열정으로 가득 찬 아랍인들은 비잔틴의 영토를 하나하나 공격해서 7세기가 끝나갈 무렵에는 예루살렘을 비롯한 시리아 지역과 이집트, 옛 카르타고가 있던 북부 아프리카를 모두 빼앗았다. 그러나 수도 콘스탄티노폴리스만큼은 678년과 718년에 있었던 아랍인들의 공격을 성공적으로 막아내 제국을 지킬 수 있었다.

9세기에 들어서도 상황은 호전되지 않았다. 805년 파트라에서 슬라브족을 섬멸하고 펠로폰네소스 지역을 되찾았지만, 811년 불가리아와의 전쟁에서 패배하고 황제까지 살해되는 수모를 당한다. 또 826년에는 크레타를, 827년 이후에는 시실리까지 잃는다. 한편 제국의 내부는 711년부터 시작된 성상 파괴 논쟁으로 국론이 완전히 둘로 나뉘어 혼란을 거듭했다. 그러나 843년 오랫동안 계속되어 오던 성상 숭배 문제가 원만하게 해결되고, 864년 북방의 강력한 적 불가리아가 정교회로 개종하자 사정은 많이 나아져 비잔틴 제국은 반격을 준비할 수 있었다. 944년 아랍인들로부터 크레타를 다시 빼앗아 오고 968년에는 시리아도 재정복했을 뿐 아니라 975년에는 그 여세를 몰아 팔레스타인 지역까지 진출했다. 이제 제국은 안정되기 시작했다. 또 988년에는 러시아의 키에프 공국을 정교회로 개종시키고 1014년에는 제국의 오랜 숙적이던 불가족

왕국을 멸망시켰다. 이때가 비잔틴 제국의 전성기였다.

그러나 전성기는 오래 계속될 수 없었다. 동방에 새로운 강적 셀주크 터키가 등장했기 때문이다. 1064년 동서 교회는 서로를 파문했기 때문에 서방과의 관계도 최악이었다. 1071년 아나톨리아 반도 동쪽에 있는 '반호Van Lake' 전투에서 비잔틴군은 대패를 당하고 카파도키아 지역을 잃는다. 이는 제국으로서 가장 심각한 손실이었다. 제국의 가장 훌륭한 병사를 배출하던 지역을 빼앗겼기 때문이다. 이 패배 이후 비잔틴 제국은 다시는 군사적으로 회복하지 못했다.

그러나 비잔틴 제국에 결정타를 날린 것은 동방의 이슬람 세력이 아니라 서방에서 온 십자군이었다. 11세기 말에 시작된 십자군 운동은 초기에는 그런 대로 성공하는 듯했다. 그러나 그 이후 실패와 어려움을 겪으면서 원래의 목적이 손상되기 시작했다. 성지 탈환이라는 본래의 고상한 목적을 잃은 십자군들은 흔히 폭도들로 표변하여 비잔틴 제국 곳곳을 파괴하고 약탈했다. 그 가운데에서도 1204년 제4차 십자군에 의한 피해는 결정적이었다. 십자군들은 원래의 목적지였던 예루살렘으로 가는 대신 콘스탄티노폴리스를 점령하고 약탈과 방화를 일삼았다. 비잔틴군에 의한 콘스탄티노폴리스의 재탈환은 1261년에 가서야 이루어졌다. 그러나 제국은 이미 거덜난 상태였다. 1300년 이후 비잔틴 제국은 지방의 한낱 왕국으로 전락했다. 영토의 대부분은 오스만 터키에게 빼앗겼고 해안 지방은 베네치아와 제노아 상인들의 수중에 들어갔다. 그리고 1453년 5월 29일, 화요일 아침에 오스만 터키의 술탄 메메드 2세가 콘스탄티노폴리스에 입성했다. 그는 비잔틴의 마지막 황제 콘스탄티노스 팔레오로고스를 찾으라고 명령했다. 잠시 후 술탄의 부하들은 온몸에 상처를 입은 채 성벽 한 구석에 쓰러져 죽어 있는 황제의 시신을 발견했다. 1000년을 존속해 오던 비잔틴 제국의 비장한 종말이었다.

▶
18세기의 아테네
모습.

그리스의 독립 전쟁과 그 이후의 발전

오스만 터키의 지배를 받는 동안 그리스는 잊혀진 땅이었다. 그리스의 옛 명성에 매료된 서양의 지식인들이 가끔 아테네를 비롯한 몇몇 유명한 유적지를 들를 뿐이었다. 그 가운데 가장 유명한 사람이 영국의 계관시인 바이런이다. 그는 1809년 크리스마스부터 1811년 4월 사이에 그리스와 터키 곳곳을 여행했다. 특히 아테네에서는 거의 일 년 정도를 보냈다. 그리스가 다시 세계사에 모습을 드러낸 것은 1821년 3월 25일이었다. 이날 그리스의 지도자들은 펠로폰네소스 북쪽의 라브라 수도원에 모여 그리스의 독립을 선언했다. 곧이어 터키와의 독립 전쟁이 시작

되었다. 전쟁은 10년을 끌었다. 평생 그리스를 사랑했던 시인 바이런은 의용군을 이끌고 1823년 11월 그리스 본토 서쪽에 위치한 메솔롱기에 도착하지만 그곳에서 병을 얻어 그 다음해 4월 19일 죽는다. 그의 죽음이 알려지자 유럽의 여론은 그리스의 독립을 도와야 한다는 쪽으로 흘렀다. 이때부터 열강들이 끼여들어 전쟁의 양상을 복잡하게 만들어 놓았다. 전쟁은 일진일퇴를 거듭하다가 영국과 프랑스, 러시아가 그리스 편을 들면서 그리스에 유리하게 전개되었다. 1827년 펠로폰네소스 남서쪽 끝에 있는 나바리노 해전에서 터키의 함대가 유럽 열강 연합군 함대에게 완전히 붕괴된 뒤 그리스의 독립은 사실상 기정 사실로 굳어졌다. 그리고 1829년과 1830년, 1832년 사이에 있었던 네 번의 국제 회의에서 그리스의 독립은 열강들의 인정을 받았다. 1833년 1월 30일, 새로운 그리스 국왕으로 추대된 독일 바바리아의 귀족 오토가 당시 그리스의 수도였던 나프플리온에 상륙하면서 그리스의 현대사가 시작된다.

신생국 그리스는 19세기 동안 두 번에 걸쳐 영토를 확장했다. 1864년 그리스와 이탈리아 사이에 있는 아드리아해의 섬들을 영국으로부터 양도받았다. 또 오스만 터키가 크리미아 전쟁에서 러시아에게 패하자 그 기회를 놓치지 않고 1881년 베를린 국제 회의에서 테살리아 지방과 에우보이아 섬을 터키로부터 양도받았다. 그러는 사이 그리스의 북부에 새로운 그리스의 적수가 등장했다. 1878년 러시아의 전폭적인 지지를 받고 오스만 터키로부터 독립한 불가리아는 대부분의 주민이 그리스인들인 마케도니아와 트라케 지방을 모두 포함하는 대불가리아를 꿈꿨다. 이와 같은 불가리아의 야심은 그리스의 민족주의와 언젠가는 충돌할 운명이었다. 이런 위험은 1913년에 현실이 되었다. 1912년 터키가 발칸 반도의 정교회 교인들을 박해하자 발칸 반도의 정교회 국가인 그리스와 불가리아, 세르비아, 마우로부니오는 터키에 선전 포고를 했다. 이것이 제1차 발칸 전쟁이다. 이 전쟁에서 그리스의 수확은 컸다. 크레타는 물론 마케도니아와 이피로스옛 이름: 헤피로스, 트라케의 서쪽 부분, 레스보스와 렘노스를 비롯한 에게 해 동쪽에 있는 섬들이 모두 그리스의 몫이 되었다. 1913년 5월에 있었던 화평 조약에서 터키는 발칸 연합국이 점령한 모든 영토를 포기했다.

그러나 마케도니아의 대부분과 에게 해의 진주라고 하는 테살로니키 항을 차지하지 못한 불가리아의 불만은 컸다. 불가리아는 무리하게 동맹국들로부터 영토를 내놓으라고 요구했다. 이런 불가리아의 행동은 곧바로 제2차 발칸 전쟁을 불러일으켰다. 1913년 6월 17일 그리스, 세르비아, 몬테네그로 이 세 나라는 불가리아를 협공하기 시작했다. 불가리아는 이 기습에 대처하지 못하고 많은 영토를 빼앗겼다. 더욱이 이 기회를 놓치지 않고 북쪽의 루마니아와 동쪽의 터키도 불가리아로부터 영토를 빼앗았다. 이런 몰매에 가까운 공격을 이기지 못한 불가리아는 1913년 6월 28일 항복하고 그때까지 다른 나라들이 점령한 모든 영토를 포기했다. 이 전쟁에서 그리스는 마케도니아의 대부분과 동부 트라케 지방, 이피로스를 차지했다. 그리스의 대승리였다.

그러나 그리스는 이 승리를 오래 즐길 수 없었다. 발칸 전쟁이 끝난 다음 해인 1914년부터 제1차 세계 대전이 시작되었기 때문이다. 발칸 반도에서 패배자로 전락한 터키와 불가리아는 빼앗긴 땅을 찾으려는 욕심에 독일과 오스트리아 편에 가담했다. 이들 나라와 적대적이었던 그리스는 자연 연합군 측에 서서 싸웠다. 전쟁은 독일의 패배로 끝났다. 승전국 측에 섰던 그리스는 1920년 8월 전후 처리를 위해 열린 베르사유 회의에서 이스탄불을 제외한 트라케 지방 전부와 소아시아의 곡창 지대인 이즈미르 지역을 터키로부터 양도받게 되었다. 그러나 이 승리도 그리스는 지킬 수 없었다. 승전국들의 조치가 터무니없이 터키에 가혹하여 이를 그대로 받아들인다면 국가로서의 존립이 힘들다고 본 터키의 청년 장교들이 무스타파 케말후일에 아타튀르크로 추앙됨을 중심으로 쿠데타를 일으켜 오스만 터키를 전복하여 술탄을 실각시킨 뒤, 베르사유 조약을 받아들이기를 거부했기 때문이다. 비옥한 전략 요충지를 포기할 생각이 없던 그리스와 이를 용납할 수 없던 터키 사이에 전쟁은 피할 길이 없었다. 그러나 그리스군은 제1차 세계 대전의 승리에 도취해 있었던 반면, 케말 파샤의 군대는 물러설 곳이 없었다. 안일한 생각을 하는 군대가 왜 싸우는가를 아는 군대를 이길 수는 없다. 결과는 그리스의 참패였다. 그리스는 수천 년 동안 뿌리 박고 살아왔던 소아시아 지방을 잃었고, 그곳에 살던 그리스인 150만 명이 그리스 본토로 이주했다. 주택 문제를 비롯한 사회 문제가 심각하게 대두되었다. 그리스인들에게 소아시아의 상실은 깊은 좌절과 많은 문제를 가져왔지만 그 결과가 부정적인 것만은 아니었다. 무엇보다도 그때까지 그리스의 중심이 어디인가 하는 해묵은 논쟁을 불식하고 비로소 그리스 본토를 중심으로 조국 건설에 의견 일치를 보기 시작했다. 특히 소아시아 지방의 교양 높은 중산층이 대거 유입되면서 그리스의 민주주의 역량이 몰라보게 발전했다. 또 문학을 비롯한 예술 분야에서 이들 이주민의 역할은 절대적이었다. 소아시아 영토의 상실이라는 커다란 좌절은 결국 그리스인들을 하나로 뭉치게 하여 민족적 역량을 키운 결과를 가져왔다. 그리스인들은 위기를 기회로 만든 것이다.

1939년 유럽은 다시 제2차 세계 대전을 맞았다. 그리고 1940년 10월 28일 옛 로마 제국을 다시 건설하겠다는 망상에 사로잡힌 이탈리아의 무솔리니는 그리스 국경을 침범했다. 그러나 예상을 뒤엎고 그리스군이 승리했다. 오히려 그리스군이 후퇴하는 이탈리아군을 쫓아 알바니아까지 진군하는 의외의 사태가 벌어졌다. 1941년 봄에는 알바니아의 이탈리아군이 위기에 몰렸다. 이때 히틀러는 사태의 심각성을 깨닫고 그의 최정예 기갑 부대를 그리스와 불가리아 국경에 투입했다. 최신 무기로 무장한 독일 정예 부대의 기습을 받은 그리스는 속수무책이었다. 1941년 4월 27일 아테네 아크로폴리스에는 나치의 깃발이 나부꼈다. 그리스의 저항은 크레타가 점령당하는 5월 말까지 치열하게 전개되었다. 히틀러는 그리스 전선에서 두 달을 허비하는 바람에 러시아 침공을 6월 22일에야 시작할 수 있었다. 그리고 이 조그만 차이가 전쟁 전체의 운명을 바꾸어 놓았다. 그 해 러시아에는 겨울이 두 달이나 일찍 찾아왔다. 나치군은 겨울 준비도 제대로 하지 못한 채 러시아 평원에 갇혔다. 이 부대는 겨울을 넘기지 못하고 끝내 항복하고 만다. 1944년 10월 12일 나치군이 그리스에서 물러날 때까지 그리스 저항군은 점령된 조국에서 게릴라전을 펼쳤고 그리스의 망명 정부군은 아프리카 전선에서 연합군

▶
1940년 10월 28일 옛 로마 제국을 다시 건설하겠다는 망상에 사로잡힌 무솔리니는 그리스 국경을 침범했다. 그러나 예상을 뒤엎고 그리스군이 승리했다.

과 함께 싸웠다. 전쟁이 끝나자 그리스는 이탈리아로부터 로도스와 코스 등 에게 해 동남부에 있는 섬들을 되찾았다.

제2차 세계 대전은 끝났지만 그리스는 아직 평화를 누릴 수 없었다. 외적과의 싸움보다 더 잔혹하고 비극적인 내전이 기다리고 있었다. 독일군이 물러가자마자 조국에 남아 게릴라전을 벌이던 좌파 해방군과 해외에서 연합군과 함께 싸우던 우파 정부군은 한치의 양보도 없이 치열한 내전을 벌였다. 이 내전은 1949년 불가리아와 유고슬라비아가 그리스와의 국경을 폐쇄함으로써 우파 정부군의 승리로 끝났다. 더 이상 좌파 게릴라들이 국경을 넘나들며 전투를 수행할 수 없게 되었기 때문이다.

내전 이후 그리스는 발전을 계속했다. 그러나 정치적인 안정은 쉽게 찾지 못했다. 국론은 분열될 대로 분열되었고 정치가들은 합의점을 찾지 못했다. 이런 혼란과 불안정은 1967년 파파도풀로스 대령이 이끄는 쿠데타를 불러일으켰다. 군사 독재를 끝내고 민주주의를 회복하기까지는 7년이란 세월이 필요했다. 1973년 아테네 대학생들의 시위를 탱크를 앞세운 군이 무력 진압하자 국제 여론이 들끓었다. 이 위기를 그리스 국민의 오랜 숙원인 키프로스 합병으로 풀려고 했던 군부의 시도는 터키의 신속한 개입으로 좌절되고 키프로스의 분단만 초래하는 최악의 상황으로 치달았다. 이에 더 이상 버틸 수 없었던 군부는 파리에 망명해 있던 노정치인 카라만리스를 불러들였다. 그러나 노련한 정객인 카라만리스는 민중의 지지와 터키와의 전쟁 위협이라는 위기 상황을 교묘하게 이용하여 군부로 하여금 아테네 시내를 비롯한 중요 정부 기관에 주둔 중이던 군대를 철수하도록 명령했다. 그리고 곧바로 군 인사를 단행하여 군사 정권의 실권자들을 모두 요직에서 해임했다. 나머지 군인들은 새 수상의 명령에 순순히 따랐다. 이로써 군사 독재는 종식되었고 민주주의가 회복되었다. 카라만리스는 그 다음해인 1974년 11월 17일에 있었던 선거에서 55%의 절대적 지지를 받으며 재집권에 성공했다. 그리고 카라만리스는 오랜 노력 끝에 1981년 그리스를 유럽 공동체에 일곱 번째 나라로 가입시키는 데 성공했다. 이로써 그리스는 명실상부한 유럽의 일원이 된 것이다. 그러나 그 해 있었던 선거에서 카라만리스는 안드레아스 파판드레우가 이끄는 '그리스 사회당'에 패하고 수상직을 내놓아야 했다. 우파 정부의 부패와 무능을 추궁하며 개혁을 부르짖은 안드레아스 파판드레우의 선거 전략이 맞아떨어진 것이었다. 그 이후 중도 좌파인 그리스 사회당 정권은 1992~1993년 일 년 동안의 짧은 시기를 빼 놓고 2004년 3월까지 23년 동안 그리스를 통치했다. 그러나 2004년 3월 7일 선거에서 안드레아스 파판드레우의 아들 요르고스 파판드레우가 이끄는 그리스 사회당은 옛 카라만리스 수상의 조카인 코스타스 카라만리스의 신민당에 패하고 정권을 잃었다. 23년 만에 정권 교체가 이루어진 것이다. 이번 선거에서 신민당은 사회당의 무능과 장기 집권에 따른 부패를 집중적으로 파고들면서 개혁을 자신들의 정치 구호로 채택하여 정권 교체에 성공했다. 23년 전 선거의 재판이었다. 다만 예전의 좌파가 내세웠던 논리를 이번엔 우파가 내세웠다는 것과 당시의 노정객들 대신 그들의 젊은 아들과 조카가 대결을 벌였다는 점이 다를 뿐이었다.

이런 역사의 아이러니는 우파니 좌파니 하는 이데올로기나 정치적 주장이 얼마나 허황되고 거짓으로 가득 찬 것인가를 깨닫게 한다. 우파의 부패와 무능을 비난하고 개혁을 부르짖던 좌파 정권이 20여 년 간의 통치 끝에 남긴 것은 무능과 부패였고, 그 결과 개혁의 대상으로 전락했다. 결국 도덕적 우월성을 내세웠던 좌파 역시 정권을 오래 누리는 동안 초심은 흐트러지고 기강은 해이해졌다. 국민들은 그런 좌파에 실망하고 끝내는 외면하고 말았다. 오랜 집권층의 부패와 무능을 공격하고 개혁을 부르짖는 우리나라의 젊고 참신한 정치가들이 그리스의 좌파 정권의 몰락을 타산지석으로 삼아 똑같은 실수를 저지르지 않기를 바란다.

그리스인들은 왜 바다로 나갔을까

그리스인들의 운명, 바다

우리 아버지는, 파도가 그분을 삼켰지…. 날 뱃놈으로 만들 생각이 조금도 없으셨지. 아버지는 이렇게 말씀하시곤 했어. "저 사기꾼 같은 바다를 가까이 하지 말아라. 신의가 없어. 네가 아무리 좋아하고, 받들어 모셔도 제가 하고 싶은 대로 할 뿐이야. 잔잔할 때는 한없이 평화롭고 신비롭기까지 하지만, 그리고 수많은 모험과 기회를 주겠다고 속삭이는 것 같지만, 절대 속지 마라. 언젠가 너를 수장해 버릴 테니까… 아니면 병신으로 만들던가…. " 아버지뿐이 아니었지. 평생을 배에서 보낸 섬의 다른 사람들도 같은 말을 하곤 했지. "바다에 나가 봤자 절대 돈을 벌 수 없어. 내가 밭 한 뙈기만 있어도 다시는 배를 안 탈 텐데…."

하지만 이것은 새빨간 거짓말이었어. 그들은 밭 한 뙈기가 아니라 섬 전체를 가지고 있어도 다시 바다로 나갈 사람들이었어. 누가 더 큰 배를 사는지, 누가 먼저 선장이 되는지에 모든 것을 거는 사람들이었지. 나는 왜 섬 사람들이 이렇게 말과 행동이 다른지 알 수 없었어. 아마도 사람들을 홀리고 끌어들여, 끝내는 파멸시키는 그 무언가가 바다에 있을 거라고 막연히 추측할 뿐이었지.

▶

바닷가 카페. 척박한 땅과 험한 산 때문에 자신들의 국토에서 자연의 혜택을 볼 수 없었던 그리스인들은 눈부신 해상 문명을 발전시킬 수 있었다.

　그리스의 현대 작가 카르카비차스의 소설 한 구절이다. 그리스인들의 바다에 대한 원망과 그러면서도 어쩔 수 없이 그 바다의 신비한 매력에 이끌려 바다로 나가 결국 파멸하는 그리스인들의 기질을 잘 나타내는 구절이다. 그리스인들은 뱃사람들이다. 그들에게 바다는 운명이다. 기원전 5세기에 페르시아의 왕위 쟁탈전에 용병으로 참가했던 1만 명의 그리스인들이 적국에서 홀로 남게 되어 필사의 탈출을 시도할 때, 그들이 그토록 열망하던 일은 바로 바다로 나가는 길을 찾는 것이었다. 그리고 쫓는 적을 피해 아나톨리아 고원의 3000미터 고지를 넘어 흑해에 도착했을 때, 그들은 "바다다! 바다다!" 하고 감격의 환호성을 질렀다.

그리스인들에게 바다는 집으로 가는 가장 확실하고도 빠른 지름길이었기 때문이다.

무엇이 그리스인들을 바다로 나가게 했을까? 왜 고대 문명을 이루어 낸 중국이나 인도, 메소포타미아, 이집트는 자신들의 지역에서 땅을 일구며 문명을 만들어 냈는데 유독 그리스인들만이 처음부터 바다를 향했을까? 무엇이 그들로 하여금 안전한 육지를 버리고 변덕스럽고 위험한 바다를 그토록 좋아하게 만들었을까?

그리스, 꾸겨진 보자기처럼 굴곡이 심한 땅

그리스인들이 최초의 해양 민족이 된 데에는 그들 조국의 지형이 적잖은 영향을 끼쳤다. 그리스는 산과 바다로 이루어진 경치가 빼어난 나라다. 대부분의 땅이 산악 지대여서 너무 비탈지고, 또 기후가 메말라서 경작하기에는 알맞지 않다. 게다가 하천은 너무 급하거나 얕아서 항해에 적합하지 않고 우기에는 범람하다가 곧 다시 줄어들어 말라 버리고, 또 샘도 수량이 적어 갈수기에도 대규모 관개를 할 수 없다. 그래서 전국토의 10% 정도만 일반 곡물 농사를 지을 수 있을 뿐이다. 경사가 비교적 완만한 곳에는 계단식 밭을 일궈 가뭄에 강한 포도나 오렌지와 같은 아열대성 과일이나 올리브를 재배하거나 목축을 할 수 있다. 그러나 땅은 비옥해서 물 공급만 잘된다면 생산성은 높다. 고기는 귀했다. 제일 좋은 평지는 곡식 재배에 쓰이므로 가축을 놓아 먹일 수 있는 곳은 산비탈밖에 없는데, 그것도 얼마 안 되는 염소나 양 정도를 키울 수 있을 뿐 소를 치기에는 너무 가파르기 때문이다. 그밖에 깊은 산과 긴 여름은 벌꿀을 얻기에 알맞아서 그리스의 꿀은 예부터 특산품으로 유명하다. 기후는 온화해서 아테네는 20년 만에 한 번 얼음이 어는 정도이고 여름에는 바닷바람이 시원하여 견딜 만하다. 5월부터 시작해서 9월 말까지 이어지는 긴 여름은 40도를 오르내릴 정도로 덥지만 건조한 날씨 덕에 그늘에서는 시원하다. 또 겨울도 혹독하지 않아 일 년의 대부분을 밖에서 지낼 수 있다. 기원전 5세기의 비극 작가 에우리피데스가 "한밤중에 정원 거닐기, 귀뚜라미 소리에 귀 기울이기, 달밤에 피리 불기, 산에 올라 맑은 샘물 마시기, 포도주 마시며 노래하기, 춤으로 하루를 보내기, 이 모든 것이 그리스의 가난하고 소탈하고 영구히 젊은 환락이다."라고 노래한 상황이 거의 오늘날에도 계속되고 있다.

그리스의 산은 봉우리가 없이 긴 병풍처럼 해안을 둘러막고 있어 내륙 지방으로 들어가려면 굽이굽이 몇 차례 험준한 고개를 넘어야만 한다. 게다가 산들은 높다. 그리스에서 가장 높은 올림포스 산은 해발 2917미터이고 델포이를 둘러싼 파르나소스 산의 높이도 2457미터에 이르며, 펠로폰네소스 반도의 북부 해안을 가로막고 서 있는 산들도 2000미터에서 2400미터 사이의 준령들이다. 펠로폰네소스 반도 자체가 평균 해발 600미터의 고지대이다. 바다에서 육지를 보면 병풍같이 쭉 둘러싼 산들만 보일 뿐이다. 푸른 바다와 정상에 흰 눈을 갖고 있는 산들의 조화는 그리스에 감동적인 아름다움을 주었다. 그러나 그런 빼어난 경치는 육로를 이용하여 이동하는 데에 한없는 어려움을 주었다. 산과 바다로 둘러싸인 좁은 땅들은 그리스인들을 서로 고립시켜 독립을 다투었던 작은 도시 국가가 발전하도록 부추겼고 그 때문에 정치적인 통일을 방해했을 뿐더러 오히려 도시 국가 사이에 내전이 끊이지 않는 원인을 제공했다.

그러나 인간에게 불친절한 산과는 달리 그리스의 해안선은 인간을 포근하게 감싸 안아 주었다. 구불구불 굽이치고 복잡해서 포르투갈보다 작은 그리스가 스페인보다 더 긴 해안선을 갖게 만들었다. 또 내륙 깊숙이 파고드는 해안선은 안전한 천연 항구들을 마련해 놓았거니와 육지에서 멀지 않은 곳에 위치하는 수많은 섬들은 징검다리처럼 바다를 이어 주어 돛이나 노, 또는 둘 다 쓰는 배를 이용한 원시적 항해 시절부터 안전한 뱃길을 제공했다. 에게 해 어디든지 육지에서 80킬로미터 이상 떨어진 데가 없고, 해안의 그림자를 잃지 않고 수백 킬로미터를 항해할 수 있다. 뱃길은 육지에서 산을 오르고 골짜기를 헤매는 것보다 훨씬 빠르고 경제적이며 안전했다. 척박한 땅과 험한 산 때문에 자신들의 국토에서 자연의 혜택을 볼 가능성이 거의 없었던 그리스인들은 상업과 항해를 그들의 타고난 생업으로 하여 외부 세계와의 접촉을 시도할 수밖에 없었던 것이다. 바다로 나가는 것 이외에는 다른 방법이 없었기 때문이다. 이렇게 바다로 내몰린 그리스인들은 해상 활동에서 눈부신 성공을 거두었다. 그들은 일찍이 올리브와 포도주를 자신들이 필요한 금속이나 곡식, 노예와 바꾸었고 이를 바탕으로 세계 최초의 해양 문명을 발전시켰다.

그리고 그 이후에도 그리스인들은 카르카비차스의 글에 잘 드러나는 것처럼 대를 이어 바다에 모든 것을 걸었다. 그리고 찬란한 성공도 거두었다. 그리스는 지금도 세계 최고의 선복량배에 화물을 실을 수 있는 양을 자랑하는 해운 강국이다. 그리스 경제에서 해운업이 차지하는 비중은 거의 절대적이다. 국민 생산의 45%가 해운업과 관계되는 분야에서 얻어진다. 바다야말로 그리스인들에게는 생활의 수단이었고 또 운명이었다. 기쁨과 슬픔을 한꺼번에 가져다 주는 운명이었다.

바다는 변덕스럽다. 순풍이 불고 바다가 잔잔할 때, 바다는 어머니보다 부드럽고 안전과 큰 이득을 보장한다. 그러나 배를 타고 바다에 나간다는 것은 큰 모험이다. 잔잔하던 바다가 한 번 화를 내서 폭풍이 불고 거칠어지면 아무것도 바다를 이길 수 없다. 육지에 살도록 진화한 인간이 바다 한가운데에서 조난당하면 무력하기 짝이 없다. 그래서 많은 뱃사람들이 목숨을 잃었다. 바다에서 죽어가는 사람들은 또 다른 문제와 슬픔을 남기게 마련이다. 그들은 여인들과 아이들을 남기고 갔다. 그리스의 섬에 가면 유난히 검은 옷을 입은 여인네가 눈에 많이 띈다. 바다

▶
대부분의 땅이 산악 지대여서 너무 비탈지고 또 기후가 메말라서 경작하기에는 알맞지 않다. 비교적 경사가 완만한 곳에는 계단식 밭을 일궈 가뭄에 강한 포도나 오렌지 같은 아열대성 과일 또는 올리브를 재배하거나 목축을 한다.

에 남편을 잃은 여인들이다. 그녀들은 또 언제 자신의 아들을 바다에 잃을지 몰라 불안해하며 살아간다. 그들의 어머니도 같은 운명이었고 또 딸들도 그런 운명을 짊어지고 살아가야 한다. 그래서 그리스 섬의 민요에는 한이 배어 있다. 그리스 여인들이 생활력이 강하고 남자들 못지않게 모든 일에 적극적이며 단호한 의지를 갖게 된 것도 모두 이런 운명과 맞서기 위해서였다. 남편이 살아 있을 때도 배를 타고 나가면 아이들과 남아 혼자 온 가정을 책임지고 살아야 했던 그리스 여인들은 강할 수밖에 없다. 더구나 남편이 바다에서 목숨을 잃은 다음에는 더더욱 강해지지 않고는 살아갈 수가 없었다. 뒤에 남은 아이들을 훌륭하게 키우고 재산 관리를 현명하게 해야 하는 모든 부담이 그녀들의 몫이었다. 그래서 그리스 여인들은 강하다.

그리스는 빼어난 경치와 온화한 기후 외에 다른 자연 혜택을 누리지 못했다. 지리적 조건으로 봐서는 그리스인이 안락한 생활을 할 가망이 없어 보였다. 그러나 지형은 비록 그리스인들에게 상당한 영향을 주었지만 결정적이지는 못했다. 그들은 자연의 거친 환경에 상당히 위협받기는 했지만 이에 압도되지는 않았다. 그리스인들은 바다를 통해 이런 자신들의 역경을 기회로 바꾸었다. 그리스는 비록 작지만 매우 다양했다. 그리스인들은 그런 다양한 환경 속에서 각기 독립적인 지역에 흩어져 살았지만 그들이 가진 유사한 문제들과 바다에 접해 있다는 근접성 등으로 공통의 노력을 하지 않을 수 없었다. 이런 공통의 노력이 오늘날까지 세계에서 가장 독특하고 고유한 그리스 문명을 만들어 낸 것이다. 여기에 그리스인들의 천재성이 있다.

그리스의 사계

계절의 여왕 5월

그리스 사람들은 5월 1일이면 들판으로 나가 꽃을 꺾어 아름다운 꽃 다발을 만든다. 이날은 종교 축제가 아닌 순수한 세속적 축제이다. 이날 만큼은 교회에서 아무런 종교 예식도 없다. 아이들은 5월의 화창한 햇빛 아래서 마음껏 들판을 뛰놀며 어른들은 들판에서 자연을 만끽한다. 그리스도교가 들어오기 이전 시절의 야성이 느껴지는 명절이다. 이날을 고비로 봄이 물러가기 시작하고 여름이 조금씩 자신의 모습을 드러낸다. 더 이상 비는 오지 않는다. 대기는 투명해지고 대지의 습기도 느껴지지 않는다. 태양은 날로 뜨거워져 풀들마저 말라 들어간다. 5월이 끝날 때면 그토록 왕성하던 봄의 생명력도 그 끝을 맞이하고 대지는 누렇게 말라 죽는다.

그리스의 봄은 화려하다. 3월부터 온갖 꽃들이 대지를 장식한다. 부활절을 전후로 꽃들의 아우성은 절정을 맞는다. 들판 구석구석 어디를 둘러봐도 작고 이름 없는 꽃들로 가득하다. 그러나 아직 소풍을 나가기에는 좋지 않다. 가끔 강한 바람이 부는가 하면 느닷없이 비를 뿌리기도 한다. 땅은 잔뜩 습기를 머금어 앉을 곳도 마땅치 않다.

그러나 5월 1일이 되면 자연은 완전히 모습을 바꾼다. 바람도 더 이상 불지 않고 화사한 햇빛은 자신의 아름다움과 싱싱함을 마음껏 뽐낸다. 하늘에는 구름 한 점 흐르지 않고 온 누리가 빛으로 가득해진다. 한마디로 그리스의 5월은 찬란하다. 창 밖의 화사한 풍경 때문에 집 안에 머무는 것조차 죄스럽다. 야외로 나가 무언가 해야 할 것 같은 조바심마저 불러일으킨다. 사람들은 공연히 들뜬 마음이 되어 거리로 쏟아져 나온다. 공원이나 유원지는 아이들의 손을 잡고 나온 젊은 부부와 벤치에 앉아 햇볕을 쬐는 노인들로 붐빈다. 과연 계절의 여왕이라는 말이 절로 느껴진다.

모든 것이 말라 죽는 여름과 열풍 리바스

한국 사람들에게 여름은 장마와 짙은 푸르름, 장대비를 떠올리게 한다. 그래서 한국의 여름 빛깔은 푸른빛이다. 그러나 그리스인들에게 여름은 작열하는 태양, 메마른 대지, 푸른 바다와 짙푸른 하늘을 의미한다. 그래서 그리스인들의 여름 빛깔은 누렇게 마른 들판과 무르익은 밀밭을 상징하는 황금빛과 푸른 바다와 하늘을 상징하는 쪽빛이다. 그리스에서는 여름 동안 비 한 방울 오지 않는다. 아프리카 북부의 사막 기후가 지중해까지 치고 올라오기 때문이다. 때로 리비아 사막에서 열풍이 그리스로 불어오기도 한다. 리바스라는 이름의 이 열풍이 불면 그리스 전역은 비상이 걸린다. 이 바람이 불면 기온이 섭씨 40도에서 50도까지 올라간다. 일기 예보는 며칠 전부터 리바스가 오니 심장병이나 혈압이 높은 사람들, 노인과 병약자들은 외출을 삼가고 집 안에서 건강 관리를 철저히 할 것을 당부한다. 또 각 가정은 창문 단속을 잘하라고 경고한다. 길가에 서 있는 자동차에만 슬쩍 손을 스쳐도 화상을 입을 정도로 대단한 열기이다.

리바스란 바람 이름부터가 폭염이란 뜻이다. 이런 날이면 창문은 물론 나무로 만들어진 덧창까지 꼭꼭 닫아 걸고 방 안에 앉아 있는 것이

상책이다. 바깥의 기온이 실내보다 10도 이상 높기 때문이다. 리바스가
불어오는 날 저녁이 되면, 하루 종일 타오르는 태양의 햇빛을 받은 건물
은 말 그대로 한증막이 된다. 해가 진다고 리바스의 위력이 사그라지는
것은 아니다. 이런 날은 밤에도 여전히 기온이 섭씨 40도를 오르내린다.
방법은 하나뿐이다. 한밤의 열기를 뚫고 바닷가로 가는 수밖에 없다. 에
어컨이 있는 바닷가 식당이나 카페는 성시를 이루게 마련이다.

　　그러나 리바스는 몇 년에 한 번 올까 말까 하는 정도로 예외적인 기
후 현상이다. 보통의 그리스 여름은 한가하고 여유롭다. 특히 기온이 섭

씨 40도 가까이 올라가는 8월은 온 나라가 휴가철이다. 관공서에 가도 모두 휴가를 떠나 사람 만나기가 쉽지 않다. 하긴 8월에 관공서로 가는 사람이 조금 이상한 사람이다. 아테네 중심지도 텅 비고 주민들 대신 관광객이 광장을 점령한다. 기온은 높아도 습도가 낮아 그늘에만 들어가면 시원하다. 우리의 여름처럼 찌는 듯한 더위는 없다. 특히 바닷가에는 언제나 미풍이 불어 상쾌하기 그지없다. 습도가 없는 대기는 투명할 정도로 맑아 바다 건너편 길거리를 걷는 사람들의 모습이 보일 정도이다. 바닷가 그늘에 앉아 커피를 마시며 독서삼매에 빠진 그리스인들을 보는 정취는 사뭇 평화롭다.

비 한 방울에 여름은 죽고

9월에 들어서도 그리스의 여름은 물러설 것 같은 기미조차 보이지 않는다. 태양은 계속 작열하고 뜨거워질 대로 뜨거워진 한낮의 대지는 열기를 폭폭 뿜어낸다. 하루 중 가장 더운 오후 2시에서 5시까지 낮잠시에스타 시간이다. 이 시간에 소음을 내는 것은 한밤중에 소음을 내는 것보다 더 엄하게 다스려진다. 거리에는 도둑 고양이만 숨죽이며 돌아다닐 뿐, 인적이 거의 끊긴다. 자동차도 나다니는 사람도 드물다. 그러나 10월에 들어서면 모든 것이 갑자기 바뀐다. 하늘에 구름의 두께가 조금씩 두터워진다. 그러다가 후드득 하고 비가 뿌린다. 그 순간 여름은 갑자기 죽는다. 1979년 노벨 문학상을 받은 그리스의 시인 엘리티스는 "비 한 방울에 여름은 죽고…"라고 읊는다. 그리스의 여름의 죽음을 너무도 적절하게 표현한 말이다. 그리스의 비는 안개비에서 가랑비 수준을 벗어나지 않는다. 우리나라 여름에 흔한 장대비는 거의 볼 수 없다. 때로 폭풍우와 천둥 번개를 동반한 거친 비가 내리기도 하지만 이런 일은 예외에 속한다. 또 그런 비는 오래 계속되지 않는다. 비와 함께 대지의 생명력도 되돌아온다. 누렇게 말랐던 풀섶 사이로 파릇파릇한 새싹이 돋는다. 오렌지 나무에 열매가 황금빛으로 빛나고 레몬 향기가 공중에 은은히 퍼진다. 올리브를 따는 농부들의 손이 바쁘고 산간 지방에서는 땔감을 준비하는 주민들이 분주하게 관목 숲을 뒤진다. 대지에서는 새싹이 돋는 바로 그 시기에 나뭇잎들은 하나 둘 떨어지기 시작한다. 낙엽이 지는 것을 보고 가을이 끝나감을 느낀다. 그리스의 가을은 짧다. 그리고 단풍이 들지 않는다. 단풍이 들기에 그리스의 가을은 너무 축축하기 때문이다.

을씨년스러운 겨울

그리스의 비는 가을과 겨울에 집중하여 내린다. 일 년 강우량이 우리의 3분의 1도 채 안 된다. 그래서 그리스의 하수도 시설은 빈약하다. 어쩌다 시간당 10밀리미터가 넘는 비라도 내리면 거리 곳곳이 빗물로 넘쳐 흐른다. 지하에 사는 사람들은 수난을 당한다. 장마나 홍수도 없는 나라에서 비로 인한 이재민이 생기는 때가 바로 이 계절이다.

그리스의 겨울, 특히 아테네의 겨울은 그리 춥지 않다. 한겨울에도 기온은 영상 10도 주변에서 오르내린다. 하지만 음습하다. 습기를 머금은 추위가 소매 밑으로 기분 나쁘게 스며든다. 게다가 난방 시설이 시원치 않아 온종일 몸이 찌뿌드드하다. 잠이라도 춥게 잔 날이면 몸을 녹일 곳이 없어 움츠러드는 사지를 추스르기가 만만치 않다. 그래서 그리스에서 겨울 감기라도 걸리는 날이면 낭패이다. 겨우내 고통을 헤어나기가 쉽지 않다. 하늘에는 먹구름이 겹겹이 흘러간다. 한마디로 을씨년스럽다. 그렇지만 지중해의 겨울답게 며칠은 반짝 햇볕이 나며 기온이 섭씨 20도까지 올라가기도 한다. 그런 날에는 바람도 없다. 사람들이 거리 카페에 나와 모처럼의 태양을 즐기며 한담을 나누는 풍경이 행복해 보이는 순간이다. 이런 분위기 속에서 해가 서물어 간다. 사람들의 마음은 다시 올 봄을 향해 있다. 겨울은 우울해도 그 뒤에 올 찬란한 봄을 기대하게 만듦으로써 그리스인들을 위로한다.

모두 하나가 되는 축제, 그리스의 부활절

그리스의 사순절

2004년도 부활절은 4월 11일로 서방 교회와 동방 정교회가 모처럼 같은 날에 부활절을 맞는다. 부활절은 서방 가톨릭 교회나 동방 정교회 모두 춘분이 지난 뒤 첫 보름달이 뜬 다음 첫 일요일로 정해져 있다. 그러나 동방 정교회는 서방 교회와 달리 그레고리우스력^曆을 쓰지 않고 대신 그보다 더 오래된 달력인 율리우스력을 쓰기 때문에 경우에 따라서는 부활절 날짜가 일주일에서 4주일까지 차이가 날 때도 있다. 그리고 4년마다 한 번씩 같은 날에 부활절을 맞게 된다.

정교회 국가인 그리스에서 부활절은 가장 큰 명절이다. 이때가 되면 모든 관공서와 학교, 심지어 가게들까지 문을 닫고 축제를 즐긴다. 부활절 기간은 부활절 7주 전부터 시작된다. 49일 간의 사순절 금식을 준비하기 위해 사람들은 고기와 술을 마음껏 먹고 마신다. 이른바 카니발 축제이다. 이때 젊은이들이 가면을 쓰고 거리를 누비며 흥청망청대는 길거리 축제가 벌어진다. 그런 난장판 뒤에 바로 오는 '정결 월요일'에는 우리나라의 한식과 같이 음식을 하기 위해 불을 켜는 것이 금기로 되어 있다. 사람들은 이날 그 전날 축제 때 남은 음식들을 먹는다. 물론 이미

▶
축제 날 그리스 여성들이 전통 의상을 입고 춤을 추고 있다.

금식 기간이 시작되었기 때문에 고기와 생선, 달걀과 기름, 우유로 만든 음식은 입에 대지 않는다. 사순절 기간 동안 푸줏간은 아예 문을 닫는 다. 혹시 고기가 먹고픈 사람이 있어도 남들의 눈이 거북해서 고기를 사 려는 사람은 없고 푸줏간 주인 역시 독실한 신자인 경우가 많아 고기를 팔지 않기 때문이다. 식당에서도 금식 메뉴가 대부분이고 고기와 달걀 을 재료로 한 음식은 제공하지 않는다. 다만 외국인과 관광객을 위해 호 텔과 중심가 음식점에서만 고기를 주문할 수 있을 뿐이다.

그리스의 성대주간

부활절의 엄숙하고 종교적인 분위기는 부활절이 들어 있는 성대주간에 절정을 이룬다. 이때는 학교와 관공서, 일반 회사까지 모두 쉰다. 성 수요일에 그리스 사람들은 집 안 대청소를 한다. 깨끗한 명절을 맞기 위해 준비하는 것이다. 예수가 십자가에 못 박혔다는 성 목요일에는 망치질이나 못 박는 일은 절대 금기이다. 그래서 대부분의 집에서는 못과 망치를 아예 감춰 버린다. 성 금요일에는 하루 종일 금식하는 것이 보통이다. 이날 소녀들은 들판에 나가 예수의 꽃상여를 치장할 들꽃을 꺾는다. 꽃이 하나하나 상여를 장식해 들어갈 때 이들은 슬픔과 기쁨을 동시에 느낀다. 아름답고도 숭고한 장면이 연출된다. 저녁이 되면 동네 청년들이 꽃상여를 메고 온 동네를 돌며 슬픈 성가에 맞춰 예수의 죽음을 애도한다. 꽃상여는 상당히 무거워 적어도 건장한 청년 여덟 명이 붙어야 운반할 수 있다. 성 토요일, 즉 부활절 당일이 되면 온 나라가 슬픔에 빠진다. 아무것도 먹지 않고 음악도 없다. 다만 동네 아이들이 종루에 올라가 15분 간격으로 치는 제종 소리만 곳곳에서 들려올 뿐이다. 그 종소리를 듣고 있노라면 그리스도교인이 아니더라도 알 수 없는 슬픔에 저절로 가슴이 메어진다.

대동제로서의 부활절

부활 토요일 밤 11시 45분에는 아궁이의 불은 물론 전등불까지 모든 불이 꺼진다. 사람들은 교회에 모여 손에 새로운 불을 받을 초를 하나씩 들고 예수의 부활 소식을 기다린다. 드디어 자정이 되면 교회의 어두운 지성소에서 새로운 불이 밝혀지면서 "그리스도께서 부활하셨습니다" 하는 신부의 힘차고도 기쁨에 넘친 목소리가 들려온다. 이에 호응하여 교인들은 모두 목청을 다하여 "참으로 부활하셨네" 하고 화답한다. 이 순간을 전환점으로 지성소에서부터 교회 본당 쪽으로 불의 릴레이가 시작된다. 교회 밖에서는 폭죽이 터지며 불꽃놀이가 시작되고 자동차에 있던 사람들은 일제히 경적을 울린다. 곧이어 교회에서 집으로 향하는 촛불 행렬이 골목마다 길게 이어진다. 이 순간이 축제의 절정이다.

믿음이 깊은 사람들은 이때부터 시작되는 성찬 예배를 보기 위해 교회에 남지만 자정부터 시작되는 부활절 예배는 거의 두 시간이 걸리기에 이 예배가 끝나기를 기다려 음식을 먹기 시작하기란 참으로 인내의 한계를 시험하는 것처럼 어려운 일이다. 그래서 대부분의 사람들은 집으로 달려가 집 안에 새로운 불을 밝히는 동시에 며칠 전부터 정성껏 장만해 놓은 부활절 잔칫상에 몰려들어 마음껏 마시고 먹는다. 이때 그리스인들이 첫 접시로 먹는 음식은 양고기 내장을 푹 고아 우려낸 '마기리차'라는 수프인데 이는 금식 기간 동안 고기를 먹지 않았던 몸에 갑작스레 고기가 들어가 체하는 것을 막기 위한 배려에서 마련된 음식이다. 부활절 기간 동안 시골 식당에서는 외지인들에게 이 마기리차와 부활절 양고기를 미리 주문받는 게 보통이다.

온갖 꽃들의 축제가 한창 무르익어 가는 부활절 일요일 아침, 숯불에 어린 양을 통째로 굽기 위해 피워 놓은 모닥불 연기가 들판에 가득하다. 그리고 곳곳에서 술판과 춤판이 벌어진다. 부활절 인심은 푸근하다. 지나는 나그네나 외국인에게도 맛있게 구운 양고기와 아껴두었던 질 좋은 포도주를 아낌없이 나누어 준다. 고향 사람과 외지인의 구분도, 그리스인과 외국인의 구분도, 남녀노소의 구분도 모두 없다. 이날만큼은 모두가 형제이고 자매이다. 옛날에 로마인들에게 "그리스인 열 명이 모이면 의견이 열한 개"라고 놀림을 받던 그리스인 특유의 의견 분열과 개인주의가 조금도 느껴지지 않는다. 평소의 갈등과 의견 차이가 모두 햇볕에 눈 녹듯 사라지고 모두 하나됨의 일치감만이 넘쳐흐른다. 그리스인들에게 부활절은 말 그대로 대동소이大同小異, 우리 사이의 차이는 별것이 아니고 크게 보아서는 우리 모두가 같은 심성과 같은 뜻을 지닌 사람들임을 확인하는 대동제이다. 고대 그리스인들이 올림픽 경기를 통해 확인하던 민족의 하나됨을 현대 그리스인들은 부활절을 통해 확인하는 것이다. 그러기에 그리스인들은 그 무엇보다도 부활절을 사랑한다. 교회와 정교회 신앙을 부정하는 그리스의 공산당원도 다른 것은 몰라도 부활절을 지내지 못하게 한다면 공산당과도 싸우겠다는 것이 그리스인들의 부활절에 대한 애정이다.

그리스인들은 부활절을 통해 단지 자신들이 한 민족이라는 사실만 아니라 다른 민족, 다른 인종의 사람들까지도 하느님 앞에서는 모두 같은 인간이기에 서로 사랑하고 위해 주어야 하는 존재라는 사실을 확인한다. 그래서 그리스인들은 외국인에 대해서도 친절하게 대한다. 인종 차별이 없다. 1990년대 초에 사회주의 국가들의 체제가 무너지고 보스니아 전쟁과 코소보 분쟁 등으로 수많은 알바니아인과 불가리아인, 유고슬라비아인 난민이 쏟아져 들어왔을 때에도, 또 걸프 전쟁의 후유증으로 쿠르드족 난민이 들어왔을 때에도 그리스 정부는 이들을 위해 난민촌을 마련해 주었지 내쫓으려 들지는 않았다. 그 난민들이 구걸을 하고 범죄를 저지르는 등 적잖은 문제를 일으켰을 때에도 그리스인들은 이를 그 민족의 수준이 낮아서나 도덕적으로 타락해서가 아니라 일자리가 없어 그러는 것이라고 너그러이 이해하여 오히려 일자리를 마련해 주려고 노력했다. 이런 인도주의적 사랑을 간직하고 있기에 그리스는 비록 작고 군사적으로 강국도 아니지만 발칸 반도에서 맹주 노릇을 하고 있는 것이다.

온 국민이 하나 되는 축제를 가진 민족은 행복하다

부활절 축제를 통해 국민 모두 하나가 될 수 있는 그리스인들은 행복한 사람들이다. 우리에게는 그런 축제가 없다. 설날도, 추석도 모두 가족과 친지들끼리만 모이는 폐쇄적인 축제이다. 그런 축제는 지역성과 문중의 결속만 강조할 뿐 국민 전체의 하나됨이 없다. 온 국민이 어울려 한번 흥겹게 놀아보는 축제가 아쉽다.

▶
카니발 축제 때에는
49일 간의 사순절 금
식을 준비하기 위해
고기와 술을 마음껏
먹고 마신다.
▶▶
젊은이들이 가면을
쓰고 거리를 누비며
흥청망청대는 카니발
길거리 축제.

신앙심 깊고 다혈질인 그리스인

믿음이 깊은 그리스인들

"아테네 시민 여러분, 내가 보기에 여러분은 여러 모로 강한 신앙심을 가지고 계십니다사도행전 17장 22절." 2000년 전 사도 바울이 아테네의 아레이오스 파고스 언덕 한가운데에 서서 한 말이다. 사도 바울의 말대로 그리스인들은 고대부터 매우 종교적인 민족이었다. 그리스도교가 들어오기 전에 그리스인들은 제우스를 비롯한 올림포스 신들을 깊이 숭배했고 국가적 사업은 물론 사사로운 일상사까지도 모두 델포이 신전의 신탁을 받아 처리했다. 귀족들을 중심으로 한 올림포스 신앙 이외에도 민중들 사이에는 오르페우스가 창시했다는 '오르피즘Orphism' 비교가 널리 성행하고 있었다. 고대 그리스의 비교 가운데 특히 '엘레우시스Eleusis' 비교가 유명하다. 기원후 1~2세기에 걸쳐 살았던 역사학자 플루타르코스는 이 비교 의식에 참가한 뒤, 자신이 경험한 종교 제전 가운데 가장 숭고하고 아름다운 의식이었다고 찬탄했다. 고대 그리스인들은 각기 고유한 직분을 가진 다양한 신을 숭배했다. 그러나 사막의 유목민이었던 셈족의 유일신 종교에 뿌리를 둔 그리스도교가 그리스에 전해지면서 다신교였던 올림포스 신앙은 세력을 잃어 갔다. 사도 바울과 그의 후계자들의 열성적인 전도에 힘입어 그리스인들은 점차 그리스도교로 개종했다. 그리스인들은 유럽 최초의 그리스도교도이다. 기원후 313년에 콘스탄티노스 황제가 그리스도교를 공인했을 때 그리스인들은 이미 굳건한 그리스도교도가 되어 있었다. 기원후 392년 테오도시오스 황제가 그리스도교를 로마 제국의 국교로 공표하자 상류 사회와 지식인들 사이에서 명맥을 유지하던 이교도 신앙은 그리스도교인들의 박해로 거의 자취를 감추었다. 그 이후 그리스인들은 그리스도교의 가르침과 전통에 충실한 민족이 되었다. 지금도 그리스인들은 믿음이 깊다. 현대 그리스인들을 보면 사도 바울의 말이 상대방의 비위를 맞추기 위한 빈말이 아님을 느낄 수 있다. 지금도 그리스의 교회는 일요일이면 믿음이 깊은 사람들로 가득 찬다. 수도사들만이 살면서 치외법권적 특권을 누리는 수도사들의 공화국 아기온 오로스의 수도원에도 수도사가 되겠다는 젊은이들이 줄을 잇는다고 한다. 다른 유럽 국가에서는 보기 힘든 현상이다.

이와 같이 신앙심이 깊기에 그리스인들은 겉으로 보는 것과는 달리 의연함과 침착함을 가지고 있다. 속상한 일이나 어이가 없는 일을 당했을 때, 암과 같은 불치의 병에 걸렸을 때, 또는 그 이외의 어려운 일을 당했을 때 그리스인들이 흔히 하는 말은 "하느님께서 다 뜻이 있다"는 의미를 가진 "에히 오 테오스"라는 표현이나 "하느님께 영광이 있다"는 뜻의 "독사 토 테오"라는 말이다. 예기치 않은 불행이나 감당하기 힘들어 보이는 어려움을 당했을 때에도 그리스인들의 태도는 의외로 담담하고 침착하다. 외아들의 갑작스러운 죽음을 당한 어머니가 장례식에서 죽은 아들에게 마지막으로 한 말이 "(하늘나라에서) 다시 만나자"의 의미를 가진 "칼리 안다모시"였다고 하니, 이들이 얼마나 죽은 이들의 부활과 영생을 굳게 믿고 있는가를 짐작할 수 있다. 빈소를 찾는 문상객의 인사도 "하느님께서 죽은 사람을 평안히 해 주시기를…"의 뜻을 가진 "나 톤 아나팝시 오 테오스"이다. 또 먼 길을 떠나거나 시험을 보러 가는 사람들에게는 "하느님이 항상 함께 하시기를…"의 뜻을 가진 "오 테오스 마지 수"라는 인사를 한다. 인사말 한 마디 한마디에 신앙심이 짙게 느껴진다.

논쟁을 즐기는 다혈질의 그리스인

그러나 그리스인들은 쉽게 흥분하고 즉흥적으로 행동하는 지중해 민족 특유의 다혈질을 가지고 있기도 하다. 또 그리스인들은 철학을 만든 민족답게 토론과 따지기를 매우 즐긴다. 무엇 하나 그대로 넘어가는 일이 없다. 해가 진 뒤에 식당이나 카페에 모여 앉으면 정치나 운동 경기와 같은 화제로 열띤 논쟁을 펼친다. 이럴 때 그들은 자신의 주장을 강하게 주장하며 결코 양보하지 않는다. 그들 문화에 익숙하지 않은 외국인이 보면 마치 싸우는 듯 격렬하다. 그러나 결코 상대방을 모욕하거나 주먹질로 발전하는 일은 거의 없다. 논리적으로 따질 때 이성을 잃고 흥분하면 그것으로 승부는 결정되기 때문이다. 이런 토론 문화는 어떤 일을 할 때 장애물로 등장하곤 한다. 서로 어느 방법이 옳으냐를 따지다가 정작 일을 시작도 못하는 경우도 있다. 그래서 옛날 로마인들은 그리스인들을 열 명이 모이면 열한 가지 의견이 나오는 민족이라고 놀렸다. 그러나 이런 토론 문화가 바로 민주주의를 싹 틔웠고 철학을 만들어 냈다.

그리스인들은 이렇게 사사건건 따지기를 좋아하지만 일단 의견이 모아지면 전혀 다른 모습을 보인다. 언제 논쟁을 벌였냐는 듯 하나가 되어 일을 강력하게 밀어붙인다. 충분한 토의를 거쳤기에 군말도 없다. 제2차 세계 대전 때, 이런 그리스인들의 기질을 미처 헤아리지 못했던 히틀러는 그리스 전선에서 예상 외로 시간을 오래 끄는 바람에 러시아 침공의 시기를 놓쳐 겨울에 러시아 평원을 침공해야 했고, 그 결과 전쟁에서

▶
그리스인들은 해가 진 뒤에 식당이나 카페에 모여 앉으면 정치나 운동 경기와 같은 화제로 열띤 논쟁을 벌인다.

졌다. 그리스인들의 저력이 드러난 사건이었다. 그리스인들의 이런 잠재적 폭발력은 그들이 부활절이나 사육제 같은 축제를 벌일 때 잘 드러난다. 또 밤새 춤을 추며 즐기는 정열을 볼 때 그들의 힘이 언뜻언뜻 느껴진다.

그리스의 세시 풍속

부활절을 중심으로 한 종교 축일들

한국 사람들은 설날에 차례를 지내면서 또 한 해가 시작됨을 실감한다. 그리고 가을에는 추석과 함께 그 해가 저물어 감을 느낀다. 옛 시절에는 이 두 명절 사이에 삼짇날이나 단오와 같은 중간 명절을 크게 치렀지만 지금은 거의 사라지고 말았다. 그리스인들에게 우리의 설날과 같은 의미를 갖는 날은 부활절이다. 새해의 시작은 물론 달력에 따라 1월 1일이지만 그리스인들은 부활절을 지내면서 비로소 새로운 한 해가 시작되었다는 기분을 만끽한다. 부활절은 그리스의 일 년 세시 풍속의 중심이다. 다른 명절들이 부활절을 기준 삼아 결정된다. 정교회는 부활절 전의 10주간을 세 단계로 나누어 교인들로 하여금 부활절을 맞을 영적 준비를 시킨다. 부활절 전 10주부터 7주까지, 4주간은 금식 전 기간이라 하여 금식을 위한 마음의 준비를 하는 기간이다. 이 기간의 마지막 한 주를 사육제 기간이라 하여 고기와 술을 비롯한 모든 음식을 마음껏 즐기도록 허락한다. 앞으로 다가올 엄격한 금식을 견디기 위하여 모든 욕망을 채워 보는 기간이다. 사육제 기간에는 마을마다 가면 무도회와 같은 축제를 벌이고 흥겹게 노는 마당을 마련한다. 사육제의 마지막 날은 축제의 절정으로 온 마을 사람들이 거의 취할 때까지 술을 마시고 야단스러운 춤판을 벌인다. 사육제가 끝난 다음날인 '정결 월요일' 부터 부활절까지 7주간은 고기와 기름, 달걀과 우유가 들어간 음식을 먹지 않는 금식 기간인 사순절이다. 이 기간의 마지막 주는 성대주간이라 하여 예수가 그의 생애 마지막에 당했던 고행을 맛보는 고난 주간이다. 최후의 만찬이나 십자가에 매달리심, 십자가 위에서의 죽음을 기념하는 예배 의식이 집중적으로 행해지는 가장 성스러운 기간이다. 성대주간의 마지막 날인 성대 토요일이 바로 부활절이다. 성경에 의하면 예수 그리스도는 부활한 후 40일 동안 지상에서 활동하다가 하늘로 올라갔다고 한다. 그래서 정교회는 부활절 뒤 여섯 번째 주일날을 그리스도의 승천을 기리는 그리스도 승천 주일로 정하고 큰 축제를 벌인다. 그리고 그 다음 주일은 다락방에 모여 있던 사도들에게 성령이 내렸다는 오순절이다. 이와 같이 부활절 앞뒤로 1년 52주 가운데 17주간의 세시 풍속이 결정된다. 일 년의 삼분의 일에 해당하는 긴 기간이다.

차분하고 거룩한 밤, 성탄절

정교회 국가인 그리스에서 성탄절은 당연히 부활절에 버금가는 큰 명절이다. 그러나 성탄절을 제1 명절로 여기는 가톨릭이나 신교 국가와 달리 정교회 국가인 그리스에서는 이 겨울 축제를 그리 야단스럽게 보내지 않는다. 서방 가톨릭 교회가 인간의 구원을 위해 하느님인 그리스도가 인간으로 태어나 십자가에 못 박혀 돌아가시는 희생을 중요하게 여기는 반면, 동방 정교회에서는 그보다는 죽음으로 죽음을 극복하여 영생의 길을 열어 준 그리스도의 부활에 더 큰 비중을 두는 까닭이다. 이런 신학적 이유 이외에도 선천적으로 을씨년스러운 겨울 축제보다는 화사하고 생명이 넘치는 봄의 축제를 더 즐기는 그리스 사람들의 선천적인 기질과도 관련이 있을 것이다. 최근 들어 서양의 풍속에 영향을 입어 백화점을 비롯한 상가에서 분위기를 띄우기는 하지만 그리 큰 호응을 얻고 있지는 못하다. 그보다는 오히려 가족들끼리 오순도순 모여 조용히 지낸다. 그러나 성탄절 식탁만큼은 먹성 좋은 민족답게 부활절에 못지않게 성대하게 차린다. 그리스의 성탄절에 인상적인 것은 크리스마스 장식이다. 밤이면 여느 나라처럼 길거리에 등을 대낮처럼 환하게 밝혀 축제 분위기를 돋운다. 그러나 우리가 상식적으로 기대하는 크리스마스 트리는 여간해서 눈에 띄지 않는다. 대신 도심 중앙의 광장이나 마을 중심에 아름답게 장식된 돛단배가 놓여 있는 것이 흔히 눈에 띈다. 해양 민족다운 크리스마스 장식이다. 인적 드문 거리에서 불을 환하게 밝힌 배를 만나는 경험은 독특하다. 크리스마스 트리나 배로 성탄절을 처음으로 장식하는 풍습을 만든 것도 비잔틴 시대에 소아시아 지방에 살던 그리스인들이라 하니 어떤 장식을 하든 그리스인들은 모두 자기들 것이라 할 자격이 있는 셈이다.

젊은이들이 겨울 바다에 몸을 던지는 날, 신현 축일

1월 6일은 신현 축일이다. 광야에서 40일 동안의 고행과 기도를 마친 그리스도가 요르단 강으로 내려가 선구자 요한에게서 세례를 받은 날이다. 그 순간 하늘에서는 성부의 목소리가 들렸고 성령이 흰 비둘기 모양으로 나타났다고 하여 이날을 '신현', 즉 '신이 모습을 드러냄'의 날이라 부른다. 이날 정교회는 온 세계의 물을 정화하는 의식을 치른다. 물론 교회에서 일 년 동안 쓸 성수도 이날 축성된다. 성수 의식, 즉 물을 정화하는 의식은 가까운 바다에서 치러진다. 바다 위에 배를 띄워 놓고 성직자들이 예배와 기도를 드린 뒤 바닷물 전체를 정화하기 위해 십자가를 던진다. 이 순간을 기다리고 있던 동네 청년들은 모두 한꺼번에 바다로 뛰어들어 서로 먼저 이 십자가를 건져 오려 든다. 처음으로 십자가에 도달하여 건져 올리는 사람은 그 해 운수가 대통한다고 믿는다.

▶
성모 안식 축일인 8월 15일. 치유의 기적을 일으키는 것으로 유명한 티노스 섬의 성모 마리아 성화를 보기 위해 신자들이 성 파르테나 성당에 운집해 있다.

성모 희보 축일과 성모 안식 축일

정교회 신앙에서 성모 마리아는 특별한 의미를 갖는다. 그녀는 인간으로서 하느님의 아들을 낳는 은총을 받은 복 받은 여인으로 여리고 약한 인간과 위대하고 전지전능한 하느님 사이를 중재하는 고귀한 존재이다. 성모 마리아에 대한 그리스인들의 사랑은 각별하다. 그래서 예수를 기념하는 축일 이외에 성모 마리아를 기리는 중요한 축일이 두 개나 있다.

3월 25일은 성모 마리아가 천사장 가브리엘에게서 하느님인 예수를 잉태한 소식을 전해 들었다는 날이다. 이날은 종교 축일인 동시에 그리스가 오스만 터키로부터 독립을 선포한 국경일이기도 하다. 1821년 그리스의 지도자들은 펠로폰네소스 반도 북서쪽의 깊은 산속에 위치한 성 라브라 수도원에서 독립 선언서를 공표하고 곧바로 독립 전쟁을 시작했다. 그래서 그리스인들에게 이날은 우리나라의 개천절과 광복절을 겸한 의미를 갖는다. 그리스에서는 이날을 기해 우리나라의 국군의 날과 같이 대규모 군대 시가 행진을 벌인다.

8월 15일은 성모 마리아가 승천한 것을 기념하는 성모 안식 축일이다. 이날 교회는 성모 마리아가 그려진 성화를 들고 교회 주변을 한 바퀴 돈다. 그리스인들은 이 행진 때에 성화에 입 맞추면 불치의 병을 앓는 사람들에게 치유의 기적이 일어난다고 믿기에 성화 주변은 항상 많은 사람들로 북적거린다. 특히 티노스 섬의 성모 마리아 성화의 치유 기적은 유명해서 많은 신자들이 8월 초부터 이 섬으로 몰려들어 섬 전체가 축제의 마당이 된다. 신앙심 깊은 신자들은 성당 마당에서 밤을 지새우며 성화 행렬이 지나가기를 기다린다. 믿음의 힘이 느껴지는 순간이다.

성인들의 축일

위에서 언급한 축일 이외의 모든 날에는 그날의 성인이 있다. 그 가운데 유명한 성인 축일로는 성 바실리오스, 성 그레고리스, 성 크리소스토모스 축일1월 30일, 성 요르고스 축일4월 23일, 성 베드로와 성 바울 축일6월 29일, 성 디미트리오스 축일10월 26일, 천사들의 축일11월 8일, 성 안드레아스 축일11월 30일, 성 니콜라오스 축일12월 6일이 있다. 이와 같이 정교회 축일로 가득 채워져 있는 그들의 달력을 보면 왜 그리스를 정교회의 나라라고 하는지 쉽게 알 수 있다.

정교회의 나라, 그리스

소크라테스는 욕해도 예수 그리스도는 비난하지 말라

그리스는 우리에게 신화의 나라로 널리 알려져 있다. 그러나 그것은 옛 이야기이고 지금은 그리스 정교회의 나라이다. 국민의 95%가 정교회 신자이고 정교인이 아니면 공직자나 교수가 되기 어렵다. 그리스인들은 비록 고대에 신화를 창조하고 믿었었지만 그리스도교가 시작될 무렵에는 가장 열성적으로 이 신흥 종교를 받아들인 민족이었고 그들이 선조에게서부터 물려받은 철학과 논리학을 바탕으로 그리스도교 신학의 틀을 잡은 사람들이었다. 그러기에 그리스에서 제우스나 아폴론 같은 올림포스 신이나 소크라테스, 플라톤 같은 철학자는 욕해도 괜찮지만 예수 그리스도에 대해서는 비난을 삼가는 것이 좋다. 지난 2000년 동안 그리스인들의 생활을 지배한 것은 정교회였다. 그런 점에서 현대 그리스인들은 정신적으로 고대 그리스의 후예라기보다는 비잔틴 제국의 후예이다. 현대 그리스인들의 사고방식이나 생활 풍속은 모두 이 시대에 뿌리를 두고 있다. 이런 사실을 놓치면 현대 그리스를 이해하는 일은 거의 불가능해진다.

비잔틴 제국은 동로마 제국의 전통을 이어받았으나 순수한 그리스인

◀
그리스도교 정교회
교회와 종탑.

▶
그리스 사람들은
선조로부터 물려받은
철학과 논리학을
바탕으로 그리스도교
신학의 틀을 잡은
사람들이다. 오늘날
그들의 삶과 죽음은
신탁이 아닌 그리스
정교가 지배한다.

들의 제국이었다. 기원후 4세기에 로마 제국은 그리스어를 사용하는 동로마와 라틴어를 사용하는 서로마로 나뉜다. 그리고 역사가들은 일반 시민들만이 아니라 황실에서마저도 라틴어가 사라지고 오직 그리스어만을 사용하게 된 시기인 기원후 600년 전후를 비잔틴 제국의 시작으로 본다. 비잔틴 제국의 가장 큰 특성은 그리스 정교를 국교로 삼았다는 점이다. 비잔틴 제국은 기원후 600년부터 이 제국이 망하는 기원후 1453년까지 근 1000년 동안 그리스도교 정신에 따라 통치된 가장 거대한 그리스도교 제국이었다. 이 시기 동안 고대 그리스인들은 세계에서 가장 독실한 그리스도교인이 되었다. 특히 기원후 393년 이교도 종교 제전의 금지를 명령하는 테오도시오스 황제의 칙령이 내려진 뒤부터 이교도적 습관과 전통은 자취를 감추고 그 자리에 대신 그리스도교의 전통이 자리 잡았다. 이제 그리스 정교가 그리스인들의 삶과 죽음을 지배하게 되었다.

그리스인들의 통과 의례 : 요람에서부터 무덤까지

그리스인들은 아기가 태어난 지 40일이 되는 날 교회에서 입당식이라는 간단한 의식을 치른다. 이 의식은 우리의 백일과 비슷한 의미를 갖는 것으로 가까운 친척들에게 아이의 존재를 알리는 일종의 신고식과 같은 것이다. 그리고 일 년 안에 적당한 시기를 골라 세례를 받는다. 세례 때에는 일가 친척만이 아니라 주변에 알릴 수 있는 사람에게는 모두 연락해 성대하게 치른다. 우리나라의 돌잔치와 마찬가지로 아이의 존재를 일가 친척뿐 아니라 모든 가까운 사람들에게 알리는 통과 의례이다. 세례 의식이 끝나면 '미로'라는 성스러운 기름으로 몸의 각 부분에 십자가 모양으로 기름을 바르는 견진 성사를 행한다. 이 미로는 올리브유에 마흔 가지의 향료를 섞어 만드는데 각 향료는 사랑, 인내, 믿음, 기쁨, 순결과 같은 성신의 여러 가지 선물을 의미한다. 이미 다른 교회에서 세례를 받은 성인이 정교인으로 개종할 때에는 새로 세례는 받지 않고 견진 성사만 받는다. 정교회는 세례와 견진 성사를 거쳐야 인간은 비로소 진정한 구원을 얻을 수 있다고 가르친다.

정교회의 결혼식은 장엄하고 숭고하면서도 아름답다. 결혼식은 보통 해가 진 저녁에 이루어진다. 모든 등을 켜 밝게 만든 교회 안에서 가장 아름답게 꾸민 두 젊은 남녀가 서 있고 가장 화려한 예복을 차려 입은 근엄한 신부들이 결혼 예식을 집전하는 모습은 한 번 본 사람은 영원히 잊지 못할 아름다움의 극치이다. 그래서 어떤 사람들은 정교회의 결혼 예식을 세상에서 가장 아름다운 결혼식이라고 말한다. 그리스 정교회는 이혼을 원칙적으로는 인정하지 않으나 몇몇 특별한 경우에 한해서는 인정한다. 예를 들어 부부가 7년 동안 별거한 것이 인정되면 이혼이 가능하다. 또 한 사람이 평생 교회에서 치를 수 있는 결혼식의 횟수는 세 번으로 제한되어 있다. 이 원칙은 어떤 경우에도 위반할 수 없다. 그런 까닭으로 그리스 선박왕 오나시스의 딸 크리스티나는 살아생전에 네 번이나 결혼했지만 교회에서 식을 올린 것은 두 번뿐이었다. 마지막 한 번의 기회를 마저 쓰기가 부담스러웠던 모양이다.

그리스인들에게는 환갑이나 칠순 같은 나이에 대한 통과 의례는 없다. 결혼 이후에는 오직 장례식이란 통과 의례만 남아 있을 뿐이다. 그리스의 묘지는 모두 교회가 관리한다. 한 사람이 죽으면 교회는 3년 동안 묘지를 빌려 준다. 3년이 지나 석관을 열어 육탈이 된 것을 확인하고는 뼈를 추려 가족의 납골당으로 모신다. 만일 그때까지도 육탈이 완전하지 않으면 2년 동안의 유예 기간을 준다. 그러나 우리나라보다 비가 적고 건조한 땅을 가진 그리스에서는 거의 그런 일이 일어나지 않는다. 이렇게 비워진 묘지는 일정 기간의 휴지기를 거쳐 다시 다른 사람에게 대여된다. 이런 까닭에 그리스에서는 묘지 문제가 심각하지 않다.

일상사에까지 파고든 정교회

그리스인들의 일상 생활의 중심에도 교회가 굳건히 자리 잡고 있다. 일요일에 교회에 가서 예배를 보고 성찬을 모시는 것을 이상적인 교인의 본보기로 삼는다. 그리스 정교회의 성찬은 가톨릭 교회의 성찬과 달리 무교병만 주는 것이 아니라 포도주에 발효된 빵을 적신 것을 주는데 그리스인들은 이를 예수 그리스도의 살과 피라 여기고 정성껏 모신다. 교회는 성찬을 모시려면 고해 성사를 먼저 해야 하고 고해 성사 이후에는 금식과 금욕을 지키라고 가르친다. 그리스 정교회의 고해 성사는 폐쇄된 공간에서 행해지지 않고 교회의 한 구석이나 고해 성사를 위해 특별히 마련된 방에서 얼굴을 마주 보고 이루어진다. 죄에 대한 고백은 물론이고 집 안의 걱정거리나 자신의 고민 같은 문제를 상의하는 성격의 고해 성사도 많다. 그래서인지 그리스에서는 정신 분석 치료사가 그리 많이 눈에 띄지 않는다. 교인이 병에 걸리면 '성유 성사'라는 특별한 의식을 치른다. 이는 기도와 함께 성스러운 올리브유를 몸의 주요 부분에 발라 주는 의식으로 교인이 죽기 직전에도 행해진다. 이와 같이 교회는 그리스인들의 몸과 마음의 병 모두를 치유해 준다. 건강한 사람도 부활절 주간인 성 수요일에는 성유 성사를 받아 지은 죄를 용서받을 수 있다.

이와 같이 그리스에서 정교회는 일상사의 거의 모든 부분에 스며들어 있다. 그리스인들에게 그리스 정교는 단순히 종교가 아니라 생활이다. 새로운 정부가 들어서서 수상을 비롯한 각료들이 취임식을 거행할 때에도 아테네 주교가 집전을 한다. 그리스인들은 새로운 토목 공사나 큰 건물을 짓기 시작할 때나 새로운 배를 진수할 때에도 하느님의 축복을 비는 신부들의 축성식은 필수이다. 심지어 새로운 집에 이사했을 때나 새 차를 샀을 때에도 성수식은 반드시 치러야 하는 것으로 생각한다. 또 그리스인들은 생일을 기념하지 않는다. 대신 자신의 이름과 같은 성인의 축일에 우리의 생일과 같은 잔치를 벌인다. 그래서 많은 그리스인들이 그 이름을 따온 마리아나 요르고스, 니콜라오스 같은 성인의 축일에는 마치 축제를 치르는 것처럼 백화점과 꽃집, 제과점들이 붐빈다. 물론 외식을 즐기는 그리스인답게 식당은 한 달 전부터 예약을 하지 않고는 저녁 한 끼도 제대로 먹을 수 없다. 타향살이하는 외지인에게는 그런 날이 오히려 외로움을 더 많이 느끼는 날이다. 그리스에서 정교인이 아닌 채로 살기란 쉽지 않다.

그리스인의 하루

일찍 일어나는 민족

그리스인들은 하루를 일찍 시작한다. 이미 새벽 6시면 대부분의 사람들이 일어나 출근 준비를 한다. 그리스의 출근 시간은 아침 8시이기 때문이다. 사람들은 악명 높은 아테네의 교통 체증을 감안하여 7시 이전에 집을 나온다. 아침을 차려 먹는 사람은 거의 없다. 진한 커피 한 잔이면 그만이다. 근무 시간은 오후 2시까지다. 오전 11시쯤에 커피 한 잔과 과자와 같은 간단한 요기를 하는 사람들도 있으나 보통은 퇴근 때까지 아무것도 먹지 않는다. 오후 2시에 직장이나 학교에서 파하면 곧바로 집으로 간다. 그 시간대에 약속을 하는 일은 드물다. 점심 식사가 끝나는 대로 시에스타, 즉 낮잠을 즐겨야 하루를 사는 맛을 느끼는 사람들이 그리스인들이다. 그러니 여간해서는 오후 2시와 5시 사이에 일을 만드는 경우는 거의 없다. 또 이 시간대에는 남의 집을 방문하는 일도 삼가는 것이 좋다. 이때가 그리스인들에게 일을 끝내고 느긋한 마음으로 하루의 피로를 푸는 가장 소중한 시간이기 때문이다. 그래서 이 시간에 소음을 내어 남의 휴식을 방해하는 일은 법으로 엄격하게 규제한다. 어느 무례한 자가 큰소리로 떠들거나 자동차 경적 소리라도 내면 각 집 창문에서 사람들이 우르르 몰려나와 큰소리로 욕지거리를 해 대는 모습도 지극히 그리스적 풍경이다.

직장에서 돌아오면 푸짐한 식탁이 차려져 있다. 그리스인들은 대부분 아침을 거르는 관계로 점심 때에 많은 양의 음식을 먹는다. 이때 포도주 한 잔을 곁들이는 것이 보통이다. 그리스인들은 먹는 것을 즐기는 민족이다. 식탁에서 결코 서두르지 않는다. 그래서 식사 시간이 상당히 길다. 점심을 먹는 데 한 시간은 족히 걸린다. 식사가 끝나면 각자의 방으로 가서 잠깐 눈을 붙인다. 낮잠을 자는 시간은 길지 않다. 30분 정도가 보통이고 한 시간 이상 자는 경우는 드물다.

그리스인들이 아침 8시부터 오후 2시까지 일을 하고 그 이후 해 질 때까지 휴식을 취하는 것은 기후와 깊은 관련이 있다. 그리스의 여름은 섭씨 40도를 오르내리고 햇볕은 강렬하여 모든 것을 녹일 듯한 기세다. 특히 오후 2시부터 5시 사이에 태양이 가장 뜨겁다. 또 작열하는 태양의 빛이 너무 밝아 사물과 사물 사이의 경계선마저 지울 듯한 기세이다. 그런 뙤약볕 아래서 한 5분만 걸어도 온몸이 지친다. 어떤 일을 해도 별로 능률이 오르지 않는다. 이 시간을 가장 효율적으로 쓰는 방법은 그리스인들처럼 해 진 후 저녁 시간의 활동을 위해 서늘한 그늘에서 잠깐 낮잠을 자 두는 것이다.

저녁 시간의 활용

가게들은 수요일과 토요일을 제외한 평일 저녁 5시부터 8시까지 다시 문을 연다. 관공서와 은행들도 요일을 정해 이 시간에 근무를 한다. 이때가 그리스인들이 낮잠을 통해 얻은 생기를 마음껏 발산하는 시간이다. 거리는 사람들로 넘치고 근무를 하지 않는 성인 남자들은 동네 카페에서 커피나 맥주를 시켜 놓고 친구들과 어울려 잡담을 즐긴다. 이때 그리스인들은 정치와 스포츠에 대한 이야기로 언성을 높이며 서로의 주장을 편다. 그러는 그들의 모습이 너무 진지해서 내용을 모르는 사람들은 금방이라도 주먹질이 벌어질 듯한 위기감을 느낀다. 그러나 그리스인들은 이런 논쟁을 즐기는 것이지 결코 싸우는 것이 아니다. 고대나 지금이나 그리스인들에게 대화는 최고의 오락이요 놀이다. 젊은 남녀는 자기네들끼리 어울려 분위기 있는 카페나 식당에서 모임을 갖는다. 또 이 시간은 연인들이 데이트를 하는 시간이기도 하다. 감정 표현이 직접적이고 스스럼없는 그리스인들인지라 연인들이 카페 구석에서 서로 포옹하고 있는 모습은 흔히 볼 수 있다.

그러나 같은 시각에 대학으로 가면 분위기는 전혀 달라진다. 500명은 족히 들어갈 대형 강의실에서 교수와 학생들의 학문에 대한 논쟁은 진지하다. 같은 시각 대학 도서관은 다음날 강의를 준비하는 학생들로 가득하다. 겉으로 얼핏 보아서는 놀기만 하는 듯 보이는 그리스인들의 깊은 속내를 느낄 수 있는 장면이다.

온 가족이 함께 외식을 즐기는 그리스인들

저녁 8시가 지나 거리의 가게들이 하나 둘 문을 닫고 거리의 불빛도 잦아들기 시작하면 도심은 텅 비고 여간해서 식을 것 같지 않던 대지의 열기도 차가워진다. 이 시간이 바로 그리스인들이 저녁을 차리는 시간이다. 그리스인의 저녁 식사는 9시가 넘어 시작된다. 보통은 잠자리에 들 시간이기 때문에 가볍게 먹지만 손님이라도 초대해서 잔치를 벌이는 경우에는 자정 이전에 끝나는 법이 없다. 음식도 엄청난 양을 준비한다. 이런 풍습을 모르는 한국인들이 그리스인 집에 저녁 초대를 받았을 때 가장 곤란하고도 고통스러운 장면이 연출된다. 저녁 9시에 자신의 집으로 초대한다는 그리스 사람 말에 한국식으로 저녁을 먹고 갔는데 계속 기름진 음식을 주니 예의상 안 먹을 수도 없어 억지로 음식을 먹느라고 고생했다는 경험담은 그리스에 사는 한국 교포들에게서 흔히 들

▶
저녁 시간 손님들이
음악에 맞춰 춤을
추고 있는 아테네
도심의 식당.
그리스인들은 여흥을
즐길 때 주로 춤을
춘다..
▶▶
그리스 전통 의상을
입은 소녀.

을 수 있는 이야기다.

그리스인들이 저녁 시간을 보내는 또 다른 방법은 외식을 하는 것이다. 그리스인들은 우리에 비해 훨씬 많이 외식을 즐긴다. 특히 주말에는 어떤 형태로든 온 가족이 외식을 하는 것이 그리스인들의 습관이다. 밤이 꽤 늦은 시간에 화려하게 정장으로 차려 입고 진한 향수 냄새를 풍기며 온 가족이 나들이하는 모습은 한국에서는 거의 볼 수 없는 진풍경이다. 가격도 다양해서 선택의 폭도 넓다. 보통 시골 분위기로 실내 장식을 한 타베르나라고 하는 동네 선술집은 가격도 싸고 음식도 맛있다. 중심가나 교외에 자리잡은 큰 타베르나에는 악단의 연주에 맞춰 춤을 즐길 수 있다. 한국 사람들은 여흥을 즐길 때 주로 노래를 하지만 그리스인들은 춤을 춘다. 이렇게 즐기다 보면 자정을 넘어 새벽 두세 시까지 계속되기가 쉽다. 부모들이 흥에 겨워 한창 춤을 추고 술 마시며 즐거워하는 동안 가엾은 어린아이들은 잠에 취해 의자 한구석에서 애처롭게 졸고 있는 모습은 사뭇 미소를 자아내게 하는 광경이다.

그리스 사람들은 술에 취하는 것을 별로 좋아하지 않는다. 그보다는 춤과 같은 격렬한 몸놀림으로 자신들의 흥과 끼를 마음껏 발산하다. 그래서 밤늦도록 놀아도 주정을 하거나 비틀거리는 사람을 볼 수가 없다. 우리나라처럼 2차니 3차를 가는 일도 드물다. 다만 북부 그리스 사람들, 특히 알렉산드로스 대왕의 고향인 마케도니아 지방 출신들은 만취할 때까지 술을 마시는 경향이 있다. 이들은 2차도 가고 때로는 3차, 4차까지 가기도 한다. 그러나 이런 일은 흔하지 않다. 아주 특별히 흥이 났을 때에만 가끔 그렇게 즐길 뿐이다.

일할 때와 즐길 때를 확실하게 구분할 줄 아는 그리스인들은 현명하다. 그들 역시 삶이 고통의 연속이고 보통 사람들은 평생토록 아무리 열심히 일해도 별 볼일이 없음을 잘 알고 있다. 그러나 카페에서 커피나 맥주 한 잔을 시켜 놓고 친구들과 자신들이 좋아하는 주제에 대해 토론

하거나 주말에 가족들과 외식을 하면서 마음껏 즐기는 조그만 행복을 소중하게 생각한다. 어느 평범한 그리스 사람의 말대로 인생은 괴롭지만 그날그날 나름대로의 즐거움을 찾아 즐긴다면 그리 나쁜 것만도 아니다. 이런 그들의 소박한 철학이 모든 것을 희생해서 더 많은 재산을 쌓기만을 고집하는 한국 사람들에게는 어리석게 보이고 한심하게 느껴질지 모르지만 인생을 적당히 즐길 줄 아는 그리스인들이 어쩌면 더 현명한 것인지도 모른다. 어차피 인간의 삶이 고통의 연속이라면 중간중간 기회 있을 때마다 마음껏 즐기는 것이 더 좋지 않은가?

찾아보기

참고 문헌

다니엘 부어스틴, 이민아, 장봉석 옮김, 2002, 창조자들, 민음사, 서울.

마이클 우드, 남경태 옮김, 2002, 알렉산드로스, 침략자 혹은 제왕, 중앙 M&B, 서울.

마이클 우드, 남경태 옮김, 2002, 트로이, 잊혀진 신화, 중앙 M&B, 서울.

엘레아데, 이은봉 옮김, 1997, 종교 형태론, 한길사, 서울.

유재원, 1998, 그리스 신화의 세계 1: 올림포스 신들, 현대문학사, 서울.

유재원, 1999, 그리스 신화의 세계 2: 영웅 이야기, 현대문학사, 서울.

유재원, 1997, 〈그리스인의 의식 구조〉, 《세계인의 의식 구조》 1. 291~318. 한국외국어대학교
　　외국학종합연구센터편, 한국외국어대학교 출판부, 서울.

유재원, 1997, 〈그리스인의종교와 종교 의식〉, 《종교로 본 서양문화》 141~169. 역민사, 서울.

호메로스, 천병희 옮김, 1982, 일리아스, 종로서적주식회사, 서울.

Acropolis, 1997, Ekdotiki Athinon, Athens.

Apostolidi et. al. 1988, The Sprit of Athens, Municipal of Athens, Athens.

Bean G., 1979, Aegean Turkey, Bowering Press Ltd., Plymouth and London.

Bean G., 1979, Turkey's Southern Shore, Bowering Press Ltd., Plymouth and London.

Bean G., 1980, Turkey beyond Maeander, Bowering Press Ltd., Plymouth and London.

Beck C., 1896, Olympiakoi Agones, Athens.

C. Voutsas, Epidauros and Museum, Athens.

Constantelos D.J., 1990, Understanding the Greek Orthodox Church, Hellenic College Press,
　　Brookline, Massachusetts.

Greece 1985, Greek National Tourist Organization, Athens.

Greece 1986, Greek National Tourist Organization, Athens.

Greece 1991, Greek National Tourist Organization, Athens.

Greece 1992, Greek National Tourist Organization, Athens.

Grimal P., 1990, A Concise Dictionary of Classical Mythology, Basil Blackwell Ltd.

Istoria tou Ellinikou Ethnous Vol.1~ Vol.15, 1970~1978. Ekdotiki Athinon, Athens.

Licht H., 1993, Sexual Life in Ancient Greece, Dorset Press, New York.

Mycenae- Epidaurus, 1979, Ekdotiki Athinon, Athens.Olalla P., 2002, Mythological Atlas of
Greece, Road
　　Editions, Athens.

Papathanasopoulos T., 1993, To Iero kai to Theatro tou Dionysou, Ekdoseis Kardamitsa,
Athens.

Papahatzis N., 1981, Ancient Corinth, Ekdotiki Athinon, Athens.

Pausaniou Ellados Perigeigisis Vol.1~Vol.5, 1976. Ekdotiki Athenon, Athens.

Petsas P., 1981, Delphi, Krene, Athens.

Pjoka I. and Balabanis P., 1992, Architektoniki kai Poleodomia, Kedros, Athens.

Possiter S., G. 1980, Greece (Blue Guide), Ernest Benn Ltd., London.

Swaddling J., 1980, The Ancient Olympic Games, The Trustees of the British Museum,
London.

Themelis P. G., 1997, Ancient Corinth, Hannibal, Athens.

Tourtsoglou I., 1999, Makedonia, Ekdotiki Athenon, Athens.

Vacalopoulos A., 1972, A History of Thessaloniki, Institute for Balkan Studies, Thessaloniki.

타산지석
시리즈

"여행은 보이지 않는 지도에서 시작된다."

세계 여러 나라의 사람들과 문화를 이해하기 위한 보이지 않는 세계 지도.
단순한 체험기가 아니라 그 문화를 진정으로 체험한 사람의 경험을 통해 나오는
날카로운 철학과 통찰.

※타산지석 시리즈는 계속 발간됩니다.

후회 없는 삶, 아름다운 나이듦

소노 아야코 지음 | 김욱 옮김 | 176면 | 12,500원

삶에서 가장 소중한 것을 발견하라. 이 책은 '사람이 죽기 전에 꼭 알아야 할, 인생에서 가장 소중한 것'이 무엇인지 환기시킴으로써 하찮게 느껴지는 평범한 현실의 가치를 발견하게 한다.

※ 아름다운 나이듦 시리즈는 계속 발간됩니다.

마음을 열어주는 책

나는 언제나 온화한 부모이고 싶다
원동연 지음 / 176면 / 12,500원
가정의 회복이 교육의 열쇠다. 관계를 잃으면 모든 것을 잃는 것과 같다.

사람으로부터 편안해지는 법 소노 아야코의 경우록敬友錄
소노 아야코 지음 / 오경순 옮김 / 296면 / 9,800원
타인을 미워하지 않고도 사람으로부터 받은 상처를 극복할 수 있도록 도와주는 책.

긍정적으로 사는 즐거움
소노 아야코 지음 / 오유리 옮김 / 276면 / 8,800원
지금까지 상처받았다고 생각해온 것들에 대한 가치관의 반전과
인생의 본질을 꿰뚫는 지혜를 전하는 책.

빈곤의 광경 NGO와 빈곤에 관한 가장 리얼한 보고서
소노 아야코 지음 / 오근영 옮김 / 206면 / 9,800원
인간으로서 존엄은커녕 쓰레기 취급을 당하다 굶어 죽어가는 사람들이 공존하고 있다는 사실.
단순한 도움의 대상을 넘어, NGO 감사관의 눈에 비친 빈곤국의 국가 시스템적 모순들과
오랜 굶주림이 낳은 외적, 정신적 폐해들을 낱낱이 보여준다.

세상의 그늘에서 행복을 보다
소노 아야코 지음 / 오경순 옮김 / 212면 / 8,800원 청소년추천도서
오랜 작가생활과 NGO 활동으로 전세계 100여국을 방문하고 여행해온 저자가
빈곤, 기아, 질병이 곧 삶인 오지인들의 모습을 통해 그동안 너무나 당연해서 제대로 느낄 수 없었던
행복의 원점과 인생의 본질을 되돌아보게 하는 책.

착한 사람은 왜 주위 사람을 불행하게 하는가 위선으로부터 편안해지는 법
소노 아야코 지음 / 오근영 옮김 / 176면 / 9,800원
무난한 인간관계를 위해 우리의 의식에 잠재되어 있는 착한 사람에 대한 강박증이 초래한
불편함과 비본질성을 꼬집는 책. 보다 자연스럽고 편안한 인간관계를 위해
우리가 취해야 할 것과 버려야 할 것을 깨닫게 한다.

멋진 당신에게 내 삶을 향기롭게 만드는 기분 전환
오오하시 시즈코 지음 / 김훈아 옮김 / 312면 / 12,000원
몇 번을 읽고 또 읽어도 가슴이 따스해지는 수필집.
우리 생활에서 쉽게 지나쳐버리고 마는 잔잔한 아름다움이 가득 담겨진 책.

마음으로 살아요 행복이 옵니다 멋진 당신에게 2편

오오하시 히즈코 지음 / 김훈아 옮김 / 268면 / 12,000원

마음을 다하여 바라본 이 세상에 행복이 있음을 깨닫게 하는 책.

행복은 언제나 당신 마음속에 있다

세토우치 자쿠초 지음 / 김욱 옮김 / 222면 / 9,800원

화와 절망이 엉켜서 무거워지는 순간, 내 마음을 풀어주는 힐링 메시지를 전한다.

이 책은 고독, 사랑, 행복, 불행, 인생, 나 자신의 하찮음, 헤어짐, 기도라는 주제 속에서,

우리의 마음을 혼돈케하는 상대적 기준을 넘어 절대적인 잣대로 인생을 바라볼 수 있도록 인도한다.

※ 아름다운 나이듦 시리즈는 계속 발간됩니다.

부모와 아이의 마음을 열어주는 자녀교육서

나는 언제나 온화한 부모이고 싶다
원동연 지음 / 176면 / 12,500원
가정의 회복이 교육의 열쇠다. 관계를 잃으면 모든 것을 잃는 것과 같다.

수학 100점 엄마가 만든다 중국·대만 번역 출간
송재환 김충경 손정화 지음 / 320면 / 12,000원
선생님이 말해주는 엄마표 수학 지도법.
내 아이의 수준을 가늠할 수 있는 안목을 갖도록 초등 수학에 대한 전체적인 흐름을 제시해주고
구체적인 체크 포인트를 짚어준다.

수학 100점 엄마가 만든다 개념원리편 중국·대만 번역 출간
송재환 지음 / 252면 / 12,000원
선생님이 말해주는 엄마표 수학 지도법.
수학 개념 원리에 대한 탄탄한 설명과 조작 활동 중심의 지도 노하우를 담고 있다

초등 공부 불변의 법칙 중국·대만 번역 출간
송재환 지음 / 252면 / 12,000원
초등공부를 지배하는 21가지 숨은 원리를 담은 책.
공부는 무조건 열심히 하는 것이 아니라, '어떻게' 열심히 하는지가 중요하다.
공부를 어떻게 시켜야 할지 몰라 갈팡질팡하는 부모들에게 실용적인 공부비법을 전수한다.

교사들의 자녀교육법
김범준 지음 / 264면 / 13,000원
교육경력 30년 교사들이 실천해온 아이 잘 키우는 법을 담고 있는 책.
교사에게는 너무나 당연하지만 학부모에게는 막막했던 것들에 대한 시원한 답변을 통해
본질적인 자녀교육, 시행착오를 줄여주는 자녀교육이 되도록 돕는다.

나는 대한민국의 행복한 교사다
이영미 지음 / 254면 / 13,000원
교사가 먼저 바뀌어야 하는 까닭과 이 변화가 곧 교사와 학생 모두의 행복을 위한 시작임을 전한다.
교직에 회의를 품었던 한 교사가 25년 간의 시행착오 속에서 깨달은 진짜 소통의 의미.

공부의 즐거움을 맛보게 하라
이영미 지음 / 212면 / 9,800원
중고등학교 과학교사인 엄마가 늦둥이 둘째를 키운 노하우로 '진짜 내공 있는 아이' 로 키우기 위한
조언을 담은 책. 학교생활과 공부법, 인성교육, 체험학습, 학부모 마음가짐 등으로 구성되어 있으며
효율적으로 아이의 잠재력을 키워줄 수 있다는 희망을 준다.

세상은 약육강식이라고?
강자가 되어야 행복할까?

자연의 법칙을 통해 밝혀주는 약육강식의 실체
모든 생명은 서로 도울 때 행복하고 지속 가능하다
수의사 아빠가 딸에게 들려주는 생명, 공존, 생태 이야기

딸에게 들려주는 쉬운 문체로 육식, 농업의 기계화 등이 초래한 환경 파괴와 에너지 고갈 등의 문제를 짚는다. **중앙일보**

유전자 조작 옥수수 밭으로 전락하는 거대한 곡창지대, 그 옥수수를 토대로 한 공장식 축산의 환경 파괴, 곡물 생산을 위해 벌목하는 밀림 등의 문제를 지적하고 자연의 법칙에 순응하는 생태적인 삶을 제안합니다. **SBS뉴스**

친숙한 동물과 먹거리 이야기로 시작해, 약육강식 이데올로기가 팽배한 생명관의 문제와 그 해결 방안으로 쉽게 풀어나간다. **한겨레신문**

과도한 육식, 농업의 기계화 등 인간이 이룬 강자의 면모는 환경 파괴와 에너지 고갈, 한 해에 3만 종의 생명 소멸 등 제6의 멸종의 주범이 돼 인간의 생존을 위협한다. **독서신문**

모든 생명은 서로 돕는다
박종무 지음/ 296쪽/ 17,900원

청소년권장도서
한우리추천도서
한로퍼도서
롯데놀순

세종도서교양부문
책따세추천도서
2014어린이날